# Alarmfase

# Sean Black

# Alarmfase

Vertaald door Piet Verhagen

 Uitgeverij De Vliegende Hollander

FSC
Mix
Produktgroep uit goed beheerde
bossen, gecontroleerde bronnen
en gerecycled materiaal.

Cert no. SGS-COC-003091
www.fsc.org
© 1996 Forest Stewardship Council

de vliegende hollander
Dit boek is ook leverbaar als e-book:
ISBN 978 90 495 0144 0

# Proloog

Niemand bewaakt de doden. Toen Cody dat eenmaal besefte, was het plan snel gemaakt. Naar het kerkhof rijden, haar opgraven, de kist in de laadbak van de vrachtwagen gooien en in het donker verdwijnen. Fluitje van een cent. Op één klein probleempje na.

'Godverdomme man, de grond hier lijkt wel beton.'

Cody keek naar zijn metgezel. Het maanlicht verdeelde zijn gezicht in twee helften. 'Zeik niet zo.'

Normaal gesproken werkte hij veel liever alleen. Maar voor het vervoeren van een lijk waren twee mensen nodig. Daar was niets aan te doen.

'Wat zeiken? Ik stel gewoon iets vast.'

'Met vaststellingen komen we niet verder.'

'Met graven ook niet. Er moet goddomme dynamiet aan te pas komen om dit ouwe wijf uit de grond te krijgen.'

Don had gelijk. Ze hadden de slechtste tijd van het jaar uitgekozen. November aan de oostkust. Bitter koud, met een snoeiharde wind, afkomstig uit een leigrijze Atlantische Oceaan, waar zowel de levenden als de doden van rilden. Het voorjaar zou een betere tijd geweest zijn, als de nachten nog lang waren maar de grond ontdooid was. Maar voor Cody was dat geen optie. Wat hem betrof was het aftellen begonnen. Elke dag gingen er levens verloren. Honderden, wie weet duizenden, dat wist niemand. En geen vredige dood ook. Heel anders dan bij deze vrouw, die rustig gestorven was, haar ergste pijn verdoofd door pijnstillers en omringd door liefhebbende familieleden die afscheid van haar kwamen nemen.

Nee, waar hij het over had was een gekwelde, eenzame marteldood. Een laatste klap in iemands gezicht na een leven vol ellende.

Hij voelde de woede opstijgen als hij eraan dacht en stampte met zijn rechterhiel hard op de rand van de schop. Eindelijk succes. Berijpt gras maakte plaats voor bevroren aarde. Weer een stamp. De

5

schop zakte opnieuw een paar centimeter de grond in. Zijn adem wolkte om zijn hoofd in de koude nachtlucht toen hij diep ademhaalde en opnieuw op de schop stampte.

Een vol uur later was Don de eerste die iets raakte wat geen aarde was. De twee mannen waren doodmoe, maar de klap van metaal op hout gaf hun nieuwe kracht.

Na nog een halfuur konden ze het stoffelijk overschot in de vrachtwagen laden. Cody klopte uitgebreid de grond van zijn handschoenen, terwijl Don het rolluik omlaag trok van de vrachtwagen die ze een paar uur geleden in een rustige straat in Brooklyn Heights gestolen hadden.

Don opende het portier van de cabine en stapte in. Halverwege bleef hij staan en wendde zich tot Cody. 'Hé man, we hebben het 'm gelapt,' zei hij.

Cody antwoordde meesmuilend. 'Ben je gek, man? Nou begint het pas.'

# 1

Ryan Lock tuurde door de hoge ramen aan de voorkant van het hoofdkantoor van Meditech. Buiten striemden vlagen onderkoelde regen door Sixth Avenue, zodat het handjevol dierenrechtenactivisten op het trottoir aan de overkant kleumend op een kluitje stond.

'Welke idioot organiseert er nou op kerstavond een protestdemonstratie?' vroeg de receptioniste zich hardop af.

'Afgezien van de kalkoenen, bedoel je?' zei Lock, terwijl hij zijn jasje dichter om zich heen trok en door de draaideur de ijzige kou in liep.

Na drie maanden als hoofd van de bewakingsdienst van het grootste farmaceutische en biotechnologische bedrijf in Amerika had Lock het helemaal gehad met de voorvechters van dierenrechten, hoe goed ze het ook bedoelden.

Een nieuwe windvlaag sloeg in zijn gezicht. Hij deed de kraag van zijn jasje omhoog en bekeek de demonstranten. Gray Stokes, die min of meer de leider was, stond vooraan, een man van begin vijftig met het pezige lichaam van een veganist, die met zijn gebruikelijke zelfvoldane uitdrukking om zich heen keek. In zijn ene hand had hij een megafoon. Zijn andere hand lag op het handvat van een rolstoel.

In de rolstoel zat Stokes' dochter Janice, een knappe brunette van rond de vijfentwintig wier linkerbeen verlamd was door een zeldzame vorm van progressieve, terminale multiple sclerose. Op het bord dat ze met twee in rode handschoenen gestoken handen vasthield, stonden vier in dikke zwarte hoofdletters geschreven woorden: NIET IN MIJN NAAM.

Lock zag Stokes de megafoon naar zijn mond brengen en uitvaren tegen de vijf of zes geüniformeerde agenten die gekomen waren om de orde te handhaven. De politieman die het dichtst bij hem stond, een gezette brigadier met de naam Caffrey, hapte demonstratief en luidruchtig smakkend in een Big Mac.

Lock keek met belangstelling naar Stokes' reactie.

'Hé, heb je je nooit afgevraagd wat ze daarin stoppen?' schreeuwde Stokes. 'Wie weet heeft het Dierenbevrijdingsfront wel een stukje van oma door McDonald's' vlees gemengd.'

Wie de afgelopen zes weken de *New York Post* had gelezen of naar het nieuws gekeken had, zou meteen weten waar hij op doelde: de manager van een snackbar op Times Square had het opgegraven lijk van de tweeënzeventigjarige Eleanor Van Straten, de matriarch van Meditech, voor zijn restaurant op het trottoir gevonden.

Het was iedereen meteen duidelijk dat het ongeplande opduiken van mevrouw Van Straten zo kort na haar begrafenis iets met de dierenrechtenbeweging te maken had. Meteen de volgende dag had Meditech Lock gevraagd de leiding van Van Stratens persoonsbeveiligingsteam op zich te nemen.

Lock zag Caffrey het laatste stukje van zijn hamburger terugdoen in het bakje en zich klaarmaken voor een weerwoord.

'Als God niet wilde dat we koeien aten, waarom heeft hij ze dan van vlees gemaakt?' vroeg hij spottend.

De andere agenten grinnikten waarderend. Stokes kwam woedend achter de dranghekken vandaan en liep de straat op.

'Goed zo, man, moet je zeker doen,' schreeuwde Caffrey. 'Dan kun je een paar uur afkoelen in de bak. Daar is geen gebrek aan beesten om je gezelschap te houden.'

De demonstranten beschouwden het als een eer om gearresteerd te worden, maar wat Lock betrof was het alleen maar een manier om het bedrijf om heel verkeerde redenen in het nieuws te brengen. Hij legde zijn rechterhand op de Sig 9mm in zijn holster en stak met grote stappen de straat over, een gebaar dat de demonstranten niet ontging. Stokes trok zich braaf terug achter de dranghekken.

Lock keek opnieuw op zijn horloge. Tien voor negen. Als alles klopte, zou Nicholas Van Straten, Eleanors weduwnaar en de nieuwe president-directeur van het bedrijf, binnenkort hier zijn. Hij bracht zijn hand naar zijn kraag en drukte op de spreekknop van zijn radio. 'Lock aan alle mobiele eenheden.'

Locks oortelefoon kraakte even en werd helder.

Even later hoorde hij de stem van zijn tweede man, Ty Johnson, kalm en beheerst. 'Ja, Ryan?'

'Weet je wanneer ze komen?'

'Om een uur of twee. Hebben we een ontvangstcomité?'

'De gebruikelijke trottoirvervuiling.'

'De baas wil door de voordeur naar binnen.'

'Oké.'

Lock stak de straat weer over, waar Caffrey zich veiligheidshalve in zijn patrouilleauto teruggetrokken had. Lock tikte op het raampje, genietend van Caffreys geïrriteerde gezicht toen hij het opendraaide en een vlaag koude lucht naar binnen kreeg.

'Hij wil door de voordeur naar binnen.'

Caffrey rolde met zijn ogen. 'Alsof het goddomme nog niet erg genoeg is dat ik hier elke ochtend zes agenten naartoe moet sturen.'

'Iemand met een half miljard dollar op de bank en een rechtstreekse lijn met de burgemeester, die bovendien de bescherming van de Amerikaanse grondwet geniet, kan zo vaak als hij wil de hoofdingang van zijn eigen kantoor binnengaan,' zei Lock, weer weglopend voordat Caffrey kon reageren.

Achter zijn rug haalde Caffrey theatraal zijn schouders op en deed zijn raampje weer dicht.

Op hetzelfde moment baanden drie dreigend uitziende, met klasse B-7 bepantsering en runflatbanden uitgeruste G MC Yukons met donkere ramen zich vier straten verderop een weg door de ochtendspits.

# 2

In de voorste Yukon controleerde Ty Johnson zijn wapen en keek
in het zijspiegeltje om te zien waar de twee andere voertuigen waren. Alles oké.

Ty gebaarde zijn chauffeur over te steken en de auto in de baan
van het tegemoetkomende verkeer, dat voor een stoplicht stond, te
zetten. Nu het kruispunt geblokkeerd was, konden de twee andere
wagens hem soepel passeren, zodat Ty een oogje op de passagiers
kon houden als ze uitstapten.

Hij stak zijn hoofd uit het raam en keek om. Een halve straat
achter hem, wat in dit verkeer een dikke twintig seconden betekende, reed een helrode gepantserde Hummer met het TA of tegen-
aanvalsteam, onder aanvoering van Vic Brand, een gewezen kolonel van de Amerikaanse commando's, aan boord. Ty wist dat Lock
hier fel tegen geprotesteerd had. Het inzetten van TA's was een le-
gertactiek op extra gevaarlijke plaatsen, maar hier was het zwaar
overdreven. Maar Stafford Van Straten, kroonprins van het familie-
rijk en een doorlopende doorn in Locks oog, had tijdens zijn studie
aan Dartmouth College de opleiding voor reserveofficier gevolgd
en versleet zichzelf nu voor een ouwe rot in het vak. Hij had erop
gestaan het team in te huren en zijn vader er op de een of andere
manier van overtuigd dat het een nuttige aanvulling op zijn bewakingsteam zou zijn.

Net als Ty zelf had Lock een enorme hekel aan Stafford. Aan
Brand trouwens nog meer. Die deed niets liever dan indruk maken op de jongere mannen in het team met verhalen over zijn ver-
richtingen in Irak, die volgens Lock grotendeels sprookjes waren.
Ty had er met een paar van zijn makkers, eveneens gewezen commando's, over gesproken en was er minder van overtuigd dat het
verzinsels waren.

De wereld van de persoonsbeveiliging was vergeven van types

als Brand, zwetsers die alleen maar een goede babbel hadden. In Ty's ogen was een goede lijfwacht iemand als Lock, het prototype grijze man die zich op de achtergrond hield en alleen maar zichtbaar werd als er gevaar dreigde. Wat Ty betrof, was Brand ongeveer even onopvallend als Marilyn Manson op een Boyzone-concert.

Lock zag de politie de demonstranten twintig meter verder de straat in jagen. Dat zou hem in geval van nood de tijd geven om Nicholas Van Straten naar de directiekamer te loodsen en aan zijn cafeïnevrije latte en *Wall Street Journal* te zetten voor ze bij de voordeur waren. Toen de eerste Yukon voor de ingang tot stilstand kwam, ging zijn rechterhand onbewust naar zijn zij, zoekend naar de kolf van zijn Sig Sauer 226.

Het eerste portier dat openging was dat aan de passagierskant van het achterste voertuig. Lock zag Ty naar de middelste Yukon lopen en het portier opentrekken voor Van Stratens persoonlijke lijfwacht. Terwijl de andere lijfwachten strategische posities innamen, nam het volume van de activisten toe.

'Moordenaar!'

'Hé, Van Straten, hoeveel dieren ben je van plan vandaag te vermoorden?'

De lijfwacht, Croft, een magere, lange man uit het Midwesten, trok Van Stratens portier open. De man die uitstapte maakte een opmerkelijk ontspannen indruk voor iemand die evenveel doodsbedreigingen kreeg als andere mensen spam. Zijn uit vier man bestaande persoonlijke escorte vormde een gesloten formatie rondom hem en was klaar om hem het gebouw in te loodsen. Maar Van Straten had andere plannen.

Hij liep om de Yukon heen en zette koers naar de bron van de obsceniteiten aan de overkant van de straat. Lock voelde een golf van adrenaline in zijn bloedbaan komen toen hij Van Straten aan zijn ongeplande rondgang zag beginnen.

'Waar is Stafford, verdomme?' vroeg Nicholas Van Straten aan een assistent, die de snelheid waarmee zijn baas op de demonstranten afstevende amper bij kon houden.

'Geen idee, meneer.'

'Hij had er al moeten zijn,' zei Van Straten ietwat teleurgesteld, maar in het geheel niet verbaasd. Hij was er kennelijk aan gewend dat zijn zoon het liet afweten.

Lock zag Van Straten richting de dranghekken lopen en Stokes aanspreken.

Bezorgd zette hij zijn radio aan. 'Wat moet dit verdomme voorstellen?'

Het duurde even voordat Ty antwoordde. 'Met zijn fans praten?' Van Stratens vierkoppige bewakingsteam bleef hem omringen. Croft keek naar Lock alsof hij wilde zeggen: Wat nu?

Lock kon alleen maar zijn schouders ophalen. Dit stond niet in het draaiboek en het beviel hem voor geen meter.

'Meneer, als u het niet erg vindt...' Crofts vraag bestierf op zijn lippen.

'Als ik wat niet erg vind?'

Van Straten leek te genieten van de paniek die van de mannen om hem heen afstraalde.

Een paar meter achter hen kwam de Hummer tot stilstand. Lock zag een van Brands mannen op de voorbank een geweer, een M-16, heffen om de demonstranten te intimideren. Hij zette zijn radio weer aan en wachtte even om er zeker van te zijn dat het eerste deel van zijn boodschap niet verloren zou gaan.

'Lock aan Brand. Zeg tegen die idioot voor je dat hij die proppenschieter opbergt. Dit is de binnenstad van New York, niet Mosul, voor het geval hij dat nog niet in de gaten had. Als ik het nog een keer zie, kan hij op een flinke portie overwerk rekenen.'

Lock slaakte een zucht van verlichting toen hij de M-16 weer onder het dashboard zag verdwijnen.

'Wat doet die baas van je? Zorg dat-ie verdomme dat gebouw in gaat voor dit uit de hand loopt.' Caffrey was de straat over gekuierd en had het tegen Lock.

Gekraak in Locks oor, gevolgd door een bericht van Ty: 'Hij wil met ze praten.'

Lock gaf de boodschap door en Caffreys humeurige gezicht liep rood aan.

Van Straten liep naar de dranghekken en bleef anderhalve meter voor Stokes staan. Het werd stil toen de demonstranten, in de war gebracht door de nabijheid van hun grootste *bête noire*, ophielden met schelden. Een cameraman van CNN probeerde Lock opzij te duwen.

'Zou u zo goed willen zijn om een stapje terug te doen, meneer,' vroeg Lock, proberend beleefd te blijven.

'Rot op, eikel.'

Lock hief zijn handen in een verzoenend gebaar. 'Meneer, ik zou het echt op prijs stellen als u wat achteruit ging,' ging hij verder, terwijl hij de binnenkant van zijn zware rechterschoen hard langs het scheenbeen van de man liet glijden.

Terwijl de cameraman zacht vloekend wegstrompelde, draaide Lock zich om en keek naar Van Straten, die Stokes over de dranghekken heen aansprak.

'Ik heb gehoord dat een delegatie van uw groep vanmorgen met me wil overleggen,' zei Van Straten.

Stokes glimlachte. 'Aha, dus u hebt mijn boodschap gekregen.'

Intussen waren ze omsingeld door reporters. Een blonde verslaggeefster, Carrie Delaney, was de eerste die zich verstaanbaar kon maken in het spervuur van vragen. 'Meneer Van Straten, waar gaat u het binnen over hebben?'

Lock wist heel even haar blik te vangen, waarna ze demonstratief haar hoofd afwendde.

Een jonge correspondent met een babyface en de bouw van een rugbyspeler onderbrak Van Straten voor hij antwoord kon geven. 'Moeten we hieruit opmaken dat u door de knieën gaat voor de extremisten?'

Carrie keek hem woedend aan. Zak! Lock zag de man glimlachen. Van hetzelfde, schatje.

Van Straten hief zijn handen. 'Dames en heren, na mijn gesprek met meneer Stokes zal ik al uw vragen met het grootste plezier beantwoorden.'

Het werd steeds drukker. Een man werd van achteren tegen Lock aan geduwd door de druk van de menigte. Lock stootte hem van zich af en keek om zich heen. Dit was precies wat je bij een

13

moordaanslag kon verwachten. De situatie was hetzelfde als bij elke aanslag waar hij ooit getuige van was geweest, vijf minuten voor het gebeurde – een chaotische mensenmenigte, een totaal verrast bewakingsteam en vervolgens iemand die uit het niets opdook en zijn slag sloeg.

# 3

Toen Lock uit de lift kwam, zag hij Croft, Van Stratens lijfwacht, voor de deur van de directiekamer staan.

'Wie zijn er binnen?'

'Alleen de ouwe en Stokes.'

'Heb je een kijkje genomen?'

Croft schudde zijn hoofd. 'De baas wilde niet gestoord worden. Maar maak je geen zorgen, voor ik wegging heb ik hem aan het hoofd van de tafel gezet.'

Lock voelde zijn spanning iets afnemen. Op die plaats zat een noodknop onder de tafel verborgen. Niet dat hij verwachtte dat Stokes zo stom zou zijn om hier iets te proberen.

'Enig idee waarom de baas met hem wil praten?'

Croft haalde zijn schouders op. 'Geen flauw benul.'

'Heeft hij niks gezegd in de auto vanmorgen?'

'Geen woord. Hij zat op de achterbank en las zijn papieren, zoals altijd.'

In alle eerlijkheid moest Lock toegeven dat Van Straten moeilijk te peilen was. Niet dat hij zwijgzaam of onbeleefd was. Helemaal niet. In tegenstelling tot zijn zoon leek Nicholas Van Straten altijd zijn best te doen zijn werknemers met de grootst mogelijke voorkomendheid te behandelen, soms bijna omgekeerd evenredig aan hun positie in het bedrijf.

'Dus niemand weet waar dit over gaat?'

Croft schudde zijn hoofd.

Toen Lock zich omdraaide om terug te gaan naar de lift, ging de deur van de directiekamer open en kwam Van Straten naar buiten.

'Ah, Ryan, jou moet ik net hebben,' zei hij toen hij Lock zag.

'Ja, meneer?'

'Ten eerste moet ik jou en je mensen mijn verontschuldigingen maken. Ik had je moeten waarschuwen over wat ik van plan was.'

Lock verbeet zijn irritatie. 'Geeft niets, meneer.'

'Ik besloot op het laatste moment dat ik rechtstreeks met meneer Stokes en zijn groep wilde praten.'

'Jawel, meneer.'

'Over een minuut of tien willen meneer Stokes en ik weer naar buiten gaan om een gezamenlijke verklaring af te leggen.'

'Mag ik iets voorstellen, meneer?'

'Natuurlijk. Ga je gang.'

'Kunnen we niet beter een plaats in het gebouw vinden waar u–'

Van Straten viel hem in de rede. 'Dat heb ik overwogen, maar volgens Missy zijn we op de trappen zichtbaarder. O ja, en zou je koffie voor ons kunnen bestellen? Zonder melk. Die drinkt meneer Stokes niet. Omdat koeien emotioneel lijden onder het melkproces of zoiets.'

'Komt in orde, meneer.'

Van Straten ging weer naar binnen en deed de deur achter zich dicht, zodat Lock en Croft alleen achterbleven.

'Wie is Missy nou weer?' vroeg Lock.

'Een of ander mens van public relations. De ouwe had haar twee minuten voordat jij kwam aan de telefoon.'

'Fantastisch,' zei Lock, proberend zijn ergernis te verbergen. Dus nu werd de veiligheidsstrategie bepaald door iemand die waarschijnlijk dacht dat een IED een vorm van anticonceptie was.

'Relax, man,' zei Croft. 'De oorlog lijkt voorbij.'

Lock ging vlak voor Croft staan. 'Ik wil niet dat dat soort taal in mijn bijzijn gebezigd wordt!'

Croft keek hem verbaasd aan. 'Hoezo? Ik vloekte toch niet?'

'In mijn ogen zijn dingen als "relax" erger dan de smerigste vloek.'

Intussen had het nieuws van een gesprek tussen Gray Stokes en Nicholas Van Straten zich verder verspreid en nog meer nieuwsmensen aangetrokken. Omstanders en demonstranten vulden de gaatjes, klaar om zich op elk stukje informatie te storten dat hun kant uit dreef.

Lock had amper de tijd gekregen om zijn op de trappen geposteerde team op de hoogte te brengen toen Gray Stokes, in een imi-

tatie van de Black Panther-groet, met geheven vuist de ingang uit
kwam. Nicholas Van Straten liep naast hem, met zijn blik naar
de grond. Een ontnuchterde Croft bleef zo dicht mogelijk bij zijn
werkgever.

'We hebben 't hem gelapt!' schreeuwde Stokes met een stem die
schor was van de kou. 'We hebben gewonnen!'
Twee demonstranten begonnen te juichen en de horde verslaggevers kwam meteen in beweging. Lock zag Croft en Ty, links en
rechts van Van Straten, nerveus naar de aanstormende reporters
kijken. De persmensen verdrongen elkaar om de beste positie in
beslag te nemen.

Lock stelde zich op tussen Janice en een verslaggever die zich
langs de rolstoel wilde wringen, bang dat ze om zou vallen in het
gedrang. 'Mensen, als jullie zo goed zouden willen zijn om iedereen de ruimte te geven,' schreeuwde hij.

Denkend aan de manier waarop Lock de cameraman behandeld
had, weken de mensen om hem heen haastig achteruit.

Van Straten schraapte zijn keel. 'Als ik mag, zou ik graag een
korte verklaring afleggen. Vanaf middernacht vandaag zullen Meditech, al onze dochterbedrijven en alle bedrijven met wie we sa-
menwerken, ophouden met het gebruiken van proefdieren. Later
zullen we de media een vollediger verklaring geven.'

Voordat Stokes een duit in het zakje kon doen, werd Van Straten overstelpt met vragen. Het was Stokes' grote moment, maar
Van Straten dreigde met de eer te gaan strijken, wat hem duidelijk
totaal niet beviel. Hij wipte ongeduldig op zijn voeten. 'Ik heb ook
een verklaring!' schreeuwde hij, maar de verslaggevers negeerden
hem en bleven vragen op Van Straten afvuren.

'Wat is de reden voor deze verandering van beleid, meneer Van
Straten?'

'Betekent dit dat de extremisten die de herinnering aan uw moeder hebben ontwijd het pleit gewonnen hebben?'

Vervolgens een vraag die, wat een groot deel van de kijkers thuis
betrof, ongetwijfeld meer zin had: 'Hoe denkt u dat dit de koers
van de aandelen van uw bedrijf zal beïnvloeden?'

Van Straten hief zijn armen. 'Dames en heren, alstublieft. Ik ge-

17

loof dat het onbeleefd zou zijn als u niet op zijn minst luistert naar wat meneer Stokes over deze zaak te vertellen heeft.'

Met moeite zijn woede onderdrukkend deed Stokes een stapje opzij, zodat hij recht voor de president-directeur van Meditech stond. Alle schermen achter hem en de miljoenen beeldbuizen in het hele land toonden nu alleen maar zijn gezicht.

Hij bracht zijn rechtervuist naar zijn mond, schraapte theatraal zijn keel en wachtte tot het stil werd.

'Dit is een gedenkwaardige dag voor de dierenrechtenbeweging...' begon hij. Maar voor hij zijn zin af kon maken, sloeg hij als een blok achterover.

Een .50 kaliber kogel had zijn hele hoofd weggeslagen.

# 4

Lock ging met een sprong voor Croft staan en trok zijn wapen om Croft tijd te geven Van Straten beet te pakken en om te draaien, zodat ze rug aan rug stonden. Zijn werkgever met zijn linkerhand bij de kraag van zijn overhemd grijpend liep hij zo snel mogelijk achteruit en beantwoordde het vuur. Lock moest vechten om zijn positie te bewaren in het gedrang, terwijl Ty en Croft Van Straten naar binnen loodsten.

Lock keek om zich heen, maar Brand en zijn team waren nergens te bekennen. Eveneens achteruit lopend schreeuwde hij Ty toe: 'Breng hem naar boven!'

Voor hem stoven mensen alle kanten uit. De menigte voor het gebouw verdeelde zich in twee helften toen een tweede kogel een mannelijke demonstrant in de borst trof. Hij sloeg voorover en bleef roerloos liggen.

Lock slaakte een zucht van verlichting toen hij verslaggeefster Carrie Delaney vanuit een ooghoek naar een op de hoek geparkeerd staande bestelwagen zag rennen. Rechts van hem zag hij Janice Stoker in haar rolstoel, terwijl haar moeder paniekerig probeerde haar weg te duwen. Toen zag hij de tweede reden voor de collectieve paniek.

Een rode Hummer scheurde in volle vaart op het gebouw af, schuin afkoersend op de enige persoon die hem niet kon ontwijken. Zelfs als de bestuurder op dit moment remde, zou het voertuig door zijn vaart nog zeker zeventig meter doorrijden. Janice bevond zich ruim binnen die afstand.

Toen Lock naar haar toe rende, gleed zijn linkervoet uit op de bevroren trappen, op hetzelfde moment dat een nieuwe kogel de resten van de glazen voorgevel vermorzelde. Met een wanhopige sprong trok hij Janice uit haar rolstoel. Door zijn vaart gleden ze samen weg over de gladde stenen.

Achter hen remde de Hummer. De wielen blokkeerden en het gewicht van de wagen sleurde hem onweerstaanbaar verder. Lock keek als aan de grond genageld toe toen de auto met een klap tegen Janice' moeder aan botste. Ze werd de lucht in geslingerd en viel met een doffe plof tussen de voorwielen.

Janice opende haar mond om te gillen toen de Hummer de receptie in reed. 'Mam!' schreeuwde ze, terwijl Lock haar onder zich duwde om haar met zijn lichaam te beschermen.

Achter zich zag hij een portier van de Hummer opengaan en Brand met de m-16 in zijn rechterhand uitstappen. Na een korte blik op de ravage die het voertuig aangericht had, liep hij kalm en met het geweer in de aanslag op Lock af. Glas knarste onder zijn schoenen.

Lock liet zich van Janice afrollen. Een haastig toegeschoten ambulanceverpleger knielde naast haar op de grond. De leden van het TA klommen een voor een uit de Hummer en verspreidden zich met getrokken pistolen in de receptie.

Brand was bij Lock. 'Vanaf hier neem ik het over, vriend.'

Lock was zo kwaad dat hij gal in zijn keel proefde. Een jonge vrouw had zojuist haar vaders hoofd verpulverd zien worden en Brand haar moeder zien overrijden.

Brand grijnsde. 'Maak je niet zo druk, Lock, het was verdomme maar een eco-freak.'

Lock haalde zijn rechterarm naar achteren en deed een stap naar voren. Voordat Brand zich kon bukken, knalde Locks rechterelleboog keihard tegen zijn wang. Met een bevredigende knak sloeg Brands hoofd achterover, terwijl het bloed uit zijn mond spoot.

'Het was een mens,' zei Lock, terwijl hij de man haastig voorbijliep.

# 5

Zich plotseling bewust van zijn zwoegende adem zocht Lock dekking achter een Crown Vic die ongeveer twintig meter van de voorgevel van het gebouw geparkeerd stond. Hij zorgde ervoor een meter of anderhalf van de carrosserie vandaan te blijven om minder kans te lopen door rondvliegende brokstukken geraakt te worden. Te dicht bij je dekking blijven werd 'dekking plakken' genoemd. Dekking plakken kon fataal zijn.

Het was pas anderhalve minuut geleden dat Stokes doodgeschoten was, maar in een eenzijdige confrontatie als deze leek zoiets een eeuwigheid.

Wat had zijn vader hem als tienjarig jongetje ook weer over het werk als lijfwacht verteld? Uren verveling, seconden van doodsangst.

Toen hij opkeek, zag hij brigadier Caffrey vlak achter de patrouillewagen op zijn hurken zitten. Lock pakte zijn schouder en trok hem een meter naar achteren.

'Hé, wat moet dat verdomme?'

'Je zit er te dicht bij.'

'Hoezo?'

'Lijkt dit je een goed moment voor een college over het juiste gebruik van dekking? Doe nou maar gewoon wat ik zeg en blijf verdomme hier.'

Caffrey grimaste. Zijn pafferige gezicht was rood van de snijdende wind en de onverwachte inspanning. 'Man, ik zou me wel in de Bronx hebben laten plaatsen als ik behoefte had aan dit soort gesodemieter.'

'Volgens mij zitten ze daar,' zei Lock met een knikje naar een bakstenen gebouw van twee verdiepingen met op de begane grond een Koreaanse delicatessenwinkel die pover afstak tegen de opzichtige kantoorgebouwen aan weerszijden ervan.

'Ze? Hoe weet je dat het er meer zijn?' vroeg Caffrey, voorzichtig om de auto heen kijkend.

Lock trok hem terug. 'Een alleen opererende sluipschutter is of een doorgeslagen schooljongen die voor geen meter kan schieten of iemand in een film. Profs werken met een uitkijk. En die kerels zijn profs.'

'Heb je ze gezien?' vroeg Caffrey.

Lock schudde zijn hoofd. 'Maar neem maar van mij aan: ze kunnen nergens anders zitten. De hoek van het eerste schot was precies geschikt om Stokes over alle mensen heen te raken.'

Lock sprak in zijn radio. 'Ty?'

'Komt u maar.'

'Waar is Van Straten?'

'Die zit veilig aan zijn thee met koekjes. Hoeveel slachtoffers?'

'Drie.'

Links van Lock kwam een man van middelbare leeftijd in een kostuum en met een aktetas onder zijn arm achter een geparkeerde auto vandaan. Hij had nog geen twee meter afgelegd toen de sluipschutter hem neerlegde.

'Herstel. Vier.'

Uit de receptie kwam het ratelen van automatisch geweervuur toen Brand en zijn TA het vuur beantwoordden.

'Oké, Ty. Laat Croft bij Van Straten, kom naar beneden en zorg dat Brand en zijn totaal achterlijke team niet nog meer burgers platleggen.'

'Komt voor elkaar.'

Lock wendde zich weer tot Caffrey. 'Wanneer verwacht je het arrestatieteam?'

'Over vijf minuten. Tot die tijd kunnen we hier beter blijven zitten.'

'Vergeet ze niet te vertellen dat ik aan jullie kant sta.'

'Waar ga je verdomme naartoe?'

'Die klootzakken goed nieuws brengen,' zei Lock, naar het dichtstbijzijnde portiek rennend.

Hij dook de ingang van het gebouw tegenover het hoofdkantoor van Meditech in. Nu stond hij aan dezelfde kant van de straat als de schutter en kon hij voorzichtig, gebouw voor gebouw, dichterbij komen en zo de hoek steeds kleiner maken. Zijn enige zorg was dat hij tegen een verdwaalde kogel van Brands schietgrage zootje aan zou lopen.

Er hing een bordje met GESLOTEN op de deur van de delicatessenwinkel, terwijl dit soort winkels zelfs op Thanksgiving Day openbleef. Lock wist zeker dat hij op de juiste plaats was. Hij probeerde de deur. Op slot. Met de kolf van zijn Sig sloeg hij het glas uit de panelen en kroop naar binnen. De winkel was leeg. De relatieve rust was verwarrend na het geloei en gejank van de sirenes op straat. Met zijn Sig in zijn rechterhand en steunend op zijn linker sloop hij naar de toonbank.

Achter de kassa hurkte een jonge vrouw, met haar handen in plastic handboeien en haar mond dichtgeplakt met textieltape. Er was weinig ruimte, dit soort winkeltjes gebruikte elke vierkante centimeter om hun waren uit te stallen. Toen hij zich op zijn knieën liet zakken, raakte zijn hand haar schouder aan. Ze schrok zichtbaar.

'Niet bang zijn, alles komt goed,' fluisterde hij.

Hij zocht de rand van het plakband en stak er zijn duimnagel onder.

'Dit zal even zeer doen, maar probeer alsjeblieft niet te schreeuwen, oké?'

Ze knikte, nog steeds met sterk verwijde pupillen van angst.

'Ik zal het er heel snel af trekken, net als een pleister. Een, twee, drie...'

De vrouw onderdrukte een kreetje toen hij het plakband met een ruk van haar mond trok.

'Mijn vader is daar,' zei ze, hortend ademhalend. Ze knikte naar de gang, die van de winkel naar achteren liep. 'Hij heeft een hartkwaal.'

'Wie zijn er nog meer?'

'Twee mannen. Boven.'

'Weet je het zeker?'

'Ja. Ze zijn nog niet naar beneden gekomen.'

'Waar is de trap?'

Ze maakte een hoofdbeweging naar een bruine paneeldeur aan het eind van de gang.

Lock trok zijn Gerber-mes, het lemmet in één vloeiende beweging openvouwend. De vrouw keek hem angstig aan.

'Ik ga je handen losmaken.'

Ze leek hem te begrijpen, maar verstijfde toch toen hij zijn handen achter haar rug stak om de plastic handboeien door te snijden. Hij had verwacht dat de aanvallers ze geïmproviseerd hadden van kabelbinders die ze ergens gevonden hadden, maar nu zag hij dat het echte handboeien waren, van het soort dat het leger gebruikte in landen als Irak, waar soms een groot aantal mensen in korte tijd geboeid moest worden. Maar het dunne lemmet van de Gerber sneed door het dikke witte plastic alsof het boter was.

'Zorg voor je vader. Ga naar buiten als je hoort schieten, maar blijf aan deze kant van de straat.'

Lock stond op, liep naar de trapdeur, trok hem open en keek omhoog. Stof kriebelde in zijn keel toen hij, zijn gewicht gelijk over de treden verdelend, de trap op liep. Hij concentreerde zich op zijn ademhaling, zodat zijn gezichtsveld, dat zich onwillekeurig vernauwd had, zich langzaam herstelde. Toen hij op de eerste verdieping kwam, klopte zijn hart twintig slagen per minuut langzamer.

Zware voetstappen boven hem. Ze hadden duidelijk haast. Hij zakte door zijn knieën en richtte zijn 226-geweer op een opening tussen de ijzeren stijlen van de leuning op de tweede verdieping.

Hij zag een flits van een lichaam, maar voor hij het onder schot kon nemen, was het weer verdwenen.

Langzaam sloop hij de laatste trap op met de Sig in de aanslag en zijn wijsvinger aan de trekker. Boven was een deur, ongeveer twee meter links van de trap. Rechts zat eveneens een deur, die op een kier stond. Hij sloop naar rechts en duwde de deur met de neus van zijn schoen open. Het muffe, vochtige vertrek bevatte een bureau en een dossierkast. Het raam, dat op een achterstraatje uitkwam, stond open. Er was een metalen pen in de vensterbank geslagen en een blauw klimtouw hing uit het raam. Lock liep erheen, boog zich naar buiten en zag de ruggen van twee rennende mannen, vermoedelijk het sluipschuttersteam.

Hij zette zijn radio aan. 'Ty?' fluisterde hij.

'Ja?'

'Koreaanse delicatessenwinkel aan de overkant. Tweede verdieping.'

'Oké, man, ik zal het doorgeven.'

Met een beetje geluk zou het arrestatieteam een gebied van vier straten afzetten en hen vinden voor ze weg konden komen. New York was misschien de beste stad ter wereld om ongezien in op te gaan, maar zelfs hier zou een hevig zwetende sluipmoordenaar met zijn gereedschap in de hand waarschijnlijk opvallen.

Lock liep terug over de overloop en bleef staan voor de gesloten deur die hij eerder gezien had. Hij deed een stapje achteruit, tilde zijn rechterbeen op en gaf er een trap tegen. Toen de deur openvloog, klonk er een oorverdovende knal, een jachtgeweer waarvan de trekker met vislijn aan de deurknop gebonden was. De inslag wierp Lock over de balustrade. Hij smakte op zijn rug en sloeg zo hard met zijn hoofd tegen de muur dat hij een deuk in de gipsplaat maakte. Daarna werd alles zwart.

# 6

Een groepje taxi's stond voor het chique flatgebouw. Hun statio-
nair draaiende motoren stootten een miniatuur smognevel uit die
door de F D R Driveway rolde, helemaal tot aan de East River.

Natalya Verovsky stond naast de ingang met de groene markies
erboven, schuilend onder een golfparaplu met het logo van hotel
Four Seasons erop en op enige afstand van de andere au pairs en
kindermeisjes die wachtten tot hun pupillen van het kerstfeestje
naar buiten kwamen. Ze keek op haar horloge. Bijna tijd.

Toch leek het nog een eeuwigheid te duren voordat een groepje
opgewonden kinderen met zakken snoep in hun handen naar buiten kwam. Josh, een slungelig joch van zeven met een dikke bos
bruin haar, was zoals altijd de laatste. Hij was in een komisch ernstig gesprek met een van zijn vrienden verwikkeld over het bestaan
van de Kerstman.

Toen Josh Natalya zag, maakte hij met een nonchalant 'Ik moet
gaan' een eind aan het gesprek en rende naar haar toe.

Normaal gesproken was dit het teken voor Natalya om hem
stevig te omarmen, op te tillen en zijn omhelzing te beantwoorden met een vochtige zoen waartegen Josh steevast protesteerde
omdat hij hem onsmakelijk vond, maar waarvan ze wist dat hij er
stiekem van genoot. Maar vandaag pakte ze hem zwijgend bij de
hand, hoewel ze wist dat hij dat nog erger vond dan gekust te worden.

'Hé, ik ben geen baby meer,' protesteerde hij.

Natalya zei niets. Josh keek haar meteen aan, want zijn radar
pikte alles op. 'Wat is er, Naty?'

Natalya antwoordde scherp: 'Niks. Kom mee.' Ze trok hem mee
naar een aan de overkant geparkeerde taxi.

Toen het achterportier openging, bleef Josh staan. 'Waarom lopen we niet?'

'Daar is het te koud voor.'

Een leugen. Het was koud, ijskoud zelfs, maar ze waren wel in kouder weer naar huis gelopen.

'Maar ik vind kou lekker.'

Natalya's hand omklemde die van Josh. 'Snel, snel.'

'Krijg ik warme chocolademelk als we thuiskomen?'

'Natuurlijk.' Opnieuw een leugen.

Josh glimlachte om zijn vermeende overwinning. Natalya wist dat zijn vader er een hekel aan had als hij voor het eten zoetigheid at, en normaal gesproken stond ze aan zijn kant en gaf ze Josh alleen op vrijdagmiddag, als hij al zijn huiswerk klaar had, stiekem een paar snoepjes.

Hij klom op de achterbank. 'Met spekkies?'

'Ja hoor,' zei Natalya.

De chauffeur, wiens gezicht onzichtbaar was achter het tussenschot, drukte met zijn handpalm op de claxon voor hij de Lincoln het verkeer in loodste. Op de eerstvolgende hoek sloeg hij rechts af 84$^{th}$ Street in op weg naar 1$^{st}$ Avenue.

Natalya staarde recht voor zich uit.

Josh keek haar aan met een gezicht waarop een slechte imitatie van volwassen bezorgdheid te lezen stond. 'Er ís iets, of niet?'

Met een doffe tik sprongen de portieren links en rechts van hen op slot. Natalya zag paniek in Josh' ogen. 'Dat is alleen om te voorkomen dat je eruit valt.' Leugen nummer drie.

'Maar ik kán er helemaal niet uit vallen.'

Het verkeerslicht sprong op groen. Natalya boog zich over Josh heen om zijn veiligheidsriem vast te maken toen de auto met een ruk vooruitschoot om het volgende stoplicht te halen. Nu lag het park rechts van hen. Alle bomen waren kaal en bladerloos. Ze passeerden een eenzame jogger die met een verbeten gezicht tegen de bijtende wind optornde.

Op de hoek van 97$^{th}$ Street draaide de auto Central Park in op weg naar de Upper West Side, zodat Natalya elk voorwendsel dat ze naar huis gingen moest laten varen.

Josh maakte zijn veiligheidsriem los en klom met zijn knieën op de achterbank om door de achterruit te kijken. 'We rijden verkeerd,' protesteerde hij, piepend van ongerustheid. 'Waar gaan we naartoe?'

Natalya deed haar best om hem te sussen. 'Het is maar voor een poosje.' Dat was in ieder geval geen leugen. Dat hadden ze beloofd.

'Wat is maar voor een poosje? Waar gaan we naartoe?' Hij haalde bevend adem. 'Als we niet gelijk naar huis gaan, vertel ik het tegen pap en dan vlieg je eruit.'

Het raampje van het tussenschot ging open en de chauffeur keek over zijn schouder. Hij had een gemillimeterd militair kapsel, grijzend aan de slapen. Het zwarte pak dat hij aangetrokken had om op een chauffeur te lijken dreigde te scheuren onder zijn oksels.

'Breng ons naar huis!' krijste Josh tegen hem. 'Nu meteen!'

De chauffeur negeerde hem. 'Als jij er niet voor zorgt dat die snotaap gaat zitten, doe ik het,' zei hij tegen Natalya, terwijl hij zijn colbert opzij trok en een schouderholster met een Glock 9 mm pistool onthulde. De kolf stak zwart af tegen zijn witte overhemd.

Josh keek met grote ogen naar het wapen en zweeg. Zijn paniek sloeg om in stille woede.

Door de voorruit zag hij het bekende blauw en wit van een patrouilleauto van de New Yorkse politie op hen afkomen. Over een paar seconden zou hij bij hen zijn. Een seconde later zou hij verdwenen zijn.

Voelend dat dit zijn enige kans was, deed Josh een onbesuisde poging om op de voorbank te klimmen. De rechterelleboog van de chauffeur kwam omhoog en smakte hard tegen zijn voorhoofd, zodat hij tussen de banken op de grond tuimelde. 'Ga godverdomme zitten,' zei de chauffeur. Hij drukte op een knop op het dashboard en het tussenschot ging weer dicht.

Natalya trok Josh weer op de achterbank. Er vormde zich al een buil waar de chauffeur hem geraakt had. Een paar centimeter lager en hij zou zijn neus gebroken hebben. Hij vocht vergeefs tegen de tranen.

Zijn ogen boorden zich in die van Natalya. 'Waarom doe je dit?'

Toen Josh schor en ademloos begon te snikken, deed Natalya haar ogen dicht, terwijl de bal van stille angst die ze al een paar weken in haar maag had nog harder werd en bevestigde wat ze steeds voor zichzelf ontkend had: dat ze een vreselijke vergissing had begaan. Buiten raasde de patrouilleauto hen voorbij. Geen van de twee agenten keurde de taxi ook maar een tweede blik waardig.

# 7

Tien minuten nadat de chauffeur Josh een klap gegeven had, ging het tussenschot weer open en slingerde hij een rugzak in Natalya's richting. Ze maakte hem angstig open, hoewel ze al wist wat erin zou zitten.

Het eerste artikel was een plastic tas met het bekende rode en blauwe logo van de Duane Read-drogisterijketen. Verder gravend vond ze een stel splinternieuwe kinderkleren in Josh' maat: spijkerbroek, wit T-shirt en marineblauwe trui. Geen tekenfilmfiguren, geen merknamen, geen opschriften, niets wat ze ook maar in het minst onderscheidde. Effen. Merkloos. Anoniem. En precies om die redenen gekozen.

'Kijk, nieuwe kleren,' zei Natalya, haar best doend Josh uit het verste hoekje van de achterbank te lokken.

Josh keek naar Natalya. Half opgedroogde tranen blonken als glycerine op zijn wangen. 'Waardeloos.'

'Kom, dan zullen we je omkleden.'

'Waarom? Waarvoor?'

'Alsjeblieft, Josh.'

Josh keek naar het tussenschot. 'Nee.'

Natalya boog zich dichter naar hem toe. 'We willen hem toch niet opnieuw kwaad maken, of wel?'

'Wie is dat trouwens?' vroeg Josh. 'Je vriend?'

Natalya beet op haar lip.

'Ja hè!'

'Het maakt niet uit wie het is.'

'Waarom doe je dit?'

Natalya liet haar stem dalen. 'Luister, ik heb een fout gemaakt. Ik zal proberen je weer vrij te krijgen. Maar nu moet je eerst even meewerken.'

'Waarom zou ik je geloven?'

'Omdat je geen keus hebt.'

Met veel hangen en wurgen werd Josh omgekleed. Natalya propte zijn feestkostuum in de rugzak – de eerste hindernis was genomen. Ze pakte de tas van de drogisterij, zette zich geestelijk schrap en legde hem weer weg. Als ze niet boven op Josh wilde gaan zitten om te doen wat er moest gebeuren, met het risico dat ze hem verwondde, zou ze dit voorzichtig moeten aanpakken.

'Je ziet er goed uit,' zei ze.

'Nietes.'

'Ze staan je goed.'

Josh trapte er geen moment in en Natalya zag hem weer onrustig worden.

Hij verschoof ongedurig. 'Kunnen we naar huis gaan? Alsjeblieft? Als je geld wilt hebben, kan pap je dat geven, maar ik wil naar huis.'

'Zo makkelijk ligt het niet.'

'Waarom niet?'

Natalya pakte een kappersschaar uit de drogisterijtas.

Josh' hand schoot naar zijn hoofd. 'Nee. Niet mijn haar.'

De chauffeur trapte op de rem en zette de auto stil. Een achterligger claxonneerde verontwaardigd. Het tussenschot ging open. Ditmaal had hij het pistool in zijn hand. Hij richtte het op Josh en zei: 'Als ik nog één keer moet stoppen, zul je het bezuren.'

Josh draaide Natalya bevend zijn rug toe. Ze ging in kleermakerszit achter hem zitten en begon.

Amper vijf minuten later was de achterbank bezaaid met lange lokken donkerbruin haar. Josh haalde een hand door de ongelijke pieken.

Natalya pakte Josh' hand en gaf er een kneepje in. 'Je kunt het altijd weer laten groeien. Kom, dan zal ik het afwerken.'

Ze legde de laatste hand aan zijn kapsel, even helemaal opgaand in het werk.

'Alsjeblieft. En weet je wat precies bij deze stijl zou passen?'

'Wat dan?'

'Een andere kleur.'

'Oké,' zei Josh totaal verslagen.

Natalya zocht opnieuw in de tas en zuchtte toen ze een plastic flesje met haarverf tevoorschijn haalde. Ze las de gebruiksaanwijzing op de achterkant, klakte luid met haar tong, boog zich naar voren en tikte op het tussenschot. 'Ik kan dit nu niet gebruiken.'

De chauffeur keek haar aan in de achteruitkijkspiegel. 'Waarom niet?'

'Er is water voor nodig.'

'Weet je het zeker?'

'Denk je dat ik gek ben?'

Ze stak het flesje door het tussenschot, met twee vingers het opschrift 'Uniek: voor droog gebruik' bedekkend. De chauffeur gromde iets, stak het flesje in zijn binnenzak en reed verder.

'Wees maar niet bang, ik zal zorgen dat je niks overkomt,' fluisterde Natalya, terwijl ze haar arm om Josh heen sloeg.

'Is dit niks dan?' vroeg hij kwaad.

Natalya trok hem dichter tegen zich aan tot hij toegaf en zich tegen haar aan nestelde.

Een kwartier later was hij met zijn hoofd tegen Natalya's schouder ingedommeld. De auto kwam tot stilstand en de chauffeur opende het portier en trok hen allebei de kou in. Terwijl ze rillend in de ijskoude motregen stonden, haalde de chauffeur een splinternieuwe snoerloze stofzuiger tevoorschijn om Josh' haar van de achterbank op te zuigen. Iemand anders zou de auto later ophalen.

Ze stonden op een verlaten industrieterrein, met links een weg. Door een laagje poedersneeuw liepen ze naar een enorme metalen poort midden in een schijnbaar eindeloze omheining van harmonicagaas. In de verte reden auto's voorbij. Verder waren ze alleen, de man met het pistool, Natalya en het kind dat aan haar hoede was toevertrouwd en dat ze zojuist op zo'n wrede manier had verraden.

Natalya keek om zich heen en probeerde een herkenningspunt te ontdekken – een straatnaambordje misschien, of een winkel – maar ze zag alleen maar water. Niet ver van hen vandaan hoorde ze het klotsen van golven tegen een kade.

Op het moment dat de chauffeur Josh een klap gaf, was alles veranderd. Ze was vastbesloten haar fout goed te maken, ongeacht wat er voor haar persoonlijk op het spel stond. Dat hield in dat ze Josh veilig terug zou brengen bij zijn vader. Maar ze zou voorzichtig moeten zijn en het juiste moment uit moeten kiezen. Ze zouden geen twee keer de kans krijgen om te ontsnappen.

Ze waren door geen enkele tunnel en over geen enkele brug gereden, dus ze wist zeker dat ze nog in Manhattan waren. Aan de andere kant hoefde je geen genie te zijn om te weten dat deze buurt een heel eind van de Upper East Side lag.

De chauffeur duwde Natalya met vlakke hand naar de metalen poort. 'Schiet op,' gromde hij.

Bij het hek zat één beveiligingscamera, die zacht snorrend heen en weer draaide. De poort klikte en de chauffeur duwde hem open en loodste Natalya en Josh naar binnen.

Aan het eind van een pier lag een speedboot afgemeerd. Hij was leeg, donkergrijs geverfd en lag laag in het water. Ze liepen ernaartoe. De chauffeur klom erin, bijna zijn evenwicht verliezend toen een plotselinge golf de boot optilde. Heel even overwoog Natalya weg te rennen, maar de pier stak zeker tien meter het water in en ze wist dat ze geen schijn van kans zouden hebben.

Natalya hielp Josh in de boot.

'Geef me het touw,' zei de chauffeur, Josh omlaag duwend om hem onzichtbaar te maken voor eventueel voorbijvarende boten op de rivier.

Natalya haalde het touw bij de achtersteven van de meerpaal en gooide het naar hem toe. Dit was haar kans.

De chauffeur wenkte haar toen de boot langzaam wegdreef van de pier. 'Snel.'

Ze aarzelde, maar toen zag ze de angst in Josh' ogen. Ze kon het niet over haar hart verkrijgen hem in de steek te laten. Met een snelle beweging sprong ze van de pier.

Met loeiende motor voeren ze in een golf van schuim en dieseldampen weg. Even later was de pier uit het zicht verdwenen; een zwarte streep tegen de grijze hemel.

Natalya noteerde in gedachten de gebouwen die ze kende. De toren van het Chryslergebouw. Het Empire State Building. Het gapende gat waar de Twin Towers gestaan hadden, nu vervangen door het eerste stuk van de Freedom Tower.

De chauffeur haalde het flesje haarverf uit zijn binnenzak. Hij tuurde naar de gebruiksaanwijzing op de achterkant alsof die in het Sanskriet geschreven was. Ten slotte keek hij Natalya aan. 'Voor droog gebruik. Lulkoek.'

Hij gooide Josh het flesje toe. 'Zorg dat je het er goed in smeert.'

# 8

Lock werd wakker in een bed in een klein kamertje, aangesloten op een monitor en een soort infuus – morfine, hoopte hij, maar waarschijnlijk een zoutoplossing. Als hij nog steeds zoveel pijn had, moest het verdomd slappe morfine zijn. Hij bewoog met zijn tenen en vingers, opgelucht dat alles leek te werken. Om er zeker van te zijn dat het geen fantoomgevoel was, gooide hij het laken van zich af, verbaasd dat hij zich zo vrijelijk kon bewegen, en hij moest lachen toen hij zijn erectie zag. Misschien was het een soort evolutionaire reactie op een bijna-doodervaring. Of anders een volle blaas. Hij wachtte tot zijn opwinding zakte, zich de meest onerotische dingen voor de geest halend om de erectie snel weg te werken. Vergeet het maar. Zelfs de gedachte aan een door yoga vermagerde Madonna kon hem er niet afhelpen.

De jaloezieën waren niet helemaal neergetrokken en hij zag iets van de lichten van de stad die nooit sliep en het uitstekend zonder hem kon stellen. Voorzichtig gooide hij zijn benen over de rand van het bed, legde een hand op het hekje en stond op. Heel even leek de kamer te draaien, maar dat gevoel ging snel over en hij slaagde erin voorzichtig naar het piepkleine badkamertje te schuifelen. De man die hem uitdrukkingsloos aanstaarde in de spiegel had een baard van drie dagen en een gemillimeterd hoofd. Toen hij over zijn schedel streek, voelde hij hechtingen. Het was niet duidelijk of ze het resultaat waren van een wond of van een incisie. Hij raakte ze aan. Niet echt pijnlijk, maar zeer zeker hechtingen.

Zijn gezicht was gezwollen, vooral rondom zijn ogen, die nog blauwer leken tegen de dodelijke bleekheid van zijn huid. Zijn pupillen waren speldenknoppen.

Het duurde even voor hij zich herinnerde hoe hij hier terechtgekomen was. Opluchting. Hij wist alles nog. De demonstranten,

Van Stratens onverwachte actie en vervolgens de kogel toen hij op de trappen voor Meditech stond. Herstel: kogels. De glimp van Carrie, die dekking zocht. Die herinnering vergrootte zijn opluchting. Vervolgens zijn ingrijpen tegen de sluipschutters, het jonge, geboeide Koreaanse winkelmeisje, de trap, een knal en het moment waarop alles zwart werd.

Hij was niets kwijt. Hij veroorloofde zich een glimlach.

Hij liet de wasbak vollopen en waste zijn gezicht met het koude water. Halverwege verstijfde hij toen hij de deur van zijn kamer hoorde opengaan. Hij drukte zijn rug tegen de muur en gluurde om een hoek. In de kamer stond een man in een blauw windjack, om zich heen kijkend alsof hij dacht dat iemand een goocheltruc uitgehaald had. Heel even dacht Lock dat de man zijn Maglite zou trekken om onder de dekens te schijnen.

Toen hij uit de badkamer kwam, ontspande het gezicht van de man zich in een glimlach. 'O, daar bent u.'

'Hier ben ik,' was het enige antwoord dat Lock kon bedenken. Plotseling overweldigd door een golf van uitputting deed hij struikelend een stap naar het bed. De man stak een hand uit om hem op de been te houden. 'Voorzichtig.'

Lock wuifde hem weg. Hij wilde zo snel mogelijk een paar lakens tussen hem en zijn bezoeker hebben. 'Laat me eens raden: GTT.'

Het veldkantoor van de Gezamenlijke Taakgroep Terrorisme in Manhattan lag aan het Federal Plaza in het centrum. De taakgroep bestond uit vertegenwoordigers van de FBI, het Bureau voor Alcohol, Tabak, Vuurwapens en Explosieven en de New Yorkse politie en moest in actie komen bij alle gevallen van binnenlands terrorisme in New York en omstreken. De campagne tegen Meditech werd hun zaak toen de demonstranten geweld begonnen te gebruiken. Lock had met een aantal hoge pieten uit het kantoor samengewerkt, maar als hij het zich goed herinnerde was de man die op dit moment voor hem stond daar niet bij geweest.

'John Frisk. Pasgeleden overgeplaatst.'

'Ryan Lock.'

'Dus u weet in ieder geval nog hoe u heet. Da's een goed begin.'

'Van waar bent u overgeplaatst?'
'FBI.'
Lock liet zich op het bed zakken. Frisk schoof een stoel bij en ging naast hem zitten.
'U hebt geboft. Een paar centimeter naar links of naar rechts en u was er geweest.'
Lock had vier schilden gedragen, twee voor en twee achter. Ze konden in de zakken links en rechts op zijn kogelvrije vest geschoven worden voor extra bescherming.
Hij liet zijn hoofd voorzichtig terugvallen op de kussens en staarde naar het plafond. 'Wat was het?'
'Kaliber twaalf jachtgeweer dat aan de deur vastzat,' zei Frisk.
'Hebben jullie al iemand opgepakt?'
'Eigenlijk hoopten we dat u ons daarmee zou kunnen helpen.'
Lock kauwde op de binnenkant van zijn wang. 'Profs. Allebei mannen. Allebei ruim een meter tachtig. Ik heb weinig meer gezien dan hun ruggen. Wat heeft het forensisch team opgedoken?'
'Dat kan ik niet precies zeggen.'
'Zoveel aanwijzingen, hè?'
Nu was het Frisks beurt om een glimlach te onderdrukken. 'Ik dacht dat ik de opsporingsambtenaar was en u de getuige.'
'Macht der gewoonte.'
Frisk aarzelde even. 'Oké, afgaande op wat we gevonden hebben, denken we net als u dat het een professionele klus was. Zwaar kaliber sluipschuttersgeweer... welk type precies zijn we nog aan het uitzoeken, maar kaliber vijftig.'
'Vijftig?'
'Jazeker. Als dat achter die deur gezeten had, zouden we dit gesprek niet gevoerd hebben,' zei Frisk nonchalant.
'Dat kun je wel zeggen, ja,' zei Lock. Hij had gezien wat de .50 kogel met Stokes' hoofd gedaan had en wist dat geen enkel schild hem dan gered zou hebben.
'Ze hadden de ontsnappingsroute vooraf verkend. Er was weinig te vinden voor het forensisch team. Nergens lege hulzen, hoewel we daar toch weinig aan gehad zouden hebben. En de kamer hebben ze met chloor bewerkt voor ze door het raam ontsnapten.'

'En het jachtgeweer?' vroeg Lock, zich opzij buigend om het glas water te pakken dat op het kastje naast zijn bed stond. Frisk was hem voor en reikte het hem aan. 'Dat was volgens mij bedoeld om ze extra tijd te geven.'

Lock gromde instemmend.

'We hebben de eigenaar opgespoord. Het was afkomstig uit een huis op Long Island dat al sinds de zomer leegstaat. De man wist niet eens dat er ingebroken was.'

'Heeft het meisje het overleefd?'

'Het meisje in de rolstoel?'

Lock knikte en nam een slokje water.

'Ze ligt op de vierde verdieping.'

'Hoe maakt ze het?'

'Behoorlijk geschrokken. En ze weet ongeveer evenveel als u.'

'Een hele rij nuttige getuigen dus, zo te horen. Hoeveel slachtoffers?'

'Vijf doden in totaal.'

'Vijf?'

'Drie doodgeschoten, één doodgereden en één hartaanval.'

Een klopje op de deur. Een jonge zwarte arts van tegen de dertig, die eruitzag alsof ze al die tijd dat Lock bewusteloos was op de been was geweest, stak haar hoofd naar binnen. 'Ik dacht dat ik duidelijk had gemaakt dat mijn patiënt niet gestoord mocht worden tot hij daar klaar voor was.'

'Het is mijn schuld, dokter,' zei Lock. 'Ik was agent Frisk aan het ondervragen, niet andersom.'

'Als u vragen hebt, kunt u altijd met mij praten.'

Lock keek naar Frisk. 'Ik was vergeten agent Frisk naar mijn FBI-prognose te vragen.'

'Tja, u hebt een vergunning voor uw wapen, hoewel ik niet snap hoe iemand tegenwoordig in deze stad een vergunning voor een verborgen wapen krijgt.'

Lock keek naar het plafond. 'Goeie kruiwagens.'

'En daar houdt uw geluk niet mee op,' ging Frisk verder. 'U hebt geen enkel schot gelost, dus er komt geen aanklacht. Maar laat de aanval in het vervolg liever over aan de cavalerie, oké?'

Lock werd nijdig. Hij was de enige die iets had gedaan, en nu deed Frisk of hij een groentje van de politie was. 'Met plezier, als het jullie gelukt was om voor de aftiteling te arriveren. En nu we het hier toch over hebben, wat gaat er met Brand gebeuren?'

'De politie popelt om hem dood door schuld aan te smeren, maar de openbare aanklager staat onder een hoop druk om de aanklacht terug te schroeven of helemaal te laten vallen.'

'Als u met iemand op het bureau praat, zeg dan maar dat ik met plezier als getuige à charge wil optreden.'

Frisk trok een wenkbrauw op. 'Niet zulke dikke vrienden, hè?'

'Gewoon verschil van aanpak.'

'O ja? Wat voor verschil?'

'De mijne is correct,' zei Lock kortaf.

'Meneer Lock heeft echt rust nodig,' viel de arts hen in de rede. 'Ik weet zeker dat u morgen ruimschoots de gelegenheid zult krijgen om met hem te praten.'

'Wat voor dag is het vandaag, trouwens?'

'Donderdag,' zei Frisk.

'Wacht even. Heb ik Kerstmis gemist?'

De arts trok een wenkbrauw op. 'U hebt het geschenk van uw leven gekregen, letterlijk.'

'De Kerstman zal het volgend jaar zeker goedmaken,' zei Frisk meesmuilend.

'Oké, nu heeft hij echt rust nodig,' herhaalde de arts met klem.

Frisk knikte en liep de kamer uit. 'Zorg dat u nergens naartoe gaat,' zei hij in de deuropening.

Toen hij weg was, voelde Lock aan zijn hoofdwond, eroverheen strijkend als een kind dat aan een korstje op zijn knie krabt.

'Daar zult u een fraai litteken aan overhouden,' zei de arts, terwijl ze naast hem op het bed ging zitten.

'Denkt u dat dat me aantrekkelijker zal maken voor vrouwen?'

'Ik wist niet dat u daar hulp bij zocht.'

'Ik grijp alle hulp die ik kan krijgen met beide handen aan.'

'Vindt u het erg als er nog even naar kijk?'

'Ga uw gang.'

Hij boog zijn hoofd om het haar makkelijker te maken.

'U bent er behoorlijk goed van afgekomen.'

'Dat zeggen er meer.'

'U had een kleine bloeding en we moesten een gat in uw schedel boren om wat vloeistof af te voeren. Het is niet uitgesloten dat u af en toe een black-out krijgt, en er zijn gevallen waarin een trauma in dit gedeelte van de hersenen tot een verhoogde...'

'Laat maar, dokter. Ik geloof dat ik al weet waar u heen wilt. Wanneer mag ik weer naar huis?'

Ze stond op. 'Hoofdtrauma's zijn een serieuze zaak. Ik zou u het liefst nog een paar dagen hier houden.'

'Geen probleem,' zei hij, al plannen makend om te ontsnappen.

# 9

'Hoeft u nooit naar huis?'
De arts stond weer aan het voeteneinde van Locks bed, even verdiept in zijn status als hij in de televisie, waar hij op zijn rug liggend naar keek. Al heel snel had hij een aantal interessante ontdekkingen gedaan, met name dat de soaps die ze overdag uitzonden met genoeg morfine in je lijf verdomde boeiend konden zijn.
'Ik had u niet als een liefhebber van soaps ingeschat,' zei ze toen Lock het geluid afzette, terwijl een acteur met een kuiltje in zijn kin die zich de volgende George Clooney waande, een actrice door de kamer sloeg wier door botox verlamde gezicht het hele scala van menselijke emoties trachtte te tonen.
'Ik wachtte op het nieuws.'
'Dat zal wel.' Opnieuw die dodelijke glimlach.
'Flirt u met me, dokter?'
Ze negeerde zijn vraag en schreef iets op zijn status.
'Wat schrijft u op?' vroeg hij, proberend het te lezen.
Ze draaide de status weg, zodat hij niets kon zien. 'Niet reanimeren.'
Lock lachte. Het deed pijn.
Zelf glimlachte ze ook. 'Sorry,' zei ze, 'maar ik krijg vaak mannen achter me aan en ik ben al twee dagen niet thuis geweest.'
'Wie zei dat ik achter u aan zat?'
'Niet? Oké, nu voel ik me beledigd. Maar goed, dit gesprek is toch zinloos? U hebt immers al een vriendin.'
'O ja?'
'Nou, er is in ieder geval een vrouw die sinds uw opname constant aan de telefoon hangt. Zegt de naam Carrie Delaney u iets?'
'Een heleboel, maar helaas zijn we alleen maar goeie vrienden.'
'Helaas voor u of voor haar?'
'Allebei waarschijnlijk.'

41

'Ah.'

Lock hees zich half overeind. 'Weet u, ik had er eigenlijk nooit bij stilgestaan, maar ons werk heeft een heleboel gemeen.'

'Mensenlevens redden?'

'Ik dacht meer aan de asociale werktijden en alleen maar echt aandacht krijgen als je een fout maakt.'

'Wat hebt u fout gedaan?' vroeg ze. 'Janice Stokes zou hier niet zijn als u niet gedaan had wat u deed.'

'Ik evenmin.'

Ze keek hem recht aan. 'Waarom deed u het dan?'

'Macht der gewoonte, denk ik.'

'Dus u maakt er een gewoonte van belaagde jonkvrouwen te redden?'

Lock schudde zijn hoofd. 'Nee, de gewoonte mijn neus in zaken te steken waar ik beter van weg kan blijven. Luister, ik heb uw naam niet eens goed gehoord.'

'Dr. Robbins.'

'Ik bedoelde uw voornaam.'

'Dat weet ik.'

Over haar schouder zag Lock een glimp van Carrie die een nieuwsitem presenteerde. Hij voelde een steek in zijn maag die niets met het geweerschot te maken had. Ze stond voor een flatgebouw met een groene markies boven de ingang, waar een portier met witte handschoenen aan voortdurend even in beeld kwam, kennelijk aarzelend tussen discretie en de kans zijn gezicht op de buis te krijgen.

'Is dat uw vriendin?' vroeg dr. Robbins, Locks blik volgend en de naam onder aan het scherm lezend.

'Was. Een poosje althans.'

'Lijkt me ver boven uw stand.'

'Dat zeggen er meer. Zou u het erg vinden als...?'

'Ga uw gang,' zei dr. Robbins, terwijl ze een stapje opzij deed.

Lock zette de tv harder en hoorde Carrie halverwege een zin.

'... de FBI blijft weinig mededeelzaam over deze nieuwste ontwikkeling in het verhaal van het bloedbad bij Meditech. Tot dusver beschikken we slechts over één vaststaand feit, namelijk dat de zevenjarige Josh Hulme drie dagen na zijn verdwijning nog steeds spoorloos is.'

Op het scherm verscheen het gezicht van een jong blank jongetje met dik bruin haar en blauwe ogen dat verlegen glimlachte voor een familiefoto.

Lock trok zijn hoofd weg toen dr. Robbins er opnieuw naar probeerde te kijken. 'Wat heeft dit met Meditech te maken?'

'Zijn vader werkt voor het bedrijf of zoiets.'

Lock voelde een schok van adrenaline. Hij probeerde meteen uit bed te komen, wat hem op een verwijtende blik van dr. Robinson kwam te staan.

'Ik moet iemand bellen.'

'Prima, maar doe iedereen een lol.'

'Wat bedoelt u?'

'Trek alsjeblieft een ochtendjas aan. Je kont hangt uit die rugloze pyama.'

## 10

Aangekleed en met een honkbalpet op om wat hij voor zichzelf zijn lobotomiepatiënt-look noemde te verbergen, liep Lock de foyer in. Hij stond nog steeds enigszins wankel op zijn benen en had zich met opzet niet geschoren. Toen hij bij het wassen van zijn gezicht in de spiegel keek, bedacht hij dat het gezien de omstandigheden misschien niet eens zo'n slecht idee was om er iets anders uit te zien dan normaal. De 'Moordaanslag in Manhattan', zoals de pers het in een fraai staaltje alliteratie noemde, was duidelijk meer een openingszet dan een eindspel.

Ty bellen bleek problematisch. Locks mobiele telefoon lag helaas in de onderste la van zijn bureau bij Meditech en aan openbare telefoons was groot gebrek. dr. Robbins had gezegd dat ze voor een klein bedrag een telefoon naar zijn kamer kon laten brengen, maar daar wilde hij niet op wachten. Uiteindelijk vond hij er een op de begane grond, naast het cadeauwinkeltje.

Ty nam meteen op.

'Waar is mijn fruitmand?'

'Zo zo, als het Rip Van Winkle niet is. Ik begon me al af te vragen wanneer je weer boven water zou komen.'

'De slaap der rechtvaardigen, man.'

'Juist ja. Goed om je terug te hebben.'

Lock was dankbaar voor de opluchting in Ty's stem. Hij vond het een troostrijk idee dat er in ieder geval iemand in het bedrijf was die het iets kon schelen of hij leefde of doodging.

'Kun je me een beetje bij de tijd brengen?'

'Alles zit potdicht. Geen nieuwe incidenten. Alles lijkt kits.'

Kits?

'En ik dacht dat ik degene was die een klap tegen zijn hoofd had gehad. Hoe kan alles kits zijn als een kind van een van onze werknemers vermist wordt?'

'Heb je daarover gehoord?'

Lock hield de hoorn van zich af en telde tot drie. Langzaam. Ty leek zijn zwijgen correct te interpreteren. 'Luister, Ryan,' zei hij, 'het ligt allemaal iets ingewikkelder dan je denkt. De FBI heeft zich erin gemengd en alles wordt aan hen overgelaten.'

'Waarom hebben wij al die tijd ontvoerings- en losgeldverzekeringspremie betaald als we dit verdomme meteen aan de FBI overdragen?'

'Richard Hulme, de vader van het vermiste jongetje, heeft twee weken geleden ontslag genomen, wat betekent dat hij of zijn zoontje niet meer ons probleem is. Sorry, Ryan, ik zei hetzelfde toen ik het hoorde, maar we hebben bevel van bovenaf. We mogen ons er niet mee bemoeien.'

'Maar de FBI zal geen losgeld betalen.'

'Zij hebben hun beleid en wij hebben het onze.'

'En het onze brengt het slachtoffer in negen van de tien gevallen veilig en wel thuis met als enige schade een deuk in de balans van een verzekeringsmaatschappij en een verhoogde premie.'

'Weet ik, man, weet ik.'

Precies op dat moment kwam er een klein meisje langs op een rijdende brancard met een met viltstift versierd gipsverband om haar been. Ze glimlachte tegen hem.

'Luister, Ty, ik ga ervandoor, maar eerst moet ik even iets checken.'

'Oké, man. Hé...'

'Wat?'

'Wees voorzichtig.'

Lock hing op en liep naar het cadeauwinkeltje. Hij pakte een bos bloemen met een week garantie tegen 'verslappen' (Lock wist waarover ze het hadden) en een doos bonbons. Toen hij de vrouw achter de toonbank betaalde, keek hij naar de kranten in het rek. Josh' gezicht staarde hem aan vanaf elke voorpagina behalve die van de New York Times, die voorrang gaf aan gewichtiger zaken in het Midden-Oosten: er was een mogelijk biologische aanval gedaan op de coalitietroepen tussen Afghanistan en Pakistan.

Hij kocht een New York Post en bladerde erdoorheen terwijl hij door de foyer liep. Bij een twee pagina's lang artikel stond een foto waarop hij Janice uit de baan van de Hummer duwde. Dat beviel hem helemaal niet – een goede persoonsbeveiliger bleef buiten de schijnwerpers, een streven dat met een fotoartikel van twee pagina's in een boulevardblad niet direct gediend werd.

In de lift werd hij tegen de achterwand geduwd door twee verpleeghulpen met een rijdende brancard met een bejaarde man erop. Een van hen keek hem argwanend aan. Plotseling had hij er spijt van dat hij geen scheermes over zijn gezicht gehaald had toen hij de kans had. Hij gaf de man de *Post*, opengevouwen bij zijn foto.

'Rustig maar. Ik sta aan de goeie kant.'

De oude man op de brancard stak zijn hand uit. 'Hier, la's kijken.' Zijn ogen gingen heen en weer tussen Lock en de foto. 'Ja hoor, dat is 'm.'

Toen ieders nieuwsgierigheid bevredigd was, stapte Lock op de vierde verdieping de lift uit, dankbaar dat hij geen handtekeningen had hoeven uitdelen of voor een foto had moeten poseren. Janice' kamer was makkelijk te vinden – de enige met een politieagente ervoor. Ze dronk koffie uit een piepschuimen beker.

Na Locks trucje met de krant en nadat 'het uniform' met iemand op het bureau en die weer met iemand in Federal Plaza gesproken had, mocht hij naar binnen.

De jaloezieën waren neergelaten, maar Janice was wakker. Ze lag met haar rug naar de deur. De kamer was vol bloemen en kaarten. Tussen de kaarten waarop haar een spoedig herstel toegewenst werd, lagen ook een paar condoleancekaarten. De marketingafdeling van Hallmark had het gat in de markt voor kaarten met 'Blij dat je het overleefd hebt en het beste met de terminale ziekte' kennelijk nog niet ontdekt.

Lock legde de bloemen op het voeteneind van het bed en trok een stoel bij. Ze keken elkaar zwijgend aan.

'Hoe voelt u zich?' vroeg Lock ten slotte.

'Vreselijk. En u?' De vraag ging vergezeld van een zweem van een glimlach.

'Ik voel me...' Lock zweeg gegeneerd. 'Ik maak het prima.'

Ze stak haar hand uit. 'Dank u.'

De simpele menselijkheid van het gebaar verwarde hem enigszins. Omdat hij voor Nicholas van Straten werkte, waren Janice en haar vader al maanden de vijand.

'Ik ben blij dat u het overleefd hebt,' zei hij zacht.

Ze keek naar zichzelf. 'Voorlopig.'

'Dat weet je nooit. Wie weet komt er een doorbraak, een nieuw medicijn of een nieuwe behandeling voor uw aandoening.'

Hij had meteen spijt van zijn woorden. Zelfs als dat gebeurde, was er meer kans dat een Jehova's getuige met een bloedtransfusie instemde dan dat Janice iets zou nemen dat naar alle waarschijnlijkheid eerst op dieren uitgetest was.

Het sierde haar dat ze er niet op inging. In plaats daarvan bestudeerde ze Locks gezicht zo langdurig dat hij ongemakkelijk verschoof op zijn stoel. Toen vroeg ze: 'Bent u ooit in een slachthuis geweest?'

Even overwoog hij haar te vertellen over de zes maanden die hij in Sierra Leone had doorgebracht in de tijd dat Charles Taylor en het Verenigd Revolutionair Front in een systematische campagne de ledematen van de burgerbevolking amputeerde, inclusief die van baby's. Dieren doodmaken om ze op te eten diende in ieder geval een doel, dacht hij nu. Veel van de dingen die hij in de loop der jaren gezien had, ontsproten aan veel duisterder menselijke drijfveren.

Hij zuchtte, wreef over zijn achterhoofd, vond hechtingen. 'Ik heb een heleboel dood gezien.'

'Maar de dood is immers onvermijdelijk,' zei Janice, haar stem verheffend. 'Ik heb het over moord. De dieren weten dat ze op het punt staan om gedood te worden. Dat weten ze als ze in de vrachtwagen staan. Je kunt het zien in hun ogen, horen in de geluiden die ze maken.'

Lock boog zich naar haar toe en raakte haar arm aan. 'Janice, ik moet je een paar vragen stellen. Je hoeft ze niet te beantwoorden, maar ik moet ze je toch stellen.'

'Gandhi zei dat de zedelijkheid van een natie afgemeten kan worden aan de manier waarop dat land zijn dieren behandelt,' ging Janice onverstoorbaar verder.

47

Lock had de indruk dat ze zomaar wat zei, op de automatische piloot. Ze greep de hekken van het bed en hees zichzelf overeind. Hij probeerde haar te helpen, maar ze wuifde hem weg.

'Janice, dit is belangrijk. Ik geloof niet dat je vader per abuis doodgeschoten is. Ik bedoel, hoe langer ik erover nadenk, hoe meer ik het idee heb dat dit niet iemand was die Nicholas Van Straten probeerde te vermoorden en de verkeerde raakte. Dit was een bewuste en geslaagde aanslag op het leven van je vader.'

'Dacht u dat ik dat niet wist?' vroeg Janice, plotseling weer helemaal bij. 'We hadden al de nodige dreigementen van jullie kant gekregen.'

'Hoe bedoel je?'

'Telefoontjes, brieven waarin stond dat we vermoord zouden worden als we niet ophielden met protesteren.'

'Heb je dat tegen iemand gezegd?'

'Tegen wie? De FBI? Die zaten er waarschijnlijk zelf achter.'

'Kom nou.'

'Mijn moeder en vader redden al twintig jaar dieren voordat dat zootje anorectische sletten hun kleren uittrok voor een fotosessie omdat het in de mode was. Ik ben opgegroeid met de wetenschap dat onze telefoon afgetapt en onze post opengemaakt werd. Er ging geen Kerstmis voorbij dat ik niet wist wat mijn grootmoeder me gegeven had omdat die klootzakken alles openmaakten. Wat is daaraan veranderd? Afgezien van het feit dat er tegenwoordig veel meer geld op het spel staat? Voor hetzelfde geld was u degene die ons voortdurend opbelde.'

'Ja hoor, precies in de roos. En het moet aan mijn verdrongen schuldgevoel gelegen hebben dat ik mijn leven riskeerde om je daar weg te halen,' schoot hij uit zijn slof.

Grootmoeders cadeautjes, ammehoela. Over hersenspoelen gesproken! Ma en pa Stokes hadden hun werk zo goed gedaan dat hun enige dochter bereid was als martelaar voor de goede zaak te sterven in plaats van haar principes geweld aan te doen en te leven, terwijl zij er vrolijk bijstonden en ernaar keken. En waarom? Om te bewijzen dat ze zoveel beter waren dan de rest van de wereld.

'Bedankt voor de bloemen, maar misschien kunt u nu beter vertrekken,' zei Janice, hem haar rug toekerend.

Lock stond op. Hij haalde een paar keer diep adem. 'Goed, ik zal vertrekken. Maar ik moet u nog één ding vragen.'

'Prima, maar snel. Ik begin moe te worden.'

'Je vader zei iets tegen Van Straten toen ze buiten stonden. Iets over dat hij zijn boodschap gekregen had.'

Janice keek hem niet-begrijpend aan. 'Ik zei toch dat wij niemand dreigementen stuurden.'

'Ik wil niet suggereren dat het een dreigement was. Maar als er onderhandelingen achter de schermen gevoerd werden-'

'Met Meditech? Uitgesloten.'

'Wat was de boodschap dan?'

Janice' stem beefde van emotie. 'Dat weet ik niet. En nu zal ik het ook nooit weten ook. Mijn ouders zijn dood, weet u nog wel?'

Lock stond op. Zijn irritatie was omgeslagen in wroeging. 'Het spijt me. Ik had beter niet...'

Maar haar ogen waren al dichtgevallen en toen hij bij de deur kwam, was ze diep in slaap. De geüniformeerde agente controleerde de kamer voordat ze Lock toestond te vertrekken. Ze keek hem aan terwijl ze hem vluchtig fouilleerde, hoewel het hem een raadsel was wat hij uit Janice' ziekenhuiskamer meegenomen zou moeten hebben.

'Moet een fijn gevoel zijn,' zei ze.

'Wat?'

Het groentje glimlachte. 'Op zo'n manier iemands leven redden.'

Lock schokschouderde. Hij had Janice' leven niet gered, alleen haar dood een poosje uitgesteld. Hij draaide de agente zijn rug toe en liep terug naar de lift.

49

## 11

Brennans Tavern was ongeveer even authentiek Iers als een hamburger, maar het was er donker, wat precies was wat Lock nodig had. De pijnstillers uit de ziekenhuisapotheek verdoofden de ergste hoofdpijn, maar fel licht deed nog steeds pijn aan zijn ogen.

Uit het ziekenhuis ontslagen worden bleek bijna even tijdrovend als uit het leger stappen, met een ongeveer even grote papierwinkel. Dr. Robbins had hem gewaarschuwd dat hij in zijn huidige staat niet alleen een gevaar voor zichzelf was maar ook voor anderen. Hij besloot haar niet te vertellen dat zijn commandant hetzelfde gezegd had.

Terwijl zijn ogen langzaam aan het donker wenden, nam hij een slokje bier. Het etiket op de pijnstillers waarschuwde ongetwijfeld dat je er geen alcohol bij mocht drinken, maar zijn ogen waren nog steeds ietwat wazig, en wie kon trouwens in zulk slecht licht al die kleine lettertjes lezen?

De deur zwaaide open en Carrie kwam met grote stappen naar binnen. Toen Lock haar zag, voelde hij zich meteen lichter worden, ook in zijn hoofd. Zonder om zich heen te kijken stevende ze recht op hem af en gooide haar jasje en tas op het tafeltje, heel gewoon, alsof ze nog steeds bij elkaar waren.

'Zware dag?' vroeg Lock.

'Niet meer dan anders.'

'Hoe wist je me zo snel te vinden?'

'Hoektafeltje met je rug naar de muur, zicht op de deur en vlak bij de achteruitgang. Daar hoef je geen genie voor te zijn.'

'Zie je, dus je hebt toch iets van onze verkering geleerd.' Hij stond op en trok een stoel voor haar uit.

Ze maakte een overdreven knix en ging zitten. 'Aan goede manieren heeft het je nooit ontbroken.'

Ze keken elkaar aan over het tafeltje, en plotseling wou Lock dat het licht beter was.

'Ik ben blij dat je er heelhuids afgekomen bent.'

'Ja. Ik heb 'm wel even geknepen.'

'Inderdaad,' gaf Lock haar gelijk. De enige mensen die beweerden niet bang te zijn in gewelddadige situaties waren leugenaars of psychopaten. Angst was de mens ingeprogrammeerd.

'En hoe voelt mijn held zich?'

'Ben ik jouw held?'

'Ryan, laten we niet–'

Hij stak een verontschuldigende hand op. 'Oké. Dus, la's kijken, hoe voel ik me?' Hij nam een slokje bier en dacht na. 'Gemangeld. Als ik het aan had zien komen...'

'Zou je je beter voelen?'

Lock wist niet zeker of hij de energie had om het uit te leggen. Lang geleden had hij de theorie ontwikkeld dat als je wist dat iets pijn ging doen, als je dat verwáchtte, de hersenen het lichaam een waarschuwing konden geven, met als gevolg dat de pijn, als die kwam, niet zo schokkend was. Sinds die tijd hield hij zich in dit soort situaties altijd voor dat het zeer ging doen. Erg zeer. En als hij dat deed en de pijn kwam, slaagde hij er op de een of andere manier in erdoorheen te komen en hem te overwinnen.

De truc met het jachtgeweer had hij totaal niet aan zien komen. Maar dat gold tegenwoordig eigenlijk met vrijwel alles in de wereld.

'Ryan? Wat is er?'

'Sorry.' Hij streek over zijn hoofd. 'Ik was even mijlenver weg.'

'Dat zag ik. Fraai kapsel, tussen haakjes.'

Hij glimlachte. Een van de vele dingen die hij in Carrie waardeerde was haar vermogen hem uit zijn wat ze noemde 'gekwelde' momenten te halen. 'Vind je het mooi?' vroeg hij.

'"Mooi" is misschien te sterk uitgedrukt. Maar het is zeer zeker... anders. Zal ik iets voor je bestellen?'

'Ik betaal.'

Hij wuifde naar de barkeeper en bestelde een Stolichnaya met ijs en een limoenschilletje voor Carrie.

'Leuk dat je dat nog weet.'

De manier waarop ze hem aankeek, suggereerde meer dan een vage belofte voor later, maar in zijn huidige staat kon hij niet beslissen of dat goed of slecht was. Enerzijds kon hij niets bedenken wat hij liever zou doen dan de nacht bij Carrie doorbrengen, maar anderzijds betwijfelde hij of Carrie erg onder de indruk zou zijn als hij boven op haar een black-out kreeg. Bovendien lag het ingewikkeld. In het begin van hun relatie hadden ze allebei gezworen dat het alleen maar voor de lol was, maar toen hij twee weken achter elkaar elke nacht bij haar doorgebracht had, begon het erop te lijken dat het meer ging worden. Uiteindelijk waren ze samen tot de volgende conclusie gekomen: juiste persoon, verkeerde moment. Geen ruzie. Geen beschuldigingen over en weer. Gewoon een groeiend besef dat het niets zou worden. Lock had zijn hartzeer onderdrukt door zich nog fanatieker dan anders op zijn werk te storten.

De barkeeper bracht Lock een tweede pilsje en Carrie haar Stolichnaya. Carrie ging met haar vinger over de rand van haar glas. Lock wist dat ze ergens aan dacht.

'Ik heb heel mooie opnamen van jou terwijl je dat meisje in de rolstoel redde.'

'Nee.'

'Ik heb je nog niks gevraagd.'

'Ik weet wat je gaat vragen en mijn antwoord is nee.'

Carrie leunde glimlachend achterover. 'Mag ik je een interview afnemen?'

'Je weet wat ik denk van die mediashit. Jou niet te na gesproken. En je weet wat ik denk van de figuren die het daar gemaakt hebben.'

'Maar je hebt haar leven gered.'

'Daar ben ik voor opgeleid. Het had niks met moed te maken, het was gewoon een reflex. Luister, mijn werk vereist dat ik de-'

'Grijze man ben, dat weet ik.'

Carrie had de fout gemaakt op een avond samen met Lock op de sofa naar de Academy Awards te kijken. Ze was onthaald op een lange tirade over de tekortkomingen van de diverse 'lijfwachten' die het puikje van Hollywood vergezelden op de rode loper. Dat was ook de eerste keer dat Carrie de uitdrukking – waarschijnlijk geleerd van zijn voormalige Britse collega's – 'breinloze stoetelaars' hoorde.

'Dan weet je ook wat mijn antwoord is.'

'Je kunt het me niet kwalijk nemen dat ik het probeer, wel?' Ze sloeg haar wodka in één keer achterover.

'Waarom gaan we niet ergens anders heen?'

Lock deed zijn ogen dicht om het moment te proeven.

'Is alles goed?'

'Beter dan goed. Heb je iets in gedachten?'

'Misschien.'

Over Carries rechterschouder zag Lock een man van begin veertig de bar binnenkomen. Hij droeg een lange, tot boven toe dichtgeknoopte regenjas, maar zijn kletsnatte haar maakte duidelijk dat hij daarnaast niet de vooruitziende blik had gehad om een paraplu mee te nemen. Hij keek de bar rond, duidelijk naar iemand op zoek, maar er klopte iets niet aan zijn manier van doen. Te onzeker.

De man liep naar de bar, boog zich eroverheen en sprak even met de barkeeper, die een knikje in Locks richting gaf. Toen de man naar hen toe liep, schoof Lock zijn stoel een stukje naar achteren om ruimte te maken om snel overeind te kunnen springen als dat nodig mocht zijn.

'Wat is er?' vroeg Carrie, over haar schouder kijkend.

De man bleef op ongeveer een meter van hun tafeltje staan.

Lock bleef naar zijn handen kijken, wachtend tot ze onder zijn jas verdwenen. Dat gebeurde niet, en toen hij eindelijk iets zei, was het met een deftige, ietwat geaffecteerde stem, afgebeten en gedecideerd. 'Meneer Lock?'

Ongetwijfeld weer een verslaggever. Lock keek hem kwaad aan boven zijn bier. 'Sorry, maar ik heb al een contract getekend met NBC.'

'Zou je willen,' mompelde Carrie.

Lock deed zijn mond open om te zeggen dat ze net wilden vertrekken, maar slikte zijn woorden in toen hij goed naar het gezicht van de man keek. Hij had grote zwarte wallen onder zijn ogen en leek elk moment in tranen kunnen uit te barsten.

De man gaf Carrie een snelle blik en wendde zich toen weer tot Lock. 'Meneer Lock,' zei hij. Zijn stem brak. 'Ik ben geen verslaggever. Mijn naam is Richard Hulme. De vader van Josh Hulme.'

## 12

'Hoe hebt u me gevonden?' vroeg Lock.

'Een van uw vrienden bij Meditech. Tyrone. Hij gaf me een lijst van plaatsen waar u kon zijn. Ik geloof dat hij het zich aantrekt dat Meditech niet bereid is om te helpen.'

Ze zaten alleen in een hokje in de hoek. Carrie had afgesproken dat ze Lock later zou treffen.

'Kunt u me vertellen wat er gebeurd is?' vroeg Lock.

Beheerst en met effen stem vertelde Richard zijn verhaal. Lock herkende wat veel mensen voor gebrek aan emotie aangezien zouden hebben als een vader die zijn best deed om zijn tranen te bedwingen, niet vanwege buitensporige macho-trots, maar omdat stoïcisme van zijn kant de kans groter maakte dat hij zijn zoon ongedeerd terugkreeg. Lock had dit eerder meegemaakt, en net als iedereen die bij de ontvoering van een kind betrokken is geweest, had hij de herinnering nooit van zich af kunnen zetten.

Maar hij luisterde met stijgende ongerustheid toen Richard op de methodische manier die je van een wetenschapper kon verwachten uitlegde wat er gebeurd was. Dit leek in geen enkel opzicht op de andere ontvoeringsgevallen waar Lock bij betrokken was geweest of over gehoord had.

'Ik hoorde zelfs pas de volgende ochtend dat hij verdwenen was. O, dat kan ik beter uitleggen. Ik was op een conferentie buiten de stad. Ik had gebeld uit mijn hotel, maar ik nam gewoon aan dat Josh al in bed lag en...'

'Uw vrouw de telefoon afgezet had?'

Richard slikte moeilijk. 'Josh' moeder is drie jaar geleden overleden. Kanker.'

Lock zei niets. Dit was een moment voor analyse, niet voor gemeenplaatsen. Het feit dat Josh' moeder dood was, elimineerde scenario één. In ongeveer vijfennegentig procent van de gevallen waarin een kind ontvoerd werd, was het een misplaatste poging tot machtsvertoon door zogenaamde volwassenen.

'Uw au pair, Natalya, komt die uit Oost-Europa?'

'Uit Rusland, om precies te zijn. St.-Petersburg, geloof ik.'

'Hoe lang werkte ze al voor u?'

'Een maand of vier. U denkt toch niet...?'

'Dat is altijd mogelijk. Neem maar van mij aan, in het deel van de wereld waar Natalya vandaan komt, staat ontvoeren samen met alcoholisme en huiselijk geweld boven aan de lijst van manieren om de lange winteravonden door te komen. Ik zou het dus niet uitsluiten. Maar het goede nieuws is dat de Russische maffia zijn slachtoffers meestal niet vermoordt. Dat is slecht voor de nabestellingen.'

'Het is uitgesloten dat Natalya er iets mee te maken heeft.'

'Dat is het altijd. Tot het gebeurt.'

'Josh aanbad haar, en het was wederzijds.'

'U zult het niet op prijs stellen dat ik u dit vraag, maar...'

Richard moest moeite doen om niet in elkaar te krimpen, waaruit Lock opmaakte dat hij wist wat er komen ging.

'Ik had niks met Natalya. Dat wilde u me toch vragen, niet?'

'Luister, niemand die u daarop aan zou kijken. Vooral niet als uw vrouw overleden is.'

'De F B I vroeg dit ook.'

Lock stak een hand op. 'Waarom moet u zo nodig met mij praten als u de F B I al ingeschakeld hebt? Waarom laat u het niet aan hen over?' Dat was de vraag die Lock van meet af aan dwarsgezeten had.

'Ze komen geen stap vooruit. Ik ben bereid iedereen in de arm te nemen met wie ik iets kan.' Hij zweeg.

'Als u me iets wilt vertellen, dan graag meteen.'

'Meg is dood en ik heb alleen Josh nog. Ik zoek iemand die doet wat er gedaan moet worden.'

'En u dacht dat ik die iemand was?'

'Inderdaad.'

Lock stond op.

'Waar gaat u naartoe?' vroeg Richard, eveneens overeind komend.

'De FBI heeft de experts,' zei Lock. Hij haatte zichzelf dat hij met zo'n slap cliché aan kwam dragen. 'Waarom laat u ze niet gewoon hun werk doen?'

Richard pakte Lock bij zijn jasje. Lock bleef hem aankijken tot hij weer losliet.

'Het spijt me oprecht van uw verlies. Echt waar.'

'U doet alsof hij al dood is.'

Lock zei niets.

'Dus daar moet ik het mee doen? Het bedrijf weigert me te helpen en u ook.'

'Wat zeiden ze toen u met ze praatte?'

'Dat ik niet langer hun probleem was. En Josh ook niet. Niet echt met zoveel woorden, maar het was duidelijk wat ze bedoelden.'

'Wilt u dat ik met ze praat?'

Lock zag Richard zijn vuisten ballen.

'Ik wil mijn zoon vinden. Hóé interesseert me niet.'

'Ik kan een paar mensen voor u bellen, verder niets. Het spijt me.'

Richards gezicht betrok. 'Een paar mensen bellen. Meer niet? Ik kom hier om uw hulp in te roepen en u gaat een paar mensen bellen?'

'Luister, dr. Hulme, ik werk voor Meditech... u weet wel, het bedrijf dat u niet wil helpen. Waarom vindt u dat dit mijn taak is?'

Richard wreef over zijn gezicht. 'Ik weet het niet. Misschien dacht ik het omdat het ook niet uw taak was uw leven te riskeren om die demonstrante in de rolstoel te redden, dat u...'

'Zoals ik al zei, het spijt me.'

Richard stak een bevende vinger naar Lock uit. 'U weet even goed als ik hoe dit af gaat lopen,' schreeuwde hij, zodat het handjevol klanten in de bar opkeek.

Lock trok hem naar de deur. 'Mijn zoon wordt opgeofferd aan die gekken en alles wat u en Meditech doen is me officiële lulkoek voorschotelen.'

Lock zei fluisterend, in de hoop dat zijn woorden Richard voldoende zouden kalmeren om ervoor te zorgen dat zijn opmerkingen over Meditech alleen maar vier straten verder gehoord konden worden in plaats van in heel New York: 'Als ik dacht dat ik de beste persoon was om u te helpen, dr. Hulme, zou ik het echt doen. Maar het is en blijft een feit dat ik dat niet ben.'

Richard haalde diep adem. 'U hebt Greer Price gevonden,' zei Lock. Hij blies zijn wangen op en ademde langzaam uit. Zijn adem was zichtbaar in de koude lucht. Richard Hulme had duidelijk zijn eigen onderzoek gedaan. 'Die naam heb ik lang niet gehoord,' zei hij.

Greer Price was een vierjarig kind dat verdwenen was uit een supermarkt naast een Britse militaire basis in Osnabrück in Duitsland. Hoewel er zeker twintig klanten en winkelpersoneel aanwezig waren en Greers moeder haar maar een paar seconden uit het oog verloren had, kon niemand zeggen hoe het meisje verdwenen was. Lock was pas bij de Koninklijke Marechaussee en de zaak was al een jaar oud toen de zaak aan hem overgedragen werd. Richard had gelijk. Lock had de zaak opgelost, hoewel hij hem nooit als een hoogtepunt in zijn carrière beschouwd had. 'Greer was dood toen ik haar vond.'

'Maar u vond haar wel.'

'Tel uit je winst.'

'U liet iemand gerechtigheid ondergaan.'

'Ik bracht iemand voor de rechter, waar hij schuldig bevonden en tot gevangenisstraf veroordeeld werd. Met gerechtigheid had het niks uit te staan.'

Heel even was Lock weer terug op de zolder van een klein, onopvallend huis dat het eigendom was van een nog minder opvallende oude man – een gewezen accountant die alles registreerde, zelfs het onnoembare. Lock had twee dagen op die zolder doorgebracht en doos na doos vol doorzichtige plastic Ziplockzakjes doorzocht. Elk zakje bevatte herinneringen aan een misbruikt kind en was voorzien van een aantekening in zwarte inkt van de datum van het misbruik. Greer werd een paar dagen later gevonden, begraven in de achtertuin.

Hij onderdrukte een rilling bij de gedachte aan de plek waar hij nooit meer naartoe wilde, zelfs niet in gedachten. Richard wachtte op antwoord.

'Oké,' zei Lock ten slotte. 'Maak uw verhaal af. Misschien dat ik iets hoor wat de F B I over het hoofd gezien heeft. Maar zo niet, zult u me dan met rust laten?'

Richard knikte.

Ze liepen de bar uit en naar Richards auto, een nieuw model Volvo combi. De ramen besloegen en de verwarming maakte overuren om te voorkomen dat ze bevroren.

'Dus u komt thuis en treft niemand in huis.'

'Ja. Ik probeerde Natalya's mobiel te bellen, maar die moest afgezet zijn.'

Dat knoopte Lock zich in de oren. De enige manier waarop een mobiele telefoon onvindbaar gemaakt kon worden was door hem helemaal af te zetten, anders zou hij opgespoord kunnen worden met behulp van de masten in de buurt.

'Ga door.'

'Ik dacht dat Natalya haar telefoon misschien vergeten was. Het stond me tegen inbreuk op haar privacy te maken, maar gezien de omstandigheden... Dus ik doorzocht haar kamer, wachtte nog een uur en belde de politie. Die haalde de F B I erbij.'

Lock wist dat dit vaste procedure was in gevallen waarbij iemand die in de eufemistische terminologie van de F B I van 'prille leeftijd' was, dat wil zeggen iemand van twaalf jaar of jonger, vermist werd. Bij iemand boven de twaalf moesten ze eerst een vermoeden hebben dat de persoon in kwestie een staatsgrens overgestoken was voordat ze zich ermee bemoeiden.

'De laatste keer dat ze gezien werden?'

'Een paar andere au pairs bij het feestje zeiden dat ze gezien hadden dat Natalya hem afhaalde. Ze stapten in een auto. Meer wisten ze niet.'

'Wat voor auto?'

'Een grijze Lincoln, een taxi.'

'Was dat de normale manier van vervoer voor Natalya en Josh?'

'Natalya heeft het nummer van een taxidienst waar ik een rekening heb voor als het echt slecht weer is als ze hem ophaalt.' Richard zuchtte en wreef in zijn ogen. 'Maar volgens hun boeken heeft Natalya afgelopen week geen taxi bij hen besteld.'

'Heeft de FBI met hun chauffeurs gepraat?'
'Uitgebreid. Ze waren allemaal ergens anders op de tijd dat Josh verdween.'
'Maar het staat vast dat mensen hem en Natalya in een auto zagen stappen.'
'Inderdaad.'
'Leek het erop dat er een worsteling plaatsvond. Dat hij gedwongen werd in die auto te stappen?'
Richard schudde zijn hoofd.
'En toch blijft u ervan overtuigd dat Natalya er niet bij betrokken is?'
'Ik weet hoe het eruitziet. Misschien dacht ze dat ze een taxi besteld had en was ze het vergeten.'
Lock voelde dat Richard zich aan strohalmen vastgreep en weigerde de onvermijdelijke conclusie te trekken: dat een vrouw die hij ingehuurd had verantwoordelijk was voor de ontvoering van zijn enige kind.
'Is ze het land binnengekomen op een visa of was ze al hier?'
Enigszins verontwaardigd antwoordde Richard: 'Ik heb een bemiddelingsbureau gebruikt. Ik zou geen illegale mensen in dienst nemen.'
'Dus het bureau had waarschijnlijk een antecedentenonderzoek ingesteld.'
'Ze verzekerden me dat ze haar grondig nagetrokken hadden.'
'Hebt u ooit dreigementen ontvangen?'
'Natuurlijk. Die krijgt iedereen bij Meditech.'
'Nee, ik bedoel dingen die rechtstreeks aan u geadresseerd waren. Brieven? Telefoontjes?'
'Een paar telefoontjes van gekken, vlak voor ik ontslag nam. En wat e-mails.'
'Waren die de reden waarom u besloot bij Meditech weg te gaan?'
'Een ervan, ja.'
'En de rest?'
'Dat staat allemaal in mijn ontslagbrief.'
Lock begon geïrriteerd te raken. 'Helpen werkt twee kanten uit, Richard.'

Richard verschoof ongemakkelijk heen en weer. 'Ik was het niet eens met het testen op dieren, maar meer op wetenschappelijke dan op ethische gronden.'

'Maar u was er wel bij betrokken?'

'Inderdaad, bijna mijn hele carrière lang.'

'Begon de druk u te veel te worden?'

'Het was een beslissing waar ik langzaam naartoe gewerkt had. Ik zou geen ontslag genomen hebben als ik niet dacht dat het wetenschappelijk onjuist was.'

Lock had de afgelopen jaren genoeg gehoord over het debat over het testen op dieren om geen zin te hebben in een nieuwe preek à la Janice over het onderwerp. Hij gooide het over een andere boeg. 'En hebt u daarna nog dreigementen gekregen?'

'Niet dat ik mijn ontslag openbaar gemaakt heb, maar nee.'

'En wat voor boodschappen hebt u gekregen sinds Josh' verdwijning?'

Richards ogen gingen naar de grond. 'Dat is het juist. Ik heb helemaal niets gekregen.'

Lock kon het niet geloven. 'Geen eis om losgeld? Geen ultimatum?'

'Niets.'

Dat hield in dat scenario twee ook geschrapt kon worden. Afgezien van het kidnappen van een kind door een ouder of stiefouder viel drie procent van de ontvoeringen in de categorie van ontvoering voor losgeld. Vanwege de strenge straffen die de rechters sinds de zaak-Lindbergh voor dit soort misdrijven oplegden, zagen alleen dom geboren of doortrapte misdadigers in de VS ontvoering voor losgeld als een winstgevend object. Elders ter wereld was het evenwel een groeisector in de criminele ondernemingswereld, te vergelijken met valsemunterij, internetfraude en smokkel. Bij gevallen waarin het om geld ging, werd de ontvoering snel gevolgd door een eis om losgeld, doorgaans vergezeld van ijzingwekkende waarschuwingen dat de familie onder geen enkel beding de politie mocht waarschuwen.

Lock beet op zijn onderlip. Wat zich achter de deur van scenario nummer drie verborg, was iets waar hij liever niet aan dacht. De activisten voor dierenrechten waren mensen die er geen been in zagen een oud dametje op te graven en haar stoffelijk overschot op Times Square op een trottoir te dumpen, alleen maar om een punt te maken.

Richard keek Lock aan. Zijn pupillen waren groot van angst. 'Het ziet er slecht uit, niet?'

Het duurde even voordat Lock antwoordde: 'Inderdaad, het ziet er slecht uit.'

# 13

Het halve politiebureau van Wijk 19 moest bewakingsdienst hebben, dacht Lock toen hij en Richard uit de lift kwamen en naar Richards voordeur liepen. De patrouilleleider reageerde met een mengeling van ongerustheid en opluchting toen hij hen zag. 'U wordt niet geacht weg te gaan zonder het ons te laten weten,' zei hij tegen Richard. Richard verbleekte als een kind dat tegen de avondklok gezondigd had. 'Neem me niet kwalijk. Ik hoop dat ik jullie niet in moeilijkheden gebracht heb.'

Toen Richard Lock binnenliet, praatte de politieman al in zijn radio om zijn superieuren te laten weten dat Richard terug was – met een gast.

Net als in de rest van het flatgebouw was het bijna overal donker in het appartement. Het was bijna middernacht en het was stil in de straten. Lock vermoedde dat de hoeveelheid geld die opgehoest moest worden om een appartement in deze buurt te kunnen bekostigen, de meeste bewoners dwong vroeg naar bed te gaan in plaats van de kroegen af te schuimen.

Richard drukte op een schakelaar en het licht onthulde een smalle gang met deuren naar drie slaapkamers en een badkamer. Aan het eind lag een grote open huiskamer.

'Hoe lang woont u hier al?' vroeg Lock.

'Sinds voor mijn trouwen. Meg woonde er toen ze voor haar doctorsgraad studeerde.'

'Behoorlijk chique buurt voor een studente.'

'Huurbescherming. Een tante van haar overleed,' zei Richard, naar de schakelaar lopend om het licht aan te doen.

'Misschien kunt u beter eerst de gordijnen dichtdoen.'

'Dat vergeet ik soms. Bovendien, nu Josh er niet meer is weet ik niet of het me nog wel kan schelen.'

Net als alle andere werknemers van Meditech boven een bepaald niveau moest Richard een veiligheidsprogramma doorlopen hebben en erover geëxamineerd zijn. Lock wist dat hij het advies gekregen had zijn dagelijkse doen en laten zo veel mogelijk te variëren en oog te hebben voor het ontbreken van normale dingen, bijvoorbeeld de portier voor het gebouw, en de aanwezigheid van abnormale dingen, bijvoorbeeld het plotseling opduiken van een portier in een gebouw dat er nooit een gehad had. Al het advies kwam neer op doorlopend waakzaam zijn en je gezonde verstand gebruiken.

Lock slenterde naar het kleine keukentje aan de andere kant van het vertrek. Twee sofa's. Geen tv. In een van de wanden een ingebouwde boekenkast vol boeken en kranten. Een familiefoto – Richard, Josh en een bijzonder aantrekkelijke blonde vrouw die hij in geen miljoen jaar met Richard geassocieerd zou hebben.

'Meg,' zei Richard, Lock een gênante vraag over zijn overleden vrouw besparend. 'Ik heb niemand gehad sinds we haar verloren. Dat vond ik niet eerlijk tegenover Josh. Hoewel dat strikt genomen niet helemaal waar is.'

Lock zei niets. Liet hem doorpraten.

'Ik had mijn werk. Misschien heb ik dat gebruikt als mijn manier om dingen niet onder ogen te hoeven zien,' vervolgde Richard, in zijn ogen wrijvend.

Lock begon het idee te krijgen dat Richard zichzelf in een iets te nobel licht afschilderde.

'Vindt u het erg als ik een kijkje neem in de rest van het appartement?'

Richard gaf hem schouderophalend toestemming.

Lock liep terug naar de gang, waarvan beide muren kaal waren. Dit appartement had eigenlijk veel meer weg van een studentenkamer dan van een gezinswoning. De eerste slaapkamer was al even Spartaans, hoewel het ontbreken van een persoonlijke toets hier veel vergeeflijker was. Natalya had duidelijk niet veel meegebracht toen ze emigreerde. Op het bed lag een draagbare cd-speler, al jaren uit de tijd. Op het nachtkastje stond een foto van een oudere man en vrouw, waarschijnlijk haar ouders. Aan één kant, iets voor de vader, stond een jongen die de zoon moest zijn en die, hoewel hij hooguit vijftien geweest kon zijn, zeker dertig centimeter boven zijn vader uittorende. Natalya stond naast haar moeder – lange, donkere paardenstaart, heldere ogen, opgewekte, zelfbewuste glimlach. Geen foto's van een vriendje, of van wie dan ook.

Een aantrekkelijke jonge Russische en een, naar haar maatstaven, rijke weduwnaar die zijn beste tijd nog niet gehad had. Lock vroeg zich af of Richard de waarheid sprak toen hij zei dat er niets tussen hem en Natalya was. Afgaande op Josh' moeder was Richard in staat knappe vrouwen aan te trekken. Misschien had hij de zaak niet nog ingewikkelder willen maken voor zijn zoon. Of anders had hij gelogen.

Hoewel de FBI het hele appartement grondig uitgekamd moest hebben, stelde Lock snel een eigen onderzoek in, dat niets van betekenis opleverde. Hij liep terug naar de hal en duwde de deur van Josh' slaapkamer open.

In tegenstelling tot de opgeruimde, bijna antiseptische sfeer van de rest van het appartement was Josh' kamer een slordige verzameling speelgoed, sportartikelen en stripboeken. Tegen de muur stond een eenpersoons sleebed. Op de donsdeken zat een teddybeer van FAO Schwartz, de enige concessie aan zijn prille leeftijd. Iemand had een achtervangershandschoen onder een zwierige hoek op zijn kop gelegd.

Locks gedachten gingen automatisch terug naar Osnabrück. Hij had het gevoel dat hij gefaald had in het geval-Greer Price nooit van zich af kunnen zetten. Hoewel hij wist dat Greer vrijwel zeker dood was tegen de tijd dat het onderzoek aan hem werd overgedragen, bleef het aan hem knagen. Wat hem vooral aangegrepen had, was de eenzaamheid waarin ze gestorven was. De verlatenheid die ze tijdens haar laatste momenten ervaren moest hebben, gaf hem een vreselijk hol gevoel vanbinnen. Geen enkele vorm van wraak kwam ook maar in de buurt van het goedmaken van de moord op een kind, zelfs niet aan het eind van een touw. Anders zou hij de moordenaar persoonlijk een kogel door het hoofd gejaagd hebben.

Hij rechtte zijn schouders, haalde diep adem en liep Josh' kamer weer uit.

Een ronddraaiend DNA-lint stuiterde over een twintig-inch flatscreen computerscherm op een bureau in een hoek van Richards kamer. Lock bewoog met de muis en het verdween. In de plaats ervan verscheen er een inlogscherm.

'De FBI heeft alles wat daarop staat al onderzocht,' zei Richard, die in de deuropening verschenen was. 'Maar als je denkt dat ze iets over het hoofd gezien hebben...'

'Als u er zelf bij betrokken bent, bedoelt u?'

Het leek een belachelijk idee, maar Lock wist dat hij het niet zonder meer kon verwerpen. Het zou niet de eerste keer zijn dat een misdadiger tegen de lamp gelopen was door een privédetective in de arm te nemen bij wijze van rookgordijn om nog onschuldiger te lijken.

Richard keek geschokt. 'Natuurlijk niet, doe niet zo belachelijk. Wat ik bedoel is dat er misschien een e-mail is, iets wat een aanwijzing zou kunnen zijn.'

Een kijkje nemen kon geen kwaad.

Richard opende het inlogscherm van Firefox. 'Voor ik vertrok heb ik alle e-mails voor mijn werk op een dvd gebrand.'

'Heb je die bij de hand?'

'Hier,' zei Richard, een dvd uit een molentje naast de computer halend.

'Nog andere e-mailadressen?'

'Hotmail, maar dat gebruik ik vrijwel nooit.'

'Heeft de FBI naar je Hotmailadres gekeken?'

'Waarom zouden ze? Daar heb ik nooit dreigementen op gekregen.'

'Vind je het erg als ik er wel naar kijk?'

'Ga je gang.'

Richard opende Firefox, die automatisch naar Hotmail ging. Hij typte zijn gebruikersnaam en wachtwoord in, gaf Lock de dvd met de e-mails van zijn werk en liet hem alleen.

Lock betwijfelde of de bedreigingen via e-mail iets op zouden leveren. De brieven evenmin, trouwens. De kans was klein dat iemand die zich de moeite getroostte een doodsbedreiging te schrijven zijn naam eronder zou zetten, hetzij rechtstreeks of door de envelop dicht te likken en zijn DNA erop achter te laten. En de e-mails zouden zeker uit een internetcafé of via een reeks proxyservers verstuurd zijn. Een van de dingen die hij geleerd had over de beschermers van dierenrechten die Meditech als doelwit gekozen hadden, was dat ze niet alleen wisten wat ze deden maar ook hoogst gemotiveerd waren. Veel van hen hadden gestudeerd en wisten evenveel van de betreffende wetenschap als de lui van Meditech zelf.

Een halfuur later was Lock nog geen stap verder. Afgezien van die aan Richard waren er geen specifieke bedreigingen op naam. Familie werd in het algemeen gebruikt, zonder een zoon of zelfs een echtgenote te noemen, overleden of niet. Voor anonieme scheldbrieven was het allemaal erg tam.

Hij ging terug naar de webbrowser, klikte nonchalant op de map met verwijderde e-mails en scrolde door de spam die aanbood de seksuele potentie van de ontvanger op te krikken of om een bankrekening vroeg om er miljoenen dollars op te storten.

Toen zag hij hem. Ongeopend, net als de rest van de spam. Geen onderwerp. Een Gmail-adres. Hij was gekomen op de dag van de aanslag, misschien een uur voordat Josh en Natalya voor het laatst gezien waren.

Hij klikte erop om hem te openen.

*Nu zul je de pijn voelen die je anderen aangedaan hebt. Eenzame Wolf.*

Toen hij weer in de huiskamer kwam, stond Richard bij het raam met het licht uit. Lock overwoog hem naar de e-mail te vragen. Richard was er tamelijk zeker van dat het, nadat hij ontslag bij het bedrijf genomen had, gedaan was met de dreigementen, dus hij besloot zijn mond te houden. De naam Josh of het woord 'ontvoering' kwam er niet in voor en nog belangrijker: hij was niet geopend.

Een auto stopte recht voor het flatgebouw en Lock zag een man uitstappen. Toen hij haastig overstak en onder een straatlantaarn doorliep, werd Locks intuïtie bevestigd. Het was Frisk.

Lock wachtte de FBI-agent op bij de deur.

'Sodemieter op, Lock,' gromde Frisk, 'wij werken dit wel af.'

Lock was nog steeds kwaad over hun ontmoeting in het ziekenhuis. Vanwege het lulverhaal dat Frisk afgestoken had over dat er geen aanklacht ingediend zou worden – alsof hij Lock daarmee een persoonlijke dienst bewezen had.

'Zo te zien hebben jullie er anders nog maar weinig van gemaakt, agent Frisk,' zei Lock.

'Het is nog vroeg.'

Lock trok de deur dicht om te voorkomen dat Richard de rest van hun gesprek hoorde. Een piswedstrijd zou harde feiten aan het licht kunnen brengen, en Lock was er niet zeker van of Richard daar klaar voor was.

'Het is niet vroeg. Dat weet jij en dat weet ik. Maar nu je hier toch bent... Hulme heeft mij opgezocht, niet andersom.'

'Een kwartier beroemd zijn is zeker niet genoeg, hè?' zei Frisk agressief.

'Oké, we kunnen een wedstrijdje blijven doen over wie de grootste pik heeft of we kunnen proberen elkaar te helpen,' zei Lock terwijl hij zijn stem liet dalen.

'En hoe zou jij ons in godsnaam moeten helpen?'

'Nou, om te beginnen zou het geen slecht idee zijn om nog eens naar die computer te kijken.'

'Een van onze technici heeft alles al van de harde schijf gehaald.'

'Wat weinig helpt bij een e-mailadres op het internet. Kijk maar eens in de spam. Zoek naar een e-mail van iemand die zich Eenzame Wolf noemt. Aangekomen op de dag dat de vlam in de pan sloeg bij het kantoor van Meditech.'

Frisks onaandoenlijke gezicht werd rood. Lock zag dat een technicus de wind van voren zou krijgen zodra Frisk weer in Federal Plaza kwam.

'Verder nog iets?'

Lock haalde zijn schouders op. 'Dat is het... voorlopig.'

'Zo, en wat denk jij van deze hele affaire? Kom op, als je een paar oogverblindende inzichten hebt, zou ik ze dolgraag horen.'

'Vind de au pair en je vindt de jongen.'

'Beter bij de tijd blijven, Lock. We hebben haar al. De haveneenheid heeft haar een halfuur geleden uit de East River gevist.'

# 14

In normale omstandigheden was een bezoek aan het lijkenhuis al onaangenaam genoeg, en dit waren allesbehalve normale omstandigheden. Gezien de situatie moesten ze het feit dat ze nog steeds geen bericht over Josh hadden, dood of levend, waarschijnlijk als goed nieuws beschouwen, hoewel het niet uitgesloten was dat de rivier van plan was zijn ellende in termijnen aan te bieden. Het slechte nieuws was dat Richard Hulme het verzoek gekregen had Natalya's lijk te identificeren. Alsof de arme sloeber al niet genoeg aan zijn hoofd had, dacht Lock, toen hij Frisk hem dit hoorde vragen.

Richard had stoïcijns gereageerd en geen tegenwerpingen gemaakt. Zelfs als hij niet beloofd had om te helpen, dacht Lock, was meegaan om de man een schouder te bieden om op uit te huilen wel het minste wat hij kon doen. En natuurlijk was het mogelijk dat hij er iets van opstak, iets wat hen zou helpen Josh te vinden. Als hij nog leefde.

Het was heet in de gang buiten het vertrek waar de identificatie plaatsvond. Locks hoofd bonkte nog steeds. Hij vond een stoel, ging zitten en maakte de fout zijn ogen dicht te doen.

Hij kwam bij toen Richard binnengebracht werd, met roodomrande ogen en bevende handen en gebukt onder het groeiende besef dat goede mensen vreselijk erge dingen konden overkomen – dingen waar je misschien nooit meer helemaal bovenop zou komen. Lock had die blik eerder gezien, toen hij tegenover de familie van Greer Price stond op het moment dat de kist in het graf werd neergelaten. Hij had gehoopt hem nooit meer te hoeven zien, maar nu werd hij er opnieuw mee geconfronteerd. Hij prevelde een stil gebed dat de geschiedenis zich niet zou herhalen.

Uit het weinige dat Frisk hem over het FBI-onderzoek verteld had, maakte Lock op dat ze evenveel relevante informatie vergaard hadden als de paar uur met Richard praten hem opgeleverd had –

69

vrijwel niets. Daarom deed Lock iets wat tegen elke vezel van zijn professionele ik indruiste: hij belde iemand van de media, een telefoontje waarvan hij wist dat het hem waarschijnlijk zijn baan zou kosten en er wie weet voor zou zorgen dat hij nooit meer als lijfwacht aan het werk zou komen.

Daar liet hij zich niet door weerhouden. Zijn reactie als hij in een hoek gedreven werd was altijd hetzelfde: snelle, agressieve, rigoureuze actie. Waar niet noodzakelijkerwijs vuisten bij kwamen kijken.

'Ik wil dat je iets voor me doet.'

Aan de andere kant van de lijn antwoordde Carrie slaperig: 'Ryan?'

'Weet je nog dat ik zei dat ik erover na zou denken om je een interview toe te staan...'

In zijn gedachten zag hij haar overeind komen en de blocnote en pen pakken die permanent op haar linkernachtkastje lagen.

'Ga je het doen?'

'Nee.'

'Heb je me wakker gemaakt om te zeggen dat je het niet doet?'

'Nee, om je een nog beter aanbod te doen.'

Frisks stem galmde zo hard tegen de betegelde wanden van het lijkenhuis dat een van de assistenten zich genoopt voelde hem te vragen zachter te praten. Lock was er niet zeker van hoeveel decibellen ervoor nodig waren om de doden tot leven te wekken, maar de combinatie van Frisks uitbarsting en de netvliesverscheurende tl-buizen dreigde de hoofdpijn die hij al sinds zijn ontslag uit het ziekenhuis met zich meezeulde, nucleaire vormen te geven.

'Ben je helemaal gek geworden? Dit soort idioten is dol op aandacht van de media,' schreeuwde Frisk, een vinger onder Locks neus houdend.

Lock vertrok geen spier. 'Het is toch al openbaar.'

'Maar jij wilt het landelijk maken door het op de tv te brengen?'

'Internationaal. Ik weet zeker dat andere landen het over zullen nemen.'

'En als dat de ontvoerders nou net eens dat ene stootje te veel geeft?'

'Als ze hem wilden vermoorden, als dat hun bedoeling was, zouden ze het allang gedaan hebben.'

'En zo niet?'

'Er moeten mensen zijn die iets gezien hebben. Er moeten mensen zijn die weten waar hij is en op deze manier zullen we in ieder geval hun aandacht trekken.'

'Je doet net alsof dat iets goeds is.'

'Wat moeten we anders doen? Met onze duimen draaien tot er iets gebeurt?'

'Je bemoeit je met een officieel F B I-onderzoek.'

'Arresteer me dan.'

'Reken er maar niet te hard op dat ik dat niet zal doen,' zei Frisk, terwijl hij het vertrek weer uit liep om te gaan kijken wat Richard Hulme deed.

Toen de deur van de koeler het lijk weer aan het zicht onttrok, huiverde Richard onwillekeurig. 'Ik kan het niet echt zeggen.'

Men had geprobeerd Natalya's gezicht enigszins op te kalefateren, maar het werk van de hollow-pointkogel en de rivier liet zich niet ongedaan maken. Misschien was het Natalya. Waarschijnlijk zelfs. Maar hij kon het niet met zekerheid zeggen.

Frisk sloeg een arm om zijn schouder. Hij was gewend aan dit soort onzekerheid bij getuigen, zij het minder vaak in het lijkenhuis. 'Maak u geen zorgen, meneer Hulme, we kunnen een D N A-onderzoek doen met het materiaal dat we uit uw appartement gehaald hebben. Dat duurt misschien wat langer, maar dat is geen probleem.'

★

Buiten ijsbeerde Lock door de gang. Als hij een roker was, zou hij intussen zijn derde pakje van de dag aangebroken hebben. Hij dacht aan het lijk dat een paar meter van hem vandaan lag en probeerde het te rijmen met de foto in Natalya's kamer. En aan haar ouders en het telefoontje dat ze zouden krijgen: Uw dochter, het kind wier snotneus u afgeveegd en wier tranen u gedroogd hebt, het kind dat opgegroeid was tot een beeldschone jonge vrouw die de kans aangegrepen had om een nieuw leven in Amerika op te bouwen... is om het leven gebracht.

Lock haalde diep adem. Hij wist dat hij dit soort gedachten moest onderdrukken. Die kon hij zich op dit moment niet veroorloven. Later zou hij er nog ruimschoots de tijd voor krijgen. Te veel zelfs. Nu kon hij zich beter op de levenden concentreren.

Hij was er nog steeds van overtuigd dat Natalya de sleutel was, zelfs na haar dood. Misschien daardoor zelfs nog meer. Waarom zou iemand, als ze geen enkele betekenis had, de moeite nemen om haar dood te schieten? Natalya was de laatste persoon die samen met Josh gezien was. Natalya had hem naar de auto gebracht. Actieve medeplichtige of onnozele gedupeerde, Natalya's verhaal was het verhaal van deze ontvoering. Dat wist hij zeker.

De deur verderop in de gang klikte open en Richard kwam alleen naar buiten. Toen hij Lock zag zitten, schudde hij zijn hoofd. 'Ik wist het niet. Ze is...' Zijn knieën begaven het en hij zonk op de grond.

Lock wou dat een paar strijders voor de dierenrechten dit konden zien, want hoe snel hadden ze altijd niet klaargestaan om mensen als Hulme te karikaturiseren als harteloze vivisectoren die ervan genoten hulpeloze dieren te pijnigen?

Richard keek op naar Lock. Zijn gezicht had de kleur van schotelwater. 'Ze hebben haar in het gezicht geschoten.'

Lock hielp hem overeind. 'Luister, u moet geloven dat Josh nog in leven is. Als iemand hem dood wilde, zouden ze al deze moeite niet gedaan hebben.'

'Maar stel dat er iets misgegaan is. Bijvoorbeeld dat ze probeerden te ontsnappen en dat het zo gebeurd is. Josh kan soms vreselijk koppig zijn.'

'In dit soort situaties is koppig niet noodzakelijkerwijs slecht. Wie weet zorgt zijn koppigheid ervoor dat hij het overleeft.'

'Echt waar?'

'Jazeker,' loog Lock.

# 15

De kamer was wit en rook naar verse verf. De deur was grijs, en zo zwaar dat de chauffeur hem bij hun aankomst alleen maar met de grootst mogelijke moeite openkreeg. Josh had hem horen grommen van inspanning, hoewel hij hem niet kon zien. Voor het laatste stuk van de rit had de man een muts over Josh' ogen getrokken. De vloer was eveneens grijs en leek altijd koud als hij erop stond. Er stond een bed, langer dan zijn bed thuis maar niet veel breder. Er was geen raam, maar wel een lamp – een doorzichtige halve bol van plastic aan het plafond in de hoek die het verst van de deur verwijderd was. Hij ging nooit uit. Ernaast zat een camera van het soort dat hij wel eens in winkels gezien had. Er stond een televisie waarop een dvd-speler aangesloten was, met een verzameling dvd's. Allemaal dingen voor kleine kinderen. Dingen waar hij misschien naar gekeken zou hebben toen hij zes was.

Er was een toilet en een wasbak, allebei zilverkleurig en blinkend. Het toilet stond recht onder de camera, dus hij dacht niet dat iemand hem zou kunnen zien plassen. Gelukkig maar.

Dat was alles. De hele inhoud van zijn kamer. Afgezien van hem natuurlijk. En zijn kleren. En het fotoalbum. Maar aan het fotoalbum dacht hij niet graag. Hij wilde het zelfs liever niet aanraken. Het lag er toen hij aankwam. Naast de dvd's. Het zag er niet bijzonder uit, gewoon een album met een grijs omslag en een rode rug. Geen titel op de voorkant en niets om aan te geven wie erin geschreven had. Hij had de fout gemaakt het open te slaan. Sinds dat moment kreeg hij elke keer als hij in slaap viel nachtmerries over de foto's die erin stonden. Afschuwelijke foto's van afschuwelijke dingen. Nu was hij bang om in slaap te vallen.

Onder in de deur zat een metalen luik. Van tijd tot tijd ging het open en dan werd er eten naar binnen geschoven. Meestal havervlokken, boterhammen of patat, en een beker vruchtensap. Als hij op zijn knieën ging zitten, zag hij de hand van de man die het door het luik duwde. Hij meende dat het de hand van de chauffeur was, maar daar kon hij niet zeker van zijn, want de man zei nooit iets. Her ergste was het alleen zijn. Hij vroeg zich af of ze naar hem zochten. Zijn vader zeker. Hij probeerde zich voor te stellen dat de deur openging en hij binnenkwam. Dan deed hij zijn ogen dicht en stelde zich voor dat zijn vader hem in zijn armen nam en tegen zich aandrukte. Zoals Natalya altijd deed.

Dan gingen zijn gedachten terug naar wat Natalya in de boot overkomen was. Of nog erger, naar een foto uit het album. Dan moest hij zijn ogen weer opendoen. En als hij zijn ogen opendeed, was zijn vader verdwenen, maar lag het album er nog steeds. Dan begon hij opnieuw te huilen.

# 16

Het was bijna vier uur 's nachts toen Lock weer in zijn eigen appartement kwam, een eenkamerflat in Morningside Heights, op een steenworp afstand van Columbia University. Hij kon toch niets meer doen. Het laboratorium was bezig het DNA van het vermoedelijke lijk van Natalya te onderzoeken. Volgens Frisk zou de uitslag vrijwel zeker positief zijn. NBC had Carries exclusieve interview met Richard Hulme opgenomen en zou het later die dag uitzenden. En alle inwoners die 's morgens naar hun werk moesten, sliepen. Lock besloot hun voorbeeld te volgen en liet zich met kleren en al op zijn bed vallen.

Nog geen vier uur later werd hij gewekt door het licht van een laag staand winterzonnetje dat door de kamer kroop. Het vereiste bijna evenveel wilskracht om geen kussen over zijn hoofd te trekken en weer in slaap te vallen als hij nodig gehad had om de sluipschutterspositie tegenover het kantoor van Meditech binnen te vallen.

In de badkamer realiseerde hij zich dat hij zo weinig tijd had dat hij moest kiezen tussen scheren of douchen. Voor allebei was geen tijd. Hij koos voor lichaamsgeur in plaats van een glad gezicht, kleedde zich snel uit en ging onder de hete douche staan.

Met een handdoek om zijn middel doorzocht hij zijn klerenkast. Er was geen gebrek aan donkere kleren, maar hij was bang dat een inbrekerspak en een skimasker niet als gepaste rouwkleding beschouwd zouden worden. Uiteindelijk besloot hij tot een compromis van zwarte broek, wit overhemd zonder stropdas en een zwarte parka die groot genoeg was om vele gebreken te verbergen, waaronder zijn pistool – dat hij na een nieuwe verhitte discussie met Frisk teruggekregen had.

Terwijl hij zich aankleedde, trok hij zijn koelkast open, maar vond alleen maar een enorme verzameling schimmelende en rottende etensresten. Hij pakte een zwarte vuilniszak en gooide het grootste deel van de inhoud van de koelkast erin. Zijn ontbijt zou moeten wachten.

De zoemer ging. Lock drukte op de knop. 'Wat wilt u?'

'Ik ben het, Ty.'

Lock zette de deur op een kier en ging naar de badkamer. Toen hij weer buitenkwam, stond Ty in de keuken de kastjes te doorzoeken. Ty had bijna altijd honger, maar hoe vaak Lock hem ook zag eten, het leek geen enkele invloed te hebben op zijn een meter negentig lange basketballerlijf.

'Heb je zelfs geen cornflakes in dit hok?' vroeg Ty.

'Ik ben er nooit.'

Toen Ty zich omdraaide, verstijfde hij en keek Lock verbluft aan. 'Wauw, man. Gewoon... wauw.'

'Zie ik er zo gehavend uit?'

'Nee, meer als...' Ty dacht even na om het juiste woord te vinden. 'Een kadaver.'

Lock krabde aan zijn baard. 'Lange avond gehad.'

'Man, ik heb mensen gekend die er na tien jaar aan de spuit beter uitzagen dan jij. Maar zou je eigenlijk niet moeten rusten?'

'Ja.'

'Waarom doe je het dan niet?'

'Ze hebben Josh Hulmes au pair gevonden.'

'Goed. Wat heeft ze te vertellen?'

'Niet veel. Ze had een kogel in haar gezicht gekregen en was in de East River gesmeten.'

'Onaardig,' zei Ty zonder een spier te vertrekken. Hij keek naar Locks kleren. 'Waarom ben je helemaal uitgedost als Walker, Texas Ranger?'

'Bedoel je dat ik op Chuck Norris lijk?'

'Op een slechte dag. Luister, Ryan, weet je nog dat ik zei dat wij hier niks mee te maken hebben?'

'Dat hebben we ook niet. Alleen ik.'

'Ryan, je werkt net als ik voor Meditech.'

'En terwijl ik herstellende ben van mijn verwondingen vond ik dat ik best iemand een vriendendienst kon bewijzen.'

Lock pakte een handdoek, liep naar de badkamer en deed de deur dicht.

Toen Lock in de badkamer verdween, pakte Ty wat vuil ondergoed van een stoel en ging zitten. Hij glimlachte. Hij moest zeggen dat dit Lock ten voeten uit was. Die man kon geen hopeloze zaak tegenkomen zonder te proberen hem op te lossen. Dat was al zo op de eerste dag dat ze in Irak vriendschap sloten. Ty zat bij de commando's en Lock bizar genoeg bij de persoonsbeveiligingseenheid van de Britse Koninklijke Marechaussee. Lock was onmiddellijk een bron van fascinatie voor Ty. Hoewel hij praatte, liep en zelfs kauwgom kauwde als een Amerikaan, was hij recht uit de universiteit naar Engeland gevlogen en voor de Britten gaan werken.

Later legde Lock uit dat die beslissing te danken was aan een Schotse immigrant wiens vader in dezelfde eenheid gediend had maar verliefd was geworden en getrouwd was met een meisje uit Californië – in een tijd dat de Beach Boys het geheim nog niet aan de rest van de wereld verklapt hadden.

Na Irak en toen hij het leger eindelijk vaarwel gezegd had, haalde Ty Lock naar Meditech. Hij was niet eens van streek toen hij ontdekte dat hij Locks rechterhand zou worden. Hij zette zijn eigen ego opzij in het besef dat de KMP op het gebied van persoonsbescherming zijn weerga niet kende. Geen bravado. Geen hoogstandjes à la de commando's. Ze deden gewoon wat er gedaan moest worden, snel en met zo weinig mogelijk ophef.

Lock kwam uit de badkamer. Ty besloot het nog een keer te proberen.

'Dit is geen goed idee, broeder. Brand aast op je positie.'

'Vertel mij wat.'

Zowel Lock als Ty wist dat Brand al vanaf het moment dat hij aangenomen was probeerde in Locks schoenen te stappen.

'En hij fluistert Stafford Van Straten voortdurend in het oor dat je alleen maar voor de tribune sprak tijdens die toestand bij het hoofdkantoor,' zei Ty.

'Pot. Ketel.'

'Kan wel zijn, maar Stafford probeert zijn ouwe heer ervan te overtuigen dat hij je moet laat vallen. Luister, je staat op hun loonlijst en ze willen niet dat je je met die ontvoering bemoeit.'

'Richard Hulme heeft lang genoeg voor ze gewerkt. Dit is wel het minste wat ze voor hem kunnen doen.'

'Zij zien het anders. Je mag gerust zeggen dat ik me met mijn eigen zaken moet bemoeien, maar begin hier alsjeblieft niet aan.'

'Hebben ze je hierheen gestuurd?'

'God, nee. Ze weten hier niks van.'

'Nou, wat niet weet dat niet deert.'

Ty's gezicht plooide zich in een glimlach. Als Lock er zo over dacht, verrek, dan kon hij net zo goed meedoen.

# 17

Carrie keek recht in de lens van camera twee. 'Het is de ergste nachtmerrie van elke ouder, een misdaad die de mensen aangrijpt als geen andere. Je zoon of dochter ontvoerd door een onbekend persoon of onbekende personen. Wie kan zich een voorstelling maken van de marteling die een liefhebbende vader doormaakt' – Carrie verdween uit beeld en werd vervangen door een close-up van een onbehaaglijk uitziende Richard Hulme, die voor de zoveelste keer zijn stropdas rechttrok – 'voor wie die nachtmerrie werkelijkheid geworden is? Over enkele ogenblikken gaan we praten met dr. Richard Hulme. Zijn zevenjarige zoontje Josh verdween na een kerstfeestje in de Upper East Side. Gisteren werd het lijk gevonden van iemand die vermoedelijk Josh' au pair Natalya Verovsky was, maar tot dusver is er van de kleine Josh geen spoor. Vanavond praat zijn vader over de verdwijning van zijn zoontje en de rol die zijn werk als hoofd van het researchteam van het controversiële bedrijf Meditech, daarbij mogelijk gespeeld heeft. Na deze korte berichten gaan we met hem praten.'

Het inleidende praatje was voorbij en de reclames begonnen. Carrie wendde zich tot Richard, die met een asgrauw gezicht naast haar zat.

'We hadden helemaal niet afgesproken dat ik over Meditech zou praten.'

'Dan beantwoordt u die vragen gewoon niet,' zei ze, met een iets hardere ondertoon in haar stem.

'Maar dan is het net alsof ik iets te verbergen heb.'

'En, is dat zo?' daagde ze hem uit.

Richard wendde zijn blik af.

Carrie boog zich naar hem toe. 'Ik doe dit om u te helpen uw zoon te vinden. Maar ik wil dit verhaal ook tot op de bodem uitzoeken. Met u of zonder u.'

Na de reclames legde Carrie uit hoe en wanneer Josh verdwenen was, zich ervan bewust dat Richard moeite had zich te beheersen. Een camera zoomde langzaam in op zijn vertrokken gezicht. 'Elke morgen als ik wakker word, heb ik het gevoel dat ik onder water zit,' zei hij. Zijn stem brak. Carrie knikte meelevend.

Carrie was van plan na de volgende reclamepauze toe te slaan, er een schepje bovenop te doen en over Meditech en de voorvechters van de dierenrechten te beginnen.

Lock had haar een paar vragen gegeven waarvan hij wilde dat ze ze Richard stelde, bijvoorbeeld waarom Meditech hem had laten vallen. Ze wisten allebei dat Richard dat zelf ook niet wist, maar door het openbaar te maken konden ze erop rekenen dat de rest van de media er ook achteraan zou gaan.

Terwijl Carrie de volgende onderbreking aankondigde, hoorde ze haar producer, Gail Reindl, in haar oor. 'Ik wil met je praten voor we weer live gaan. Ik ben op weg naar beneden.'

Carrie droeg een productieassistente op Richards waterglas bij te vullen, alvorens naar achteren te lopen om Gail te woord te staan.

Gail trok Carrie een hoek in. 'Schrap de vragen over Meditech.'

'Waarom?'

'Geen vragen.'

'Wat een klets,' zei Carrie, zich los trekkend. 'Ik weet het al, vertel me niet dat je iemand van hun P R-afdeling aan de telefoon hebt gehad die dreigde te stoppen met adverteren op de zender. Verdomd reclamevolk.'

Gail negeerde Carries opmerking. 'Luister, het emotionele materiaal is fantastisch. We verliezen niks als je de vragen over het bedrijf achterwege laat.'

'Behalve de waarheid, bedoel je?'

Gail snoof verachtelijk. 'Nou klink je net als een eerstejaarsstudente journalistiek op Columbia.'

Carries werd nijdig. 'Nee, ik wil het hele verhaal horen. Hoe kunnen we verzwijgen dat hij voor een bedrijf werkte waar verscheidene mensen vlak voor de deur vermoord zijn? Iedereen zal ons voor idioten verslijten.'

'Oké, stip het even aan als je terugkomt, maar daarna moet je meteen op het volgende onderwerp overstappen.'

'Welk onderwerp?'

'Je bedenkt wel iets.'

En daarna verdween Gail weer, in ruisend kasjmier en een wolk Chanel No. 5. Carrie moest zich haasten om tijdig weer op haar plaats te zijn.

Toen de ogen van de natie weer op haar gericht waren, ging ze soepel over tot de orde van de dag.

'Richard, tot enkele weken geleden werkte je voor Meditech Corporation.'

'Ja, ja, inderdaad.'

'En hoe lang had u daar gewerkt?'

'Alles bij elkaar ongeveer zes jaar.'

'En wat behelsde uw werk?'

'Ik was werkzaam op een aantal gebieden.'

'Ook op het gebied van dierproeven?'

Richard aarzelde geen moment. 'Inderdaad. Ik geloofde dat de voordelen voor de mensheid zwaarder wogen dan de pijn die de dieren eventueel te lijden hadden.'

'Maar recentelijk bent u bij Meditech vertrokken?'

'Een paar weken voordat Josh verdween, inderdaad.'

Ze hoorde Gail, buiten adem omdat ze helemaal terug had moeten rennen naar haar hokje, in haar oortelefoon: 'Oké, terug naar het kind.'

'Wat voor soort werk deed u voor Meditech?'

'Daarover kan ik niet in bijzonderheden treden. Sommige dingen zijn vertrouwelijk.'

Gail weer: 'Genoeg, Carrie.'

Met een vriendelijke glimlach naar Richard richtte ze haar volgende woorden rechtstreeks tot Gail en de zak in het kostuum die meende dat hij haar werk voor haar moest doen. 'Dat begrijp ik, en uw loyaliteit is prijzenswaardig, vooral gezien het feit dat uw voormalige werkgever weigert u te helpen uw zoontje terug te vinden... dat klopt toch, nietwaar?'

Ditmaal aarzelde Richard. 'Inderdaad, dat klopt.'

Bij de volgende onderbreking kwam Gail opnieuw naar beneden. Carrie zette zich schrap voor haar offensief. Gail Reindl in volle oorlogsstemming vormde een indrukwekkende aanblik.

In plaats daarvan keek ze naar de grond en zei: 'Rond het interview af.'

'Maar we hebben nog tien minuten.'

'Dat weet ik, maar iemand heeft gebeld. Ik wil dat je live met hem praat.'

Carries hart begon sneller te kloppen. 'Hebben we al tips gekregen?'

'Alle telefoons staan roodgloeiend omdat iedere gek van Long Island tot Long Beach ons belt, maar dit is anders. De presidentdirecteur van Meditech wil een paar dingen toelichten.'

Carrie deed haar best om een glimlach te onderdrukken. Niet bij de gedachte aan de kijkcijfers, maar meer aan Locks laatste woorden toen hij belde om het interview met Richard Hulme te regelen. 'Eens kijken of we een paar mensen op stang kunnen jagen.'

Uit haar verste ooghoek zag Carrie Richard door een productieassistente afgevoerd worden. Terwijl het hoofd van de technische ploeg zwijgend met drie vingers de seconden aftelde, keek Carrie recht in de camera.

'En nu hebben we Nicholas Van Straten, grootste aandeelhouder en president-directeur van Richard Hulmes voormalige werkgever Meditech aan de lijn. Meneer Van Straten, dank u dat u ons gebeld hebt. Onze kijkers zullen het zeker op prijs stellen uw kijk op de zaak te vernemen.'

# 18

Ze hadden geen maskers nodig. Er waren geen camera's in het appartement en de enige getuige was de persoon die ze kwamen vermoorden. De langste man klopte aan, terwijl de kleinste zich naast de deur opstelde. In eerste instantie gebeurde er niets. De mannen keken elkaar ongerust aan, maar zeiden niets. De langste man klopte opnieuw. Misschien stond de tv te hard of was ze niet thuis. Juist toen ze weg wilden gaan, ging de deur open en werd de helft van het gezicht van een vrouw zichtbaar in de kier. Zo'n soort buurt was het. De langste man glimlachte. 'Mevrouw Parker?' vroeg hij.

'Ik had toch al gezegd dat ik niet weet waar ze uithangen.'

'Daar gaat het niet over, mevrouw Parker.'

'Heeft iemand geklaagd over mijn poezen?'

'Neem me niet kwalijk dat ik stoor, mevrouw, maar mag ik binnenkomen?'

Hij zag haar nadenken, zich realiseren dat hij beleefd, goed gekleed en, vooral, blank was. Ze deed de deur dicht om het kettinkje los te maken, trok hem weer open en liet hem binnen. Hij stapte over de drempel.

'Laat mij maar,' zei hij terwijl hij de deur voor haar dichtdeed – maar niet helemaal.

De stank was overweldigend. Hij snapte niet hoe iemand zo kon leven. Een kat stiet een trillend gemiauw uit en streek langs zijn benen. Hij stapte eroverheen en volgde de vrouw naar de huiskamer. En inderdaad, de tv stond aan – Cesar Milan die een anorectische vrouw uitlegde hoe ze met haar Rhodesian ridgeback moest praten. Dat verhaal dat mensen op hun huisdieren leken sloeg dus ook nergens op.

'Nou, over sommige buren kan ik anders een boekje opendoen. Ze houden niet van mijn poezen, begrijpt u.'

'En het zijn nog wel zulke lieve dieren,' zei hij, zich in een zodanige positie manoeuvrerend dat de vrouw, als ze hem aankeek, met haar rug naar de deur stond.

'Vindt u?'

'Natuurlijk. Mijn liefste huisdier. Veruit.'

'Hebt u er zelf ook een?'

Ze stond met haar zij naar de deur. Bijna in positie.

'Nee. Ik vrees dat dat tegen de regels van mijn woningbouwvereniging is.'

'Wat jammer.'

De kleinere man verscheen in de deuropening. De vrouw was zich van niets bewust, maar de zes of zeven katten in de kamer wel. Alsof ze gewaarschuwd werden door een katachtig zesde zintuig, begonnen ze allemaal te krollen. Eén begon en de rest volgde. De kleine man liep snel naar haar toe, de laatste meters binnen een seconde overbruggend. Onderweg trok hij het plastic dopje van een injectiespuit. Terwijl ze zich omdraaide, stak hij de naald in haar linkerbil en drukte op de zuiger. Toen ze begon te gillen sloeg de langste man zijn armen om haar heen en drukte de kleinste zijn vrije hand tegen haar mond. Een poes siste en sprong op de tv, waar ze met starre ogen naar haar bazinnetje keek toen die krachteloos op de grond zakte. De mond van de vrouw hing open en uit haar ogen sprak volstrekte verbijstering.

'Oké, we zullen haar in de stoel leggen.'

Samen hesen ze haar in de enige leunstoel die het vertrek rijk was en legden haar handen in haar schoot. De kleinste man drukte met zijn duim en wijsvinger haar ogen dicht en deed een stapje achteruit om het resultaat te bewonderen.

'Het is net of ze poseert,' zei de langere man.

'Inderdaad.' De kleinere man bukte zich en gaf een rukje aan de rechtervoet, zodat haar knie opzij zakte. Een laatste controle. 'Perfect,' zei hij, zich bukkend om het plastic dopje van de injectiespuit op te rapen.

'En de katten?'

'Wat is er met de katten?'

'Nou, zullen die niet doodgaan van de honger?'

De kleinste man wierp een laatste blik op het dode oude dametje in de leunstoel.

'Die hebben hier voor zeker drie weken te eten.'

# 19

Stafford Van Straten liep gevaar een toeval te krijgen. Hij haalde zijn hand door zijn weelderige blonde haardos en zijn mond ging open en dicht met alle welsprekendheid van een goudvis. 'Gaat Lock hier de leiding van krijgen?'

Zijn vader trok hem mee, buiten gehoorsafstand van zijn gevolg. 'Ik weet dat jij en hij om de een of andere reden niet met elkaar op kunnen schieten, maar op dit moment kunnen we hem goed gebruiken,' zei hij, voorbijgaand aan het feit dat ze allebei precies wisten waarom Stafford en Lock elkaar niet mochten. En Nicholas Van Straten zou de reden ook niet snel vergeten, want die had hem menige slapeloze nacht bezorgd en hem een kwart miljoen dollar lichter gemaakt.

'Maar Richard Hulme is niet ons probleem.'

'Luister. Ongeacht onze problemen met Richard Hulme of wat onze advocaten zeggen...' Nicholas Van Straten liet zijn stem dalen tot een nadrukkelijk gesis. 'Er wordt een kind vermist. Stel je voor dat jij het was.'

Stafford grijnsde. 'Ik ben niet direct een kind.'

'Inderdaad, dus hou op met je als een kind te gedragen.'

Nicholas Van Straten draaide zijn zoon abrupt zijn rug toe en wenkte Ty. 'Tyrone?'

'Jawel, meneer?'

'Heb je Ryan al te pakken gekregen?'

'Hij is nog steeds offline.'

'In verstaanbare taal alsjeblieft, Tyrone.'

'Zijn mobiel staat af.'

'Goed, zodra je hem spreekt moet je tegen hem zeggen dat ik hem hier verwacht voor instructies. En kun je intussen zorgen dat de andere procedures van start gaan?'

'Jazeker, meneer.'

Stafford liep met grote stappen naar zijn kantoor, pakte de putter die in een hoek tegen de muur stond en gaf er een zwaai mee alsof het een honkbalknuppel was, op een haar na zijn bureau missend. Hij was de kroonprins, de man die op een dag aan het hoofd van het bedrijf zou staan, en er werd niet eens naar zijn mening gevraagd. De conciërge van het gebouw had meer in te brengen dan hij.

De deur van zijn privétoilet stond op een kier en hij zag zichzelf in de spiegel. Hij bleef staan, ingenomen met zijn eigen spiegelbeeld, met de heldere blauwe ogen en het weelderige blonde haar, beide van zijn moeder geërfd. De zwakke kin van zijn vader was de enige storende factor. Met een stevige kin zou het een gezicht geweest zijn voor het omslag van *Fortune*. Het gezicht van een man die tot grote dingen voorbestemd was.

'Je bent echt aanvallig.'

Stafford draaide zich met een ruk om en zag Brand in de deuropening staan. Hij liet de club zakken en deed alsof hij een golfbal putte. 'Hebben ze je nooit geleerd om te kloppen?' vroeg hij met het gevoel dat hij betrapt was in zijn onderbroek.

Brand legde een hand op zijn schouder. 'Laat je niet jennen door de ouwe.'

'Dit was onze kans om een eind te maken aan al dat gelul over dierenrechten. Waarom had hij dit niet aan een van jouw mensen kunnen geven. Ik bedoel, iedereen behalve Lock. Ik heb de pleuris aan die vent.' Stafford gaf een schop tegen de muur met de teen van zijn in Engeland gemaakte Oxford-golfschoen.

'Weet ik alles van, man.'

'Dus wat gaan we eraan doen?'

'Zal ik eens met je ouweheer praten? Bijvoorbeeld suggereren dat het tijd wordt dat Lock andere mogelijkheden buiten het bedrijf gaat exploreren?'

Stafford glimlachte. 'Zodat jij hoofd van het beveiligingsteam wordt.'

'Hé, da's geen gek idee.'

'Dat doet hij nooit. Niet na al die toestanden. Wat hem betreft gaat de zon op uit Locks reet.'

'Mooi beeld. Weet je wat ik denk? Dat Lock dat interview waarschijnlijk geregeld heeft. Dat wijf van de tv is een poosje zijn vriendin geweest.'

'Misschien kan ik dat gebruiken.'

Brand gaf Stafford een klap op de schouder. 'Jouw kans komt nog, Stafford. Jij en ik, wij zijn de komende mannen. Nog even en je ouweheer en Lock zijn geschiedenis.'

# 20

Een bordje met TE HUUR erop hing als een witte vlag buiten de Koreaanse delicatessenwinkel. Het gebouw van Meditech, iets verderop, zag er weer hetzelfde uit als voor de aanslag, zij het met een paar stevige toevoegingen in de vorm van een zestal Metalith antiramhekken. De glazen voorgevel was eveneens vernieuwd, en de kleur van de ramen, zelfs in dit licht, deed vermoeden dat ze explosiebestendig waren. Lock zag zijn spiegelbeeld toen hij ervoor stond en bestudeerde het gezicht van een steeds veranderende onbekende. Zijn stoppels waren aangegroeid tot een bijna volle baard. Hij had grote, donkere wallen onder zijn ogen. Zijn pupillen waren verwijd, maar het oogwit was bloeddoorlopen. Hij deed zichzelf aan iemand denken, maar het duurde even voor hij besefte aan wie. Inderdaad. Hij leek op Richard Hulme. Hij trok zijn honkbalpet af en krabde aan de hechtingen in zijn schedel. Wie weet zou iedereen eruitzien als Richard Hulme voordat Josh gevonden werd.

Hij nam drie stappen de receptie in.

'Pardon, meneer, wie wilt u spreken?'

Een van de lui van Brands team, een gewezen commando met een piepjong gezicht die Hizzard heette.

Lock keek naar de bult onder de overjas van de bewaker. 'Hizzard, buiten is het misschien koud, maar hier is het zeker vijfentwintig graden. Je loopt voor joker.'

Met tegenzin trok Hizzard zijn jas uit, al doende een mini-uzi onthullend met, meende Lock op het eerste gezicht, een magazijn van vijftig kogels.

'Jezus, doe die jas maar liever weer aan voordat iemand dat ding ziet. Wat moet dit verdomme voorstellen? Schiet je rijk?'

Hizzard keek hem schaapachtig aan.

'Luister, slimmerik,' zei Lock, 'je kiest je wapen aan de hand van zijn geschiktheid voor het karwei. Nergens anders voor.'

Achter hem klonken voetstappen op de marmeren vloer. Lock keek om en was blij toen hij Ty met grote stappen op zich af zag komen.

'Je wordt verwacht op vijfentwintig. Onderweg kunnen we praten.'

'Dat mag ook wel,' zei Lock, met een veelbetekenende blik op Hizzard.

Onderweg naar de eerste rij liften die hen naar de twintigste verdieping zouden brengen, keken Ty en Lock elkaar aan alsof ze wilden zeggen: dat jonge volk tegenwoordig ook. Ze liepen de lift in en Ty drukte op de knop. De deuren schoven dicht. In de rechterhoek zat een camera verborgen. Lock draaide zich om en telde tot tien.

'Vanwaar al die hardware, Tyrone?'

'Dat zei ik toch. Man, het gaat er hier hard aan toe. Brand markeert zijn territorium.'

Op de twintigste verdieping gingen de deuren open. Twee andere leden van Brands team stonden hen op te wachten. Ze droegen geen overjas, maar hadden hetzelfde model machinepistool als de jongen beneden.

Lock en Ty keken elkaar aan. Het was duidelijk dat de gekken de macht in het dolhuis gegrepen hadden.

# 21

Toen Lock de directiekamer op de vijfentwintigste verdieping binnenliep, voelde hij zich ongeveer even op zijn gemak als een ongenode junkie in een duur hotel. Niet dat iemand iets zei – verre van dat. Niemand maakte een opmerking over zijn uiterlijk. Of informeerde naar zijn vorderingen als 'officiële' vertegenwoordiger van Meditech in de speurtocht naar Josh Hulme. In plaats daarvan bestudeerde iedereen de documenten voor zich op tafel en wachtte tot hun baas, Nicholas Van Straten, het woord nam.

Nicholas Van Straten zat aan het hoofd van de tafel, met Stafford rechts van hem en Brand links. Een slecht teken. Ty nam een stoel op enige afstand van die van Lock. Op de andere stoelen zaten vijf of zes andere werknemers. Sommigen kende Lock bij naam, anderen niet. Het was een groot bedrijf.

Stafford nam Lock van top tot teen op. 'Ik wist niet dat we vandaag informele kledingdag hadden.'

De vrouw van de P R-afdeling giechelde als een schoolmeisje.

Lock keek Stafford aan. 'Mijn smoking is in de stomerij.'

Nicholas Van Straten sloeg met een duur gemanicuurde hand een dunne map van manillapapier dicht, hief zijn hoofd en keek Lock even aan. 'Bedankt dat je gekomen bent, Ryan. Dat stel ik ten zeerste op prijs. Hoe voel je je?'

Lock richtte zijn antwoord aan Brand. 'Klaar om mijn functie weer op te nemen.'

Brand meesmuilde.

Liever dan zich op zijn woede te concentreren probeerde Lock zich voor te stellen dat hij uit zijn lichaam trad, naar het plafond zweefde en van boven op het tafereel neerkeek. Als neutrale waarnemer kon hij zichzelf voorhouden dat hij gewoon alles gedaan had om zijn geld te verdienen. De reden dat lijfwachten zijn soort salaris verdienden, was dat er misschien een dag zou komen waarop ze hun eigen leven zouden moeten riskeren om dat van hun werkgever te redden.

Lock haalde diep adem en concentreerde zich op zichzelf. 'Mijn excuses voor mijn uiterlijk. Ik heb een paar hectische dagen achter de rug.'

Lock zag Ty naar de tafel kijken en zijn lachen verbijten.

'Juist,' zei Nicholas. 'En zullen we het dan nu hebben over wat er hierna gaat gebeuren?'

De vrouw van de P R-afdeling, die de 'Missy' van de 'buitenpersconferentie' bleek te zijn, stak een enthousiast verhaal af over hoe de ontvoering van Josh Hulme vanuit een P R-perspectief het best aangepakt kon worden. Als de echte professional die ze was, begon ze met enig oordeelkundig kontlikken. 'Wel, meneer Van Straten, dankzij uw briljante tussenkomst zijn we een heel eind op weg om de controle over deze bijzonder delicate situatie weer in eigen hand te nemen. Het is duidelijk dat onze aanvankelijke beslissing om ons afzijdig te houden enige schade heeft aangericht, maar nu we de indruk wekken dat we meehelpen, zou die snel verholpen moeten zijn.'

Dat 'de indruk wekken' stoorde Lock, maar hij zei niets. Het terrein was binnen zeer korte tijd sterk veranderd en voor hij iets bijdroeg, wilde hij zien hoe de situatie ervoor stond.

Terwijl Missy verder ging, drie lettergrepen gebruikend waar ze aan twee genoeg gehad zou hebben, bestudeerde Lock Brand. Een vierkant hoofd op een al even vierkant bovenlijf. Zijn rug was kaarsrecht en hij keek strak naar de vrouw die aan het woord was. Zijn handen lagen gevouwen en met verstrengelde vingers op de conferentietafel. Hij leek aandachtig te luisteren, hoewel Lock uit ervaring wist dat amper tot hem doordrong wat er gezegd werd. Maar hij kwam goed over – kalm en beheerst.

'Samenvattend,' zei Missy, 'zou ik dus zeggen dat dit ons in feite een uitstekende mogelijkheid biedt om niet alleen onze merknaam onder de aandacht te brengen, maar ook om ons bedrijf af te schilderen als zijnde waarlijk begaan met de gemeenschap om ons heen.'

God nog aan toe. Alleen in de Amerikaanse zakenwereld kon

de ontvoering van een kind waarbij al één dode gevallen was, beschouwd worden als een manier om een bedrijf af te schilderen als warm en aaibaar.

'Ik heb een idee,' zei Lock.

Alle ogen gingen naar hem.

'Misschien kunnen we er, zodra het joch heelhuids terugkomt, een reclameboodschap voor een van onze geneesmiddelen aan verbinden. Je weet wel, Ritalin of zo.'

Niemand lachte. Of keek kwaad. Missy maakte een aantekening. 'Of misschien een stichting opzetten?'

'Ik geloof dat meneer Lock een grapje maakte,' zei Nicholas Van Straten droog.

'O,' zei ze, naar Lock kijkend alsof hij zojuist in de hoek van het vertrek had staan plassen.

'Als ik mag,' kwam Stafford ertussen.

'Als je moet,' zei zijn vader.

Stafford drukte zijn handpalmen tegen elkaar alsof hij een smeekbede aan iemand richtte en wachtte even. 'Dit lijkt me helemaal niet ons probleem. Dit is een puinhoop qua public relations die ons helemaal niet aangaat. En waar de aandeelhouders zich zeker niet ongerust over zullen maken. Die demonstranten voor dierenrechten, díé waren een probleem, maar nu die uit beeld verdwenen zijn kunnen we ons weer gaan concentreren op wat echt belangrijk is.' Hij stond op. 'Goed, ik stel het volgende voor...'

Lock verschoof ongemakkelijk op zijn stoel. Zijn periodieke hoofdpijn knaagde weer achter zijn voorhoofd, en terwijl hij naar de eindeloos doorzeurende Stafford keek, keerden zijn gedachten terug naar de eerste keer, drie maanden geleden, dat hij de man ontmoet had.

Tijdens de stille uren had de pas aangenomen Hizzard onder Locks leiding de bovenste verdiepingen van het gebouw doorzocht om te leren hoe het niet-militair onderzoeken van een locatie in zijn werk ging. Zelfs de werknemers die de terugkeer naar hun lege appartement zo lang mogelijk uit wilden stellen of een paar uur onbetaald overwerk deden om indruk op hun chef te maken, waren allang naar huis.

Lock had Hizzard de helft van de verdieping toegewezen en deed zelf de andere. Hij had nog één kantoor te doen: dat van Stafford. Staffords kantoor lag één verdieping onder dat van zijn vader, dicht bij genoeg om Stafford het idee te geven dat hij meetelde, maar ver weg genoeg om te voorkomen dat zijn vader hem te vaak zag. De deur stond op een kier, en toen Lock hem openduwde, zag hij een vrouw voorovergebogen op het bureau liggen. Stafford had een streng van haar haar in zijn rechterhand, terwijl hij met zijn linkerhand tussen haar dijen tastte. De vrouw verweerde zich uit alle macht en klauwde met haar vrije hand naar zijn gezicht.

'Hou godverdomme je bek, trut,' gromde Stafford, een harde ruk aan haar haar gevend.

'Je doet me pijn,' zei ze smekend.

Stafford bracht zijn gezicht vlak bij het hare. 'Volgens mij vind je dat lekker, of niet soms?' fluisterde hij.

Lock had genoeg gezien. Hij liep het kantoor in.

'Dit kantoor hoeft niet schoongemaakt te worden. Sodemieter op,' blafte Stafford zonder de moeite te nemen om te kijken.

Toen het antwoord uitbleef, liet hij het haar van de vrouw los om zijn gulp open te ritsen.

Lock overbrugde de afstand met zes grote stappen bleef staan toen Stafford opkeek. Zijn gezicht verried geen greintje schaamte of schuldgevoel of wat van dien aard dan ook, alleen maar irritatie dat iemand de euvele moed had om zijn bevel te negeren. Lock had nog nooit zo'n zin gehad om iemands blik van zijn gezicht te slaan.

Dat deed hij met één harde klap. Staffords neus kraakte toen de benige punt van Locks elleboog hem trof. De beste manier om een verkrachter van zijn erectie te beroven was een zo pijnlijk mogelijke schok. Dat werkte doorgaans stukken sneller dan een koude douche.

De vrouw trok zich los en draaide zich om, nog nahijgend van de worsteling. Ze wreef over haar gezicht alsof ze een nachtmerrie van zich af wilde zetten. Lock schatte haar begin twintig – een stagiaire of pas afgestudeerde nieuwe kracht.

'Alles goed?' vroeg hij.

94

Ze knikte, haastig haar gescheurde panty omhoogtrekkend.

Hizzard, de nieuwe rekruut, gooide de deur open en bleef als verstijfd staan toen hij zag wat er gaande was.

'Iets verderop zijn toiletten,' zei Lock tegen de vrouw. 'Hizzard hier zal u de weg wijzen.'

Ze aarzelde.

'Wees maar niet bang,' zei Lock. 'Er zal u niets gebeuren.'

'Oké.' Haar stem trilde een beetje. Ze trok haar rok recht en liep met haar hoofd omlaag het kantoor uit, alle oogcontact met Stafford vermijdend. Hizzard liep achter haar aan, zorgvuldig op afstand blijvend.

Lock reikte langs Stafford heen om de telefoon te pakken. Tot zijn genoegen zag hij een sprankje paniek in zijn ogen.

'Hé, wacht even.'

Lock drukte op de negen voor een buitenlijn. Hij zag dat Stafford de hoorn het liefst uit zijn hand zou trekken, maar te laf was om het te proberen. Hij klemde de hoorn tussen schouder en kin.

'Wat voor smoesjes ga je me vertellen? Dat ze pijn lekker vindt? Dat ze je al weken achternaloopt? Waarom zou ze anders zo lang gebleven zijn, alleen met jou op een vrijdagavond wanneer iedereen naar huis is?' Hij drukte opnieuw op de negen.

'Lock? Zo heet je toch, niet?' zei Stafford, plotseling piepend van paniek.

Lock drukte op de een. Het op een na laatste cijfer.

'Luister, man. Ik zal je geen lulsmoesjes verkopen. Ik weet niet wat me bezielde. Ik heb een probleem.'

'Nu helemaal,' zei Lock, op de laatste een drukkend. 'Politiebureau alstublieft.'

Het duurde even voor hij doorverbonden werd. Lock zat nonchalant op de rand van het bureau, genietend van Staffords zichtbare angst en verwarring. Diep in zijn hart wist hij één ding zeker: dat dit de eerste keer was dat Stafford gestoord was, maar zeker niet de eerste keer dat hij het deed.

'Val dood, man,' zei Stafford plotseling. 'Wat jij gezien hebt betekent niks in de rechtszaal. Het kómt niet eens zo ver. Het is gewoon mijn woord tegen het hare.'

95

Lock legde de hoorn neer. Stafford dacht dat Lock hem bang had willen maken, maar dat was helemaal niet het geval. Lock had de hoorn niet neergelegd omdat hij Stafford voldoende in de rats had gebracht, maar omdat de man gelijk had. De politie bellen zou niets uitrichten.

Hij trok zijn Sig en richtte hem op Staffords bebloede gezicht, zo ontspannen dat het bijna nonchalant leek. 'Hou je van vuurwapens?'

Stafford was bleek weggetrokken van schrik. 'Op de universiteit heb ik de opleiding voor reserveofficieren gedaan,' stamelde hij.

'Weet je nog wat het eerste was wat je vuurwapeninstructeur je vertelde? De kardinale regel?'

Stafford slikte. 'Richt nooit een wapen op iemand tenzij je van plan bent het te gebruiken.'

'Heel goed. Een tien en een griffel. En nu naar buiten.' Lock wuifde Stafford naar de deur. Mensen hebben allerlei ideeën over hoe ze zullen reageren als iemand een vuurwapen op hen richt. In oorlogssituaties had Lock blaaskaken de controle over hun blaas zien verliezen en lafaards een betrekkelijke kalmte zien creëren waarin ze terug konden vechten. Maar de eerste golf van emotie is voor iedereen hetzelfde – angst.

Stafford liep gehoorzaam naar de deur. In de gang stak Lock zijn pistool terug in de holster, maar zag erop toe dat Stafford voor hem bleef en niet omkeek. Achter hen hield Hizzard de wacht buiten de damestoiletten.

Lock loodste Stafford naar de lift. De bevestiging dat ze in de gaten gehouden werden, kwam in de vorm van een stem uit de controlekamer in Locks oor.

'Niks aan de hand. We gaan alleen maar even een luchtje scheppen,' antwoordde Lock.

Ze kwamen op de bovenste verdieping, vanwaar ze toegang hadden tot het dak. Lock tikte een code in en duwde Stafford ruw door de deur. Buiten was het donker. Hoogstens negen graden. Een automatisch licht floepte aan en wierp lange schaduwen die tot de rand van het dak reikten.

De wandeling leek Stafford tijd gegeven te hebben om zich

enigszins te herstellen. 'Wat nu? Ga je me doodschieten?' vroeg hij.

'Nee,' antwoordde Lock. 'Je gaat springen.'

'Wat? Je bent niet goed wijs. Alles is opgenomen.'

'Je bedoelt dat de harde schijven op mijn bevel per ongeluk gewist worden op ongeveer hetzelfde moment dat jij de grond raakt?'

'En het meisje?'

'Denk je dat die iets zal zeggen na wat jij met haar uitgehaald hebt?'

'Hier lul je jezelf nooit uit.'

'Ik heb tien jaar voor de Britse Koninklijke Marechaussee gewerkt. Dacht je echt dat ik niet in staat was om overal rekening mee te houden?'

Zonder zijn pistool van Stafford af te nemen liep Lock langs de rand van het dak. 'Ik betrap je op een poging tot verkrachting van een jong staflid. Ik trek je van haar af. Dat kan allemaal bevestigd worden, ja?'

Stafford gaf geen antwoord.

'Er zijn hier geen camera's, dus niemand weet of je iets bekend hebt,' ging Lock verder, zijn pistool iets omhoog brengend, zodat het recht naar Staffords gezicht wees.

Stafford hief zijn handen. 'Oké, ik accepteer dat zij die versie van wat er gebeurd is zal bevestigen. Maar wat dan nog?'

'Tja, het is mijn plicht om je aan te geven. Jij smeekt me om het niet te doen. Je wilt me een aanbod doen. We gaan het bespreken op het dak, waar niemand ons kan horen. De camera's hebben alleen maar twee mannen naar boven zien gaan. We komen hier, gezellig onder de sterren, en jij doet je aanbod. Maar ik weiger. Sterker nog, ik zeg dat ik het in de rechtbank zal melden. Als ik vertel dat jij probeerde me om te kopen, zou dat haar verhaal nog veel aannemelijker maken, dacht je ook niet?'

Lock had een cirkel beschreven en stond nu vlak voor Stafford, die met zijn rug naar de rand stond. Al pratend liep Lock naar hem toe, zodat hij binnen Staffords persoonlijke ruimte kwam en Stafford instinctief en onbewust achteruitschuifelde. Hij was nog maar een kleine twee meter van de afgrond verwijderd.

'Je bent over je toeren. Je huilt. Je slaat wartaal uit. Want je weet wat er in de gevangenis met verkrachters gebeurt. Vooral met jonge, knappe mannen als jij. En je zult némen, niet geven. Plus de schande voor je familie. Dus...' Lock klemde zijn vinger om de trekker van zijn Sig... 'je springt.'

'Dat gelooft niemand,' zei Stafford, opnieuw een stapje achteruitschuifelend.

'O, sommige mensen niet. Het is inderdaad een behoorlijk sterk verhaal. Maar voor de rechter zou het een kwestie zijn van mijn woord tegen het jouwe, en jij zult wcinig bij te dragen hebben.'

Stafford keek over zijn schouder. Hij schrok toen hij zag hoe dicht hij bij de rand stond en deed een stap naar voren. Lock wiegelde met het pistool.

'Verkeerde kant uit.'

'Ik verdom het. Ik spring niet.'

'Dan smijt ik je eraf. Dat zou niet de eerste keer zijn.'

Lock stak de Sig in de holster en gaf Stafford een harde stomp in zijn maag. Toen de man snakkend naar adem tegen de grond ging, trapte Lock hem in zijn kruis en daarna in zijn gezicht. 'Niemand die wat extra verwondingen op het lichaam van een springer ziet,' zei hij, terwijl hij Stafford aan de rug van zijn colbert en overhemd naar de rand sleurde.

'Help! Iemand!' krijste Stafford.

'We zijn alleen, Stafford. Zelfs pappie kan je nu niet redden.'

Aan het uiterste eind van het dak was een betonnen rand. Lock hees Stafford erop.

'Alsjeblieft, doe dit alsjeblieft niet!' smeekte Stafford.

'Waarom niet? Geef me één goeie reden.'

'Die heb ik niet.'

'Je wilt gewoon niet dood, hè?'

Stafford schudde zijn hoofd. Tranen stroomden over zijn wangen. 'Nee.'

Lock deed een stapje achteruit, maar trok zijn Sig weer uit de holster. 'Oké, dan zal ik je vertellen wat je gaat doen.'

Lock gaf Stafford een beknopte beschrijving van zijn verplichtingen en van wat er met hem zou gebeuren als hij zich er niet aan hield. Daarna ging hij terug naar het trappenhuis en liet Stafford alleen achter op het dak om een nachtje over zijn zonden na te denken.

Enkele dagen later belde de stagiaire Lock om hem te bedanken. Een dag na de aanranding had ze een gegarandeerde cheque van tweehonderdvijftigduizend dollar met de post gekregen, samen met een contract van een advocaat waarin ze moest beloven geen verdere stappen te ondernemen.

Lock wist dat Stafford er goedkoop afgekomen was en dat zat hem dwars, maar hij wist ook dat maar weinig aanranders veroordeeld werden.

Met gerechtigheid had dit opnieuw niets uit te staan.

# 22

'Ik wil dat Ty me assisteert.' Dit was geen vraag maar een mededeling, want ze hadden genoeg tijd verspild aan loze kletspraat die niets met het redden van Josh Hulme en alles met Meditechs aandelenkoers en Staffords ego te maken had.

'Goed,' zei Nicholas. 'Wat heb je nog meer nodig?'

'Een verbindingsman met de GTT.'

'Ben je daar zelf niet de geschiktste persoon voor?' vroeg Nicholas.

'Misschien. Maar ik zal mijn handen toch al vol genoeg hebben, en bovendien zijn ze niet erg verguld met het feit dat ik me hiermee bemoei.'

'Oké, wat nog meer?'

'Een team dat alle rapporten over eerdere bedreigingen opnieuw doorpluist, vooral die met betrekking tot Richard Hulme.'

'Dat is al gebeurd,' kwam Stafford ertussen. 'En ik heb alle werknemers een memo gestuurd dat ze waakzaam moeten zijn en alle verdachte dingen aan de plaatselijke autoriteiten en ons veiligheidspersoneel moeten melden.'

Misschien had zijn middernachtelijk onderhoud met Lock op het dak hem eindelijk tot zijn verstand gebracht.

'En wie past er op de winkel terwijl jij detective gaat spelen?' vroeg Brand.

'Zo te zien neem jij de honneurs al waar,' riposteerde Lock.

'Tja, iemand moest het doen.'

Nicholas Van Straten ritselde met zijn papieren ten teken dat de vergadering afgelopen was. 'Dus daarmee is alles geregeld.'

Ty en Lock namen dezelfde lift naar beneden.

'Vind je het wel een goed idee om alles aan Brand over te laten?' vroeg Ty.

'Nee.'

'Ik ook niet. Maar eh, wat ik zeggen wou. Ik heb niet jouw politie-ervaring.'

'Nou en?'

'Dat ik misschien niet de beste persoon ben om je te helpen.'

'Jij voldoet aan mijn voornaamste drie criteria,' zei Lock.

'O ja, wat zijn die dan?'

'Ik moet iemand hebben die ik vertrouw. En bij dit soort onderzoeken komt maar één ding kijken dat die jokers daarboven niet hebben. Gezond verstand.'

'Da's twee. Wat is het derde?'

'Dat ik, als ik nog een keer voor een dichte deur kom te staan, iemand voor me wil hebben.'

'Ah, dat kan ik accepteren. Maar ik heb nog steeds het gevoel dat er meer is.'

Lock zuchtte. 'Oké. De politieke activisten met wie we te maken gaan krijgen zijn niet de gemiddelde rechtse rakkers, ja?'

'Wat wil zeggen dat ze 't een stuk moeilijker zullen vinden om een neger onheus te bejegenen.'

'Recht in de roos. We moeten de zwakke plekken van de vijand opsporen. Als dat toevallig een progressief geweten is, dan gebruiken we dat.'

'Dus je zou het geen probleem vinden om mijn huidskleur tegen iemand te gebruiken?'

'Geen enkel.'

Ty dacht even na. 'Oké, daar valt mee te leven.'

De teller in de lift zakte naar de enkele cijfers.

'En, hoe schat je onze kansen in?' vroeg Ty.

Lock dacht na. De liftdeuren schoven open in de receptie.

'Tja, er is geen losgeld geëist, het joch is sinds de ontvoering niet meer gezien en de enige die weet wat er gebeurd is, is recentelijk geïdentificeerd als overleden. Afgezien daarvan zou ik zeggen dat we er redelijk goed voor staan.'

# 23

'We zullen mijn auto nemen.'

Ty keek Lock aan.

'Wat?'

'Niks.'

'Als je iets over mijn auto te zeggen hebt, doe dat dan meteen.'

'Oké,' zei Ty, een zwarte iPod tevoorschijn halend, 'maar als we jouw auto nemen, spelen we míjn muziek.'

Nu was het Locks beurt om zijn ogen ten hemel te heffen. 'Misschien had ik achteraf toch beter Brand kunnen nemen.'

Ty zei met gespeelde verontwaardiging: 'Die mafkees luistert naar country. Ik zat een keer bij hem in het CAT-voertuig en moest naar een song luisteren met de titel "Hoe kan ik zeggen dat ik van je hou met een jachtgeweer in mijn mond?" '

'En dan zeggen ze dat rapteksten gestoord zijn. Godsamme, zeg. Maar oké. Mijn voertuig, jouw muziek.'

'Dat blik van jou een "voertuig" noemen gaat wat ver.'

'Het puin waar jij naar luistert muziek noemen niet minder.'

Veertig minuten later kwamen ze tot stilstand voor de poort van het kerkhof, nog steeds steggelend over het voor en tegen van Locks auto en Ty's muzieksmaak.

Ty bestudeerde de andere bezoekers. 'Kijken die lui niet in de spiegel voor ze van huis gaan?'

Boven op de heuvel had zich een Who's who van het dierenrechtenvolk verzameld dat er getuige van wilde zijn hoe Gray en Mary Stokes begraven werden naast hun al jaren overleden huisdieren, honden, poezen, konijnen en zelfs een ezel.

'Geen dierenvriend?'

'Ik heb ooit een pitbull gehad. Ik was gek op dat beest, man.'

'En?'

'Hij probeerde mijn nichtje Chantelle op te vreten, dus ik moest de klootzak doodschieten. Ik bedoel, ze trok aan zijn oren en zo, dus het was niet helemaal zonder reden, maar familie is familie.'

'Ty, ik krijg altijd een brok in mijn keel als ik naar verhalen over jouw jeugd luister. Net de Waltons op crack.'

'Val dood, bleekscheet,' zei Ty glimlachend.

'Luister, jij blijft bij de auto.'

'Ah, man. Moet dat?'

'Wat nu weer?'

Ty keek vol walging het interieur van Locks Toyota rond. 'Straks denkt iemand nog dat dit wrak van mij is.'

Een bekend gezicht begroette Lock toen hij de heuvel op klom. De brigadier die uitgeroepen was als 'de man met waarschijnlijk het hoogste cholesterolgehalte en het minste geduld' stak bij wijze van groet een visfilet-sandwich met extra kaas omhoog. Wie doet er in godsnaam kaas op een visfilet? vroeg Lock zich af.

'Wel wel, als 't Jack Bauer niet is,' zei Caffrey, een straaltje mayonaise wegvegend dat van een van zijn kinnen droop.

Lock was even blij dat hij enige variatie in Caffreys dagelijkse kost zag als met het feit dat de sarcastische groet van de cardiale tijdbom niet per se negatief was.

'Hoe smaakt de sandwich?'

'Godenspijs,' mummelde Caffrey met volle mond.

'Jij ziet nog eens iets van de stad.'

'Gedetacheerd door de GTT,' beet Caffrey terug.

'Is dat een nieuwe tactiek? Al-Qaeda valt aan en we geven ze de Spurlockbehandeling tot hun lever het begeeft.'

'Spurlock?' vroeg Caffrey, die Lock even niet kon volgen.

'De kerel die een film gemaakt heeft over een hele maand alleen maar hamburgers eten.'

'Een hele maand lang?'

'Ja.'

'Bofkont.'

'Nou, leuk om even gepraat te hebben.'

Lock wilde verder lopen, maar Caffrey hield hem tegen. 'Zorg dat je niemand van streek maakt, Lock. Ik mag van geluk spreken als ik me voor m'n pensioen door de papierwinkel heen gewerkt heb die je de laatste keer veroorzaakt hebt.'

'Ik ben alleen maar gekomen om de overledenen de laatste eer te bewijzen.'

Caffrey ging opzij en nam een vochtige hap mysterieuze vis. Voor iemand die niet had ontbeten, zag hij er verdomd smakelijk uit.

Lock klom de helling op naar een plek waar een SUV met donker glas geparkeerd stond. Zo subtiel als een baksteen. Ze hadden net zo goed een sticker met 'FBI Surveillance' op de nummerborden kunnen plakken. Maar misschien was dat ook de bedoeling: dat de FBI de fanatici in de campagne voor dierenrechten liet weten dat ze in de gaten gehouden werden.

Toen Lock voorbij de FBI-wagen kwam, moest hij zich verzetten tegen de kinderachtige aanvechting op een raampje te kloppen. Op vijftig meter afstand van het groepje nabestaanden rond de grafruimte bleef hij staan. Twee graven. Naast elkaar. Toen hij dichterbij kwam, realiseerde hij zich dat hij zich geen zorgen had hoeven maken over zijn kleren. Hij was zowat de best geklede persoon op het kerkhof. De rouwklagers waren een zootje overjarige hippies en jonge new-agers. Eén jongeman van vroeg in de twintig was op komen dagen in een spijkerbroek en een bruin kunstleren jack, waarschijnlijk met de hand vervaardigd uit tofoe. Zwart zou Lock hem nog vergeven hebben, maar bruin?

Een paar mensen keken om toen Lock dichterbij kwam, maar niemand zei iets. Lock zag Janice midden in het groepje in haar rolstoel zitten, met nietsziende ogen voor zich uit starend terwijl de twee kisten tegelijkertijd neergelaten werden. Een man van iets over de zestig met een melkwitte huid en lang, vettig haar sprak een paar woorden met gevouwen handen en gebogen hoofd. Lock ving zijn laatste woorden op.

'Gray Stokes gaat als een held naar zijn graf, een martelaar voor de zaak van de dierenrechten. Hij was een man die genocide zag waar andere mensen liever niet keken. Een man die ervoor koos de leiders van de dodenkampen ter verantwoording te roepen, die ervoor koos te spreken voor wie geen stem had. Maar hij zal niet vergeefs gestorven zijn. De beweging om dieren te verlossen van lijden en marteling zal doorgaan, en zijn geest zal ons vergezellen op onze reis.'

Martelaarschap, opoffering, strijd. Lock vroeg zich af waar hij al die woorden eerder gehoord had. Misschien had John Lewis, het plaatsvervangend hoofd van de antiterrorisme-afdeling van de FBI, toch gelijk gehad toen hij een Senaatscommissie enkele jaren geleden waarschuwde dat de extremisten in de beweging voor de dierenrechten een echte bedreiging werden. Maar toen was Al-Qaeda met een stanleymes in plaats van een kogel naar de top van de terroristen-top tien gestegen en vergat vrijwel iedereen dat terrorisme zich niet beperkte tot figuren met een zwak voor maagden in het hiernamaals.

Toen de man zijn grafrede beëindigd had, begon het groepje zich langzaam te verspreiden. Lock liep naar Janice toe. Een paar van de overgebleven mensen keken hem vuil aan toen hij voorbijkwam. De jongeman in het bruine jack had het woord genomen. Met tartend opgeheven hoofd zei hij: 'Ze zullen hiervoor boeten. Let maar eens op. Voor dit afgelopen is, zullen ze hele kerkhoven vullen.' Zijn ijzingwekkende voorspellingen waren aan niemand in het bijzonder gericht. Toen Lock in de buurt kwam, maande Janice hem tot stilzwijgen.

Lock raakte even haar schouder aan. 'Gecondoleerd.' Het woord leek ontoereikend. Hij zette zich schrap voor een nieuwe uitbarsting van de super-nonchalant geklede heethoofd, of misschien zelfs voor een klap, maar de jongeman vertrok eveneens.

Janice bleef strak naar de twee kisten kijken. 'Waarom bent u gekomen?'

'Om de overledenen de laatste eer te bewijzen.' Lock gaf een knikje in de richting van de jonge heethoofd. 'Wie is dat?'

Janice' ogen gingen naar de donkere SUV van de GTT.

'Waarom vraag je het je vrienden niet?'

'Vind je ook niet dat de situatie te serieus geworden is om spelletjes te blijven spelen?'

'Waarom bent u echt gekomen?'

'Dat zal ik je vertellen als je mijn vraag beantwoordt.'

'Dat is Don,' zei Janice. 'Hij hoorde niet echt bij onze groep. Hij was het niet eens met onze manier van protesteren.'

'Meer een jongen van directe actie?'

'Hij heeft aan een paar bevrijdingen meegedaan.'

'Bevrijdingen' was het woord dat de activisten bezigden als ze laboratoria die dieren gebruikten binnendrongen en de dieren loslieten. Soms vielen ze ook boerderijen aan, meestal die met enorme schuren vol batterijkippen.

'Wat doet hij hier?'

'Hetzelfde als u.'

'Valt deze figuur je lastig?' vroeg iemand, zijn woorden onderstrepend met een klopje op Locks schouder.

Lock draaide zich half om en zag de jongeman in het bruine tofoejack achter hem staan. Hij was lang, maar zijn pogingen dreigend over te komen, mislukten faliekant. Lock negeerde hem.

Hij tikte opnieuw. Harder ditmaal. 'Waarom laat je haar niet met rust?'

'Don, laat maar. Dit is Ryan Lock... je weet wel, de man die mijn leven gered heeft.'

Don keek gegeneerd naar de grond. 'Dan ben ik u waarschijnlijk een bedankje verschuldigd.' Het was een verontschuldiging, maar onwillig was er nog het beste woord voor.

'Ach, jij zou hetzelfde gedaan hebben,' zei Lock.

'Allicht.'

'Wat weet je van Josh Hulme?'

Don knipperde met zijn ogen bij deze plotselinge verandering van onderwerp. 'Ik weet wat zijn vader doet. Wie door het zwaard leeft, zal-'

Lock ging vlak voor Don staan, wachtte tot hij hem aankeek en hield zijn blik vast. 'Het gaat om een klein jongetje. Ik zou het op prijs stellen als je mijn vraag fatsoenlijk in overweging nam.'

Janice rolde haar stoel tussen de twee mannen in. 'Dit is nergens voor nodig. Vooral niet hier. En niet vandaag.'

'In normale omstandigheden zou ik het met je eens zijn, maar ik ben van mening dat normale regels niet van toepassing zijn zolang Josh Hulme niet gevonden is. Vooral omdat ik denk dat jij en je makkers misschien weten waar hij is.' Lock pakte Dons pols en draaide hem om, precies genoeg om het interessant te maken. 'Zo, Don, misschien kunnen we beginnen met je volledige naam.'

Niemand kwam uit de donkere suv, hoewel Lock er zijn hele hebben en houden om verwed zou hebben dat ze shotgun-microfoons hadden waarmee ze elk woord van hun gesprek opvingen. Hun beslissing niet tussenbeide te komen verbaasde hem niet, ondanks het feit dat hij zich zojuist schuldig gemaakt had aan geweldpleging. Overheidsinstanties besteedden tegenwoordig steeds meer zaken uit, en Lock was even nuttig als een Syrische cipier met een elektrische stok en een paar uur vrije tijd. Bovendien voelde hij zich minder geremd door de regels.

'Waarom zou ik jou verdomme iets aan je neus hangen. Je bent geen smeris.'

'Precies, Don. Wat betekent dat ik me niet aan de regels hoef te houden.'

Dons ogen spatten haat toen hij Lock aankeek.

'Hou op!' schreeuwde Janice. 'We hebben zojuist onze ouders begraven!'

Lock liet Dons hand vallen. 'Hoezo, "we"?'

'Don is mijn jongere broer.'

# 24

Lock vroeg zich af hoe extremistisch je moest zijn om de rol van zwart schaap in het gezin Stokes te vervullen. Maar het verklaarde wel iets van de al te edele verontwaardiging van de jongeman. Hij had er bijna spijt van dat hij het nog erger gemaakt had door zijn pols om te draaien. Maar toen dacht hij aan Josh Hulme en verdween het kortstondige gevoel van medeleven even snel als het gekomen was.

Don wreef over zijn pols. 'Man, ik moet nodig iets drinken.'

Uit de manier waarop hij dit zei, meende Lock te kunnen opmaken dat hij geen lactosevrije milkshake bedoelde. Hij had altijd aangenomen dat de lui van de dierenrechten geen drinkers waren. Een stoofschotel van linzen, zeer zeker. Goedkope whisky... niet zo.

'Ik weet een kroeg vijf straten verderop. Ik kan je een lift geven,' bood Lock aan.

Don leek te aarzelen.

'Hij is de kwaadste niet,' zei Janice.

Don zei nog steeds niets. Lock wilde niet aandringen, maar dit was een buitenkansje. Voer Don een paar borrels en wie weet wat hij op zou hoesten?

'Luister, ik was fout toen ik je zojuist vastpakte. Mijn excuses.'

Don slaagde er bijna in te glimlachen. 'Laat maar zitten. Je hebt het leven van mijn zus gered.'

'Vrienden dan?' vroeg Lock, een hand uitstekend.

Don nam hem aan met zijn linkerhand. 'Normaal gesproken ben ik rechtshandig, maar een of andere klerelijer heeft mijn rechterarm bijna gebroken.'

In mannentaal betekende dat ja. De spanning tussen hen verdween.

Lock hielp Janice de heuvel af. Hij had er nooit bij stilgestaan, maar als een rolstoel heuvelop duwen zwaar werk was, dan was heuvelaf een echt avontuur. Beneden zag hij Ty, druk bezig met de hopeloze taak net te doen alsof hij niets te maken had met Locks Toyota, waar hij vlak naast stond.

Lock stelde iedereen aan elkaar voor. Toen dat gebeurd was, hielpen Lock, Ty en Don Janice in de auto en brachten de daaropvolgende tien minuten door met het opvouwen van de rolstoel en proberen hem in de kofferbak te stoppen.

'Ik had beter een van de Yukons mee kunnen brengen,' merkte Ty behulpzaam op toen ze wegreden. Het FBI-voertuig volgde hen. Lock zat achter het stuur met Janice naast zich, wat Ty en Don op de achterbank de kans gaf vriendjes te worden.

'Jij moet een echte dierenvriend zijn, niet?' vroeg Ty.

'Waarschijnlijk wel, ja.'

'Ik heb ooit een hond gehad,' ging Ty verder, wat hem een blik die zei: laat-liever-zitten van Lock in het achteruitkijkspiegeltje opleverde. 'Man, ik was gek op dat beest.'

'Is dat de hond die op rijpe leeftijd overleed?' vroeg Lock, gas gevend om zo snel mogelijk in de bar te zijn.

'Neem, ik bedoel een andere. Je weet wel, de pitbull. Ik weet zeker dat ik je het verhaal verteld heb, toch?'

'Inderdaad, dat is de reden dat ik het niet opnieuw wil horen.'

Lock keek in het spiegeltje. De SUV van de GTT zat nog steeds achter hen, de voorgeschreven afstand van een half woningblok aanhoudend.

Ty glimlachte tegen Don. 'Lock wordt altijd emotioneel als ik hem erover vertel. Het was een soort Lassie-situatie.'

'Ah, we zijn er,' viel Lock hem in de rede, met zo'n snelheid de parkeerplaats van de bar op draaiend dat Ty en Don bijna over de achterbank rolden.

Lock hielp Don de rolstoel uit de kofferbak halen, maar liet het aan hem over om hem weer gebruiksklaar te maken. Hij trok Ty mee tot ze buiten gehoorsafstand waren. 'Wat doe je, Tyrone? Deze lui houden meer van dieren dan van mensen en jij wilt hem gaan vertellen dat je je hond doodgeschoten hebt?'

Ty keek naar Don. 'Hé, als ze denken dat ik hard genoeg ben om mijn eigen hond dood te schieten, gaan ze misschien nadenken over wat er met hen zal gebeuren als ze niet met dat joch voor de dag komen.'

# 25

Josh werd gewekt door voetstappen in de gang. Hij stond direct op maar verstijfde toen ze voor zijn deur bleven staan. Hij schuifelde achteruit tot hij tegen de muur stond.

De camera snorde toen het cyclopenoog zijn bewegingen volgde. Josh' ademhaling werd jachtiger. Hij keek naar het album dat als een beschuldiging op de toilettafel lag.

De deur ging langzaam open. Josh kneep zijn ogen dicht. Toen hij ze weer opendeed, zag hij Natalya in de deuropening staan. Maar hoe kon dat? Natalya was dood, dat wist hij zeker. Oké, hij had zijn ogen dichtgedaan toen de man zijn pistool hief, maar hij had het schot gehoord. Gevolgd door de plons. Achter in de boot lag bloed.

Natalya glimlachte. 'Alles is goed, Josh. Je mag naar huis.'

Josh bleef staan waar hij stond. 'Hoe kan ik je geloven na alles wat je gedaan hebt?'

'Wil je niet naar huis, Josh?'

'Jawel.'

'Kom dan.'

Natalya stak haar hand uit. Josh liep naar haar toe, eveneens met uitgestoken hand. Hij was er bijna. Nog maar enkele centimeters tussen hun vingers.

Met een harde klap sloeg de deur dicht en Natalya verdween.

Josh schoot overeind. Zijn rug deed zeer. De klep in de deur stond open. Iemand had er een dienblad doorheen geduwd. Zijn ontbijt.

Hij liet zich weer op het kussen zakken en luisterde naar de zich verwijderende voetstappen. Hij stond op, rende naar de deur en begon er met zijn vuisten op te bonzen. 'Laat me vrij! Laat me eruit!' De voetstappen stierven weg.

Hij keek naar het blad. Droge cornflakes. Geroosterd brood. Sinaasappelsap. Hij was uitgehongerd. Zonder zich om de camera te bekommeren propte hij de cornflakes met beide handen in zijn mond. Toen zijn mond droog werd, nam hij een grote slok van het sap. Het smaakte net als het spul dat je thuis maakte. Korrelig. Afschuwelijk.

Toen zag hij het papiertje, opgevouwen onder de plastic kom cornflakes. Hij trok het eronderuit en vouwde het open, zich schrap zettend voor iets afschuwelijks als de foto's in het album. Maar het was alleen maar een briefje. Hij nam een slokje sinaasappelsap terwijl hij het las.

Josh -
*Als je blijft doen wat ze zeggen kun je binnenkort weer terug naar je familie.*
Eenzame Wolf

Josh spelde het letter voor letter om er zeker van te zijn dat hij elk woord begreep. Eenzame Wolf. Hij wist zeker dat hij die naam eerder gehoord had. Misschien zat hij achter de telefoontjes die ze vroeger thuis kregen. Soms nam hij op en hoorde hij niemand. Hij wist zeker dat het iets met zijn vaders werk bij Meditech te maken had. Josh was zo blij geweest toen zijn vader hem vertelde dat hij ontslag genomen had. En toen gebeurde dit.

Hij las het briefje nog een keer, nam opnieuw een slokje sinaasappelsap. Er stond niets over wat er zou gebeuren als hij níét deed wat ze zeiden. Als het bedoeld was om hem gerust te stellen, had het precies het tegenovergestelde effect. Hij nam zich voor de eerste gelegenheid te baat te nemen om te vluchten.

Hij ging weer op het bed zitten. Zijn lichaam leek zwaar, vooral zijn benen. Zijn afschuw over het bezoek van Natalya nam af. Op de een of andere manier voelde hij zich weer veilig.

Hij liet zich op het kussen zakken en sloot zijn ogen. Binnen enkele seconden sliep hij weer.

# 26

Lock, Janice en Don namen een tafeltje achter in de bar, naast een oude Wurlitzer-jukebox. Ty bleef buiten om een Yukon te regelen om Janice en Don naar huis te brengen. Die zou er twintig minuten over doen om hier te komen, wat Lock waarschijnlijk genoeg tijd zou geven.

De bar stonk naar verschaald bier en de scheten van oude mannen – een ongelukkig neveneffect van het door de staat opgelegde rookverbod. Het was lunchtijd en er waren weinig mensen, maar de vaste klanten leken vastbesloten hun gebrek aan mankracht goed te maken door enorme hoeveelheden bier en whisky weg te werken. Zoals altijd nam Lock de stoel vanwaar hij de deur kon zien en hij keek Don na toen die naar de bar liep om drank te bestellen. Als hij rechtstreeks bij Josh' verdwijning betrokken was, wist hij dat aardig goed te verbergen. Zelfs de gehardste misdadigers die Lock in zijn vorige loopbaan ontmoet had, verrieden iets, hadden een kleine 'tell', zoals pokerspelers het noemden. En Don had geen enkele moeite gedaan om Lock ervan te overtuigen dat hij onschuldig was – ook iets wat schuldige mensen vaak deden als een gezaghebbende figuur lastige vragen begon te stellen.

Toen iedereen zijn gemak ervan genomen had, hief Lock zijn glas – cola in zijn geval. 'Waar zullen we op drinken?'

Een neteliger onderwerp in dit gezelschap was moeilijk te bedenken.

'Wat dacht u van overleven?' stelde Janice voor.

'En op de mensen die het niet gehaald hebben,' voegde Don eraan toe.

Lock had er geen enkel bezwaar tegen om daarop te drinken. Ze stieten hun glazen tegen elkaar, wat hun een paar waterige blikken van de mannen aan de toog opleverde. Lock bestudeerde Janice' gezicht toen ze haar bourbon in één keer achteroversloeg en naar de bodem van haar glas staarde alsof daar een geheim in gegraveerd stond. Hij vroeg zich af in hoeverre haar kalmte in deze omstandigheden het gevolg was van het feit dat ze haar eigen dood onder ogen had moeten zien.

'En de mensen die nog gered kunnen worden?' vroeg Lock, zijn vraag aan Don richtend. 'Wat ik op het kerkhof zei, over dat jongetje. De emoties lopen op het moment aan beide kanten hoog op.'

'Het is uitgesloten dat iemand die met ons te maken heeft zoiets zou doen.'

'Wie dan wel?'

'Hoe moeten wij dat weten?'

'En wie is Eenzame Wolf?'

Janice en Don keken elkaar uitdrukkingsloos aan. Maar ze hadden allebei eerst heel even hun ogen neergeslagen – de eerste valse noot die Lock opgemerkt had.

'Doe me 'n lol,' fluisterde Lock zo zacht dat hij bijna niet te verstaan was. 'Wie is Eenzame Wolf?.'

Hij ontvouwde de prop van de e-mail die hij bij Richard Hulme thuis uitgeprint had en streek hem glad op het tafeltje.

Broer en zus keken elkaar opnieuw aan.

'We hebben er geen idee van waarover je het hebt,' zei Don.

Lock zette zijn glas met zo'n harde klap op het tafeltje neer dat iedereen in de bar opkeek. 'Hou op met liegen of ik zweer je dat ik je deze keer wel iets aandoe.'

Don sloeg zijn laatste slok bier achterover. 'Het is niet één persoon. Ik bedoel, het is net zoiets als Spartacus of zo. Het is een naam die meer mensen in de beweging gebruiken.'

'Als ze iemand met de dood willen bedreigen?' vroeg Lock.

'Als ze ergens voor op willen komen,' zei Don.

'Alsjeblieft, Don, hou op,' zei Janice. Ze keek Lock recht in de ogen. 'Eenzame Wolf is een man die Cody Parker heet. Hij was de degene die op het idee kwam dat oude dametje op te graven en op Times Square te dumpen.'

'En heeft hij Josh Hulme ontvoerd?'

Don sprong overeind. 'Uitgesloten, man, het is uitgesloten dat Cody zoiets zou doen.'

Lock keek hem strak aan. 'En hoe weet je dat?'

Don wendde zijn blik af, waarmee hij Locks vraag beantwoord had.

Lock wendde zich weer tot Janice. 'Wat denk jij?'

'Dat Don gelijk heeft. Hij zou nooit zoiets doen.'

'Oké dan, waarom gaan we het hem zelf dan niet vragen?'

Don gooide zijn hoofd achterover en barstte in lachen uit. 'En hoe had je gedacht dat te doen? De overheid zoekt hem al jaren en ze zijn niet eens warm.'

Na enig nadenken vroeg Lock hem: 'Heb je een kwartje?'

'Wat?'

'Voor de jukebox.'

Don keek Lock aan alsof hij geschift was, maar haalde een handvol munten uit zijn zak en gaf ze aan hem.

'Dames eerst. Iets bijzonders dat je wilt horen?' vroeg hij Janice.

Ze haalde haar schouders op, even verward als haar broer.

Lock stopte de munten in de Wurlitzer en koos iets van een band met het woord 'dood' in hun naam. Daarna liep hij naar de toog en legde er een biljet van honderd dollar op. 'Ik betaal de drank, en ik wil dat je de jukebox zo hard mogelijk zet.'

Toen Lock weer naast Don en Janice ging zitten, werden alle geluiden overstemd door de eerste vervormde gitaarakkoorden en daverende drums. Hij boog zich naar hen toe en zei met zijn gezicht vlak bij het hunne: 'Het enige wat me op dit moment interesseert is dat Josh Hulme ongedeerd terugkomt bij zijn vader. En om mijn persoonlijke standpunt even duidelijk te maken... het kan me echt geen barst schelen of pluizige konijntjes shampoo in hun ogen gegoten krijgen en met Meditech heb ik op dit moment ook weinig op. Dus ik ga jullie tweeën een keus geven. Die is volstrekt niet vatbaar voor onderhandeling en jullie hebben tot het eind van deze song om te beslissen. Met wat jullie me al verteld hebben kan ik dit aan de FBI overdragen en dan krijgen jullie allebei een proces wegens samenzwering aan je broek. Janice, jij zult waarschijnlijk doodgaan in de gevangenis voordat de zaak zelfs maar voorkomt. En jij misschien ook, Don, als je nagaat hoe rechtbanken over het ontvoeren van kinderen denken, en dan heb ik het nog niet eens over de cipiers en je medegevangenen. Sterker nog, ik zal persoonlijk als getuige optreden om de kans dat dat gebeurt te vergroten. Dat is optie nummer een.'

Het geluid zwol aan. De vingers van de leadgitarist gleden langs de hals van de gitaar en vonden noten die alleen dolfijnen konden horen. Aan de toog waren twee mannen aan het harrewarren geslagen over wie het eerst geserveerd zou worden. Een glas viel aan scherven.

'Wat is de tweede optie?' vroeg Janice.

'Dat jullie me naar Cody Parker brengen.'

Don leunde achterover in zijn stoel. 'Wat gebeurde er met de hond?'

Lock wist even niet waar Don het over had. 'Welke hond?'

'Uw vriend in de auto. Zíjn hond.'

'De hond viel Tyrones nichtje aan en zie je, Ty is echt heel gevoelig als het op kinderen aankomt,' zei Lock, Dons zere pols opnieuw beetgrijpend. 'Gevoeliger dan bij dieren. Dus je wilt weten wat er met die hond waar hij zo gek op was gebeurde? Hij schoot hem dood. En als je ons voor de gek houdt, bestaat er volgens mij een gerede kans dat hij met jullie hetzelfde doet.'

# 27

'Jij loopt zeker alle shows van de humoristen af om de clou van hun geintjes te verraden voor ze er zelf aan toekomen,' zei Ty, Lock zijn sleutels toewerpend.

'Hé, het werkte. Ze gaan ons helpen.'

Ty keek dreigend naar Don, die druk doende was zijn zuster weer in Locks Toyota te helpen. 'Dat is ze geraden ook,' zei hij terwijl hij in de cabine van de Yukon klauterde.

'Je weet wat je te doen staat, ja?' vroeg Lock.

'Zekers.'

Toen Ty de parkeerplaats van de bar af reed, liep Lock terug om te zien of Don hulp nodig had. Hij moest toegeven dat ze een verdomd merkwaardig reddingsteam vormden: een meisje in een rolstoel met een linkerbeen dat van tijd tot tijd krampachtig schokte, een jongeman die haar met één hand duwde terwijl hij met de andere zijn pols masseerde, een man met stoppelhaar waar een vers, vijftien centimeter lang litteken doorheen liep en 'n een meter negentig lange neger zonder haar maar vol tatoeages.

Toen Lock de straat op reed, stond de zwarte SUV met de GTT-'ers hen op te wachten. Om zeker te stellen dat de twee opties van Janice en Don Stokes niet tot één optie samensmolten, zou hij hun achtervolgers eerst af moeten schudden. Aangezien de Koninklijke Marechaussee de dienst was die de rest van het Britse leger defensieve en, als de noodzaak zich voordeed, offensieve autorijtechnieken bijbracht, maakte hij zich daar niet bovenmatig zorgen over.

Zijn telefoon zoemde. Hij klapte hem open, met één hand het stuur vasthoudend.

'Hé, cowboy.'

'Carrie?'

'Hoeveel andere sexy blondines die zojuist een kijkdichtheid van

vijfendertig procent gescoord hebben krijg je nog meer aan de telefoon?'
'Vijfendertig procent. Is dat goed?'
'Tien jaar geleden was het goed. Tegenwoordig is het spectaculair.'
'Moet Katie Couric zich zorgen maken?'
'Die doet het in haar broek.'
'Luister, kun je wat dingen voor me uitzoeken? Maar er rust een strikt embargo op.'
Het verzoek om een embargo had een lange stilte tot gevolg.
'Carrie?'
'Ja, oké. Wat?'
'Alles wat je te weten kunt komen over een man met de naam Cody Parker.'
'Komt voor elkaar.'
'Dank je,' zei Lock, waarna hij het gesprek beëindigde.
Hij wendde zich tot Don en stelde hem de vraag waar hij het antwoord al op wist. 'En waar gaan we eerst heen?'
Don gaf hem het adres – een ander dan even geleden.
Don keek over zijn schouder naar de SUV. 'Kunnen die ons niet horen?'
'Welnee, ze rijden veel te ver achter ons,' loog Lock, terwijl hij, bij nader inzien misschien, de radio aanzette en het volume omhoog draaide.
Een brede glimlach verscheen op het gezicht van de communicatietechnicus van het GTT-team die achter in de zwarte SUV zat. 'We hebben een adres.'
De chauffeur keek over zijn schouder. 'Van wie?' vroeg hij.
'Daar komen we wel achter als we er zijn, neem ik aan. Doe maar rustig aan. Dit is een makkie.'
Toen ze voor een stoplicht stonden, keek Don nerveus over zijn schouder.
'Maak je maar geen zorgen,' zei Lock. 'Wij zitten misschien in een kleine Toyota van twaalfduizend dollar en zij in een speciaal aangepast blok overheidsstaal van vijftigduizend ballen, maar we hebben een paar voordelen.'

'O ja?'

'Nou, om te beginnen heb ik versnellingen,' legde Lock uit, keihard optrekkend toen het licht op groen sprong.

Don keek opnieuw over zijn schouder en zag de SUV eveneens vooruit springen. 'Op de een of andere manier ben ik bang dat dat niet genoeg zal zijn.'

'Ik ben nog niet klaar,' zei Lock, in volle vaart op het volgende kruispunt af scheurend. 'Een groter probleem voor hen is dat zij niet alleen in een SUV zitten, maar ook dat hij gepantserd is. Wat inhoudt...' Hij concentreerde zich op zijn volgende manoeuvre – terugschakelend voor de bocht, remmend op het hoogste punt en gas gevend toen hij eruit kwam. '... Dat hij even goed op de weg ligt als een rubberen baksteen.'

De zwarte SUV was achteropgeraakt. Te ver.

Zoals Lock voorspeld had gaf de chauffeur, in een poging de Toyota in te halen, gas op het moment dat hij vaart had moeten minderen. Hij nam de bocht te snel en de wielen van het zware, hoge voertuig verloren hun grip. De SUV begon te slingeren en de chauffeur trapte voorzichtig op de rem in een poging het voertuig weer onder controle te krijgen.

Achter hen nam Ty, aan het stuur van de Yukon, zijn kans waar, remde een seconde te laat en knalde boven op het FBI-voertuig, dat met een schok vooruit sprong, zodat beide airbags geactiveerd werden. De twee auto's kwamen tot stilstand.

Ty liep naar de SUV en trok het portier open terwijl de chauffeur zich onder de airbag vandaan worstelde.

'Sorry, man,' zei Ty, 'je remde een beetje te snel voor me. De remafstand van deze dingen is klote, nietwaar?. Luister, wil je m'n verzekeringsgegevens hebben?'

Ty keek met open mond en een onnozel gezicht naar de laadruimte, waar de communicatietechnicus zijn koptelefoon afzette, terwijl hij gelijkertijd probeerde de voorbank uit zijn mond te verwijderen.

'O, verhip, jongens. Jullie zijn toch niet van de politie, wel?'

# 28

Lock haalde diep adem en ramde de deur van het appartement open. Een heel ander soort dreun deed hem bijna flauwvallen. Het stonk er naar dood en verrotting. Zijn maag dreigde zich om te keren toen hij het smalle, met oude kranten en ander, minder smakelijk organisch materiaal bezaaide halletje in liep.

Buiten hoorde hij de dakloze man onder aan de trap die hij op weg naar boven voorbijgelopen was, een eenzijdige filosofische verhandeling afsteken. 'Verdomde trutten. Ze zuigen je helemaal uit, nikker. Waar is de gerechtigheid, *brother?*'

Don en Janice zaten in de auto. Janice was uitgeput door de gebeurtenissen van de dag en Don wilde Cody niet onder ogen komen.

Als Cody er was.

Met zijn voet duwde Lock de deur naar de huiskamer, die al op een kier stond, verder open. Een bejaarde vrouw zat in een leunstoel. De tv stond aan, zonder geluid. Ze ademde niet. Haar ogen waren dicht.

Een grote rode kater zat op haar schoot en knaagde aan haar hand. De krassen op haar gezicht maakten duidelijk dat haar hand niet het enige lichaamsdeel was waar aandacht aan besteed was.

Lock liep ernaartoe. 'Kssst.'

De kater wachtte lang genoeg om te laten zien wie de baas was en sprong weer op de grond.

Lock liet het lijk achter en keek in de andere kamers. Zelfs met een Vicks stick in beide neusgaten, een trucje van de politie en E H-B O-personeel, zou niemand de stank langer dan een paar minuten hebben kunnen verdragen.

Toen hij weer buitenkwam, deed zijn lichaam zich gelden en begon hij over te geven. Zwarte vlekken dansten voor zijn ogen. Daar komt-ie, dacht hij. De eerste black-out. Maar hij kwam niet. Zijn maag herstelde zich en zijn hoofd klaarde voldoende op om hem in staat te stellen 911 te bellen.

Lock had niet het idee dat er in deze buurt van de Bronx met gillende sirenes op een eenzaam lijk in een appartement gereageerd zou worden. De politie zou er ongetwijfeld hun gemak van nemen. Als de autoriteiten zich tijdens haar leven al amper om deze vrouw bekommerd hadden, waarom zou dat dan veranderen nu ze dood was?

Hij liep terug naar de auto. Janice verbleekte toen ze hem zag. 'Is er iets?'

Bezorgdheid van een stervende vrouw – nu voelde hij zich helemaal beroerd. Don stapte uit en Lock vertelde hem wat hij binnen gevonden had.

'Dat moet Cody's moeder zijn.'

Lock vroeg Don om een korte beschrijving. Die klopte.

Hij wilde Don niet vragen een kijkje te gaan nemen. Niet vandaag.

'Luister, Cody was misschien een beetje geschift, maar hij zou nooit-'

'Dat weet ik.'

Hij had geen enkel teken van geweld gezien, geen steek- of schietwonden.

'Stonden Cody en zijn moeder elkaar erg na?'

'Ja, ik geloof van wel.'

'Is ze betrokken bij de beweging?'

'Vanwege haar is Cody gaan meedoen.'

Perfect. Lock haalde zijn mobiel uit zijn binnenzak en gaf hem aan Don. 'Maak het bekend. Maar vertel niemand dat ze dood is, alleen maar dat er iets gebeurd is. Dat ze er slecht aan toe is. O ja, en stap in, we moeten verder.'

Als ze Cody Parker vonden, kon hij daar geen pottenkijkers bij gebruiken.

Lock reed, terwijl Don op de achterbank telefoneerde. Lock stond erop dat hij de luidspreker gebruikte, zodat hij beide kanten van de gesprekken kon horen. Na het zesde telefoontje werden ze warmer. Een vrouw van een onofficieel 'dierenasiel' op Long Island bevestigde dat Cody voorraden was gaan kopen, maar dat hij binnenkort terug zou zijn.

Lock droeg Don op haar te vragen Cody te waarschuwen niet naar het appartement van zijn moeder te gaan. 'Het krioelt er van de politie.'

'Heb jij haar gevonden?' vroeg de vrouw aan Don.

'Min of meer.'

'Dan zal Cody je zeker willen spreken.'

# 29

Onderweg zetten ze Janice af bij een net huis in de buitenwijk Dix Hills, het eigendom van een vrouw wier dochter ook aan MS leed en die Janice ontmoet had in een steungroep voor families die door de ziekte getroffen waren. De vrouw wierp één blik op Lock, reed Janice naar binnen en smeet de voordeur achter zich dicht zonder hem nog een blik waardig te keuren.

Lock belde Meditech en praatte met Brand, die hem opgetogen vertelde dat de FBI Ty gearresteerd had en dat de twee Van Stratens allesbehalve gelukkig waren met de situatie. Lock bedankte hem voor het nieuws. Het maakte allemaal niets uit: ze kwamen dichter bij Josh. Dat voelde hij.

Onderweg naar het asiel vertelde Don Lock over Cody's achtergrond. Ze hadden in het hele land door vrijwilligers bemande asiels om de door de beweging 'bevrijde' dieren in onder te brengen. Een soort ondergrondse voor viervoeters, dacht Lock.

Weggehaalde dieren bleven officieel het eigendom van het bedrijf dat ze voor experimenten gebruikt had, dus de asiels timmerden niet aan de weg. Alleen de meest betrouwbare activisten wisten waar ze waren. Toen hij dat hoorde, vroeg Lock zich af waar op het terroristengamma Don Stokes precies thuishoorde.

Het asiel waarheen ze op weg waren, werd geleid door een vrouw met wie Cody een knipperlichtrelatie had. Bij hun aankomst werden ze begroet door een koor van geblaf van achter het huis. Lock controleerde zijn Sig. Toen Don het pistool zag, veranderde zijn houding.

'Geen vuurwapens,' zei hij.

'Wat?'

'Dat is een van de regels.'

'Voor rukkers als jullie misschien. Ik heb mijn eigen regels. En op dit moment is regel nummer zes: draag een vuurwapen als je met een gezochte misdadiger gaat praten.'

'Je gaat hem toch niet aangeven, wel?'

'Dat hangt er helemaal van af.'

'Waarvan?'

'Of hij Josh Hulme heeft,' zei Lock, verzwijgend dat hij Cody in dat geval als lijk aan zou geven.

'Dat heeft hij niet. Je moet me geloven.'

'Dan kunnen we beter een kijkje gaan nemen.'

In werkelijkheid was Lock geen moment van plan Cody Parker aan de autoriteiten uit te leveren. Nog niet in ieder geval. Als Cody gearresteerd werd, zou hij meteen een advocaat in de arm nemen en zich op zijn zwijgrecht beroepen.

Het huis was ooit wit geweest, maar de verf was vergeeld en de voortuin verwilderd. Don ging voor naar de achterkant, op enige afstand gevolgd door Lock. Ze werden begroet door een troep honden die woest kwispelend en met hun tong uit de bek op hen afrenden. Een onstuimige labrador retriever met de vorm van een bowlingbal en ongeveer dezelfde stootkracht stak zijn neus in Locks kruis. Op de kop zat een rechthoekig patroon van littekens waar de huid weggetrokken was. Lock vroeg zich af of het de hond van de actieposters tegen Meditech was. Hij krabde het dier achter zijn oren en het drukte zich nog dichter tegen hem aan.

'Dat is Angel. Ze is bevrijd uit een laboratorium in Austin.'

Toen ze om de hoek van het huis kwamen, zagen ze Cody Parker met een enorme zak hondenvoer sjouwen. Hij keek even naar Lock en vervolgens naar Don, maar reageerde verder niet. Ook leek hij weinig verdrietig. Misschien had de vrouw met wie Don eerder gesproken had het nieuws nog niet doorgegeven.

'Dus ze hebben haar te pakken gekregen, ja?' zei hij tegen Don.

O, o, dacht Lock, daar gaan we. Allemaal aan boord van het oude vertrouwde schip Paranoia.

Cody liet de zak vallen. 'Wie is dit?'

'Ryan Lock.'

Cody was een lange man met een platinablonde paardenstaart tot halverwege zijn rug. Een meter negentig en honderd kilo zwaar, zonder een greintje vet.

'O ja. Van Meditech. Kom je mij ook koud maken?' vroeg Cody terwijl hij de volgende zak optilde.

'Dat geloof je zelf niet, wel?' vroeg Lock, volledig verrast door de vraag.

'Dat mijn moeder vermoord is of dat jij gekomen bent om me koud te maken?'

Cody stond met zijn benen uit elkaar en zijn armen langs zijn zij, te ontspannen om het laatste te geloven. 'In het tweede geval snap ik niet waarom je een getuige meegebracht hebt.'

'Oké, dus waarom zou iemand je moeder willen vermoorden?'

'Omdat ze denken dat ik iets heb.

'Wat dan?'

'Ze dénken alleen maar dat ik iets heb.'

'Op een van de adressen waar Cody woont is een paar weken geleden ingebroken,' droeg Don een steentje bij.

Lock dacht aan het appartement in de Bronx. Hoe weinig ambitieus moest een inbreker zijn om zo'n krot uit te zoeken, en al helemaal om een oud dametje te vermoorden?'

'Wat hebben ze meegenomen?'

'Hoofdzakelijk papieren.'

'Wat voor papieren?'

'Details van de plaatsen waar dieren gemarteld worden.'

'Bedoel je laboratoria?'

'Onder andere.'

'Maar Meditech houdt op met dierproeven.'

'Dat zeggen ze allemaal.'

'Luister, ik ben hier om Josh Hulme te vinden.'

'Hij denkt dat jij hem ontvoerd hebt,' voegde Don eraan toe.

Cody vertrok geen spier. 'En waarom zou ik dat doen?'

'Omdat je ertoe in staat bent,' antwoordde Lock.

'Iedereen is in staat tot ernstige dingen als ze onder genoeg druk staan.'

'En, heb je er bezwaar tegen als ik hier even rondkijk?'

'Ga je gang.'

Lock liep naar de hordeur aan de achterkant van het huis. Cody, Don en de labrador volgden hem naar binnen. Hij probeerde de hond weg te duwen, maar ze bleef achter hem aan sjokken.

'Ze moet meer geleden hebben dan we dachten,' zei Cody met een nadenkend knikje naar de hond.

Lock krabde aan haar littekens, terwijl ze zich tegen zijn benen drukte. Als Cody Josh hier verborgen hield, was hij opmerkelijk kalm.

'Ken je een jonge vrouw met de naam Natalya Verovsky?'

'De naam ken ik, ja. Net zoals ik de naam van Richard Hulme ken. En van zijn zoon ook. Die zijn al tijden op het nieuws.'

'Weet je dat je gezocht wordt door de FBI?'

'Niet hiervoor.'

'Dat is enkel een kwestie van tijd. Ik betwijfel of een jury er veel moeite mee zou hebben om de stap te maken van grafschennis naar ontvoering. Tenzij je ook ontkent dat je Eleanor Van Straten opgegraven hebt.'

Cody keek Don aan, zichzelf meteen verradend. Cody wist het ook. 'Wat dat betreft zal ik een beroep op mijn zwijgrecht moeten doen, vriend,' zei hij. 'Maar mag ik je iets vragen?'

Lock bleef midden in de huiskamer staan. 'Ga je gang.'

'Waarom kreeg Gray Stokes een kogel door zijn hoofd? En bespaar me de afgezaagde lulkoek die de media de mensen thuis gevoerd hebben dat de sluipschutter op Van Straten mikte en miste. Het was een precisieoperatie. Eén schot. Eén dode.'

'Die vraag kan ik niet beantwoorden.'

Cody keek hem recht aan. 'Nou, ik wel.'

Lock liet zich op een sofa vol hondenhaar zakken. Angel legde haar hoofd in zijn schoot en staarde hem met duizend jaar oude bruine ogen aan. 'Ik ben benieuwd,' zei hij.

'God, man! Stokes en iedereen in de beweging zaten Meditech al maanden in het haar. We gingen ervan uit dat als we ze konden dwingen op te houden met dierproeven, zo'n groot en machtig bedrijf, dat de rest vanzelf zou volgen. Maar ze hielden hun poot stijf en namen alleen maar meer mensen zoals jij in dienst. En toen gaven ze in één keer toe, als een donderslag bij heldere hemel. Waarom?'

Lock zei niets.

'Man, ik heb niet alle antwoorden, maar ik heb wel een paar goeie vragen,' zei Cody.

'Stel dat ze hun buik vol hadden van de intimidatie,' zei Lock.

'Dat kan.'

Cody barstte in lachen uit. 'Bij individuen, ja. Maar bij een bedrijf dat op een grote opdracht van het Pentagon aast?'

'Wat?'

'O, maar dat mag natuurlijk niemand weten, wel?'

'Waarom weet jij het dan?'

'Wat dacht je, dat wij geen infiltranten hadden? Er zijn mensen zat die bij een bedrijf als Meditech gaan werken omdat ze al die sentimentele klets over kanker genezen geloven. Maar soms gaan hun ogen open en zien ze dat het allemaal om het geld draait. Dat is altijd zo geweest en dat zal altijd zo blijven.'

'En wat heeft dat met Josh Hulme te maken? Of met Gray Stokes?'

'Zoals ik al zei, ik heb alleen maar vragen. Maar je hoeft geen genie te zijn om te weten dat een compromis wel het laatste was wat Van Straten wilde. Zo'n grote opdracht betekent meer proeven. Meer gemartelde dieren, zoals je nieuwe beste vriendin daar.' Cody knikte naar Angel, die met haar kop op Locks schoot in slaap was gevallen. 'Maar toch komen ze tot een staakt-het-vuren en voor je het weet, moet Janice haar vaders hersenen van het trottoir schrapen. Hij wist iets, vriend. Iets wat zo belangrijk was dat ze in moesten binden en tegelijkertijd opdracht gaven hem te elimineren.'

'Goed, wat wist hij dan?'

Cody klapte in zijn handen. 'Bravo, meneer Laat-je-dik-betalen. Nou stel je de juiste vragen. Luister, ik heb wat dingen hier die je misschien kunnen helpen. Ik zal ze even gaan halen.'

'Ik dacht dat alles gestolen was.'

Cody's lippen plooiden zich in een geforceerde glimlach. 'Niet alles.'

Cody liep de kamer uit. Nog geen vijf seconden later hoorde Lock de hordeur dichtslaan en Cody's rennende voetstappen.

Lock sprong overeind, Angel tegen de grond gooiend. Angel krabbelde overeind en wierp zich tegen Locks benen aan. Hij wankelde, maar bleef overeind. Toen hij naar buiten wilde rennen, versperde Don hem de weg. Lock gooide hem met een schouderstoot tegen de grond en rende naar buiten, waar hij een rode pick-up de oprit uit zag scheuren. Sneeuw en modder spoten onder de achterwielen uit.

Lock trok zijn pistool, maar de wagen was al te ver weg om een band lek te schieten en hij dacht niet dat het eigenmachtig doodschieten van een ongewapende burger, zelfs een voortvluchtige misdadiger, erg op prijs gesteld zou worden. Hij stak zijn Sig terug in de holster. Don kwam naar buiten.

Hij kon Locks gedachten op zijn gezicht lezen. 'Het spijt me dat ik je in de weg liep, maar Cody is mijn vriend.'

'En jij zou je opofferen voor je vriend, nietwaar?'

'En voor de beweging.'

'Nou, ik bewonder je principiële houding,' zei Lock, terwijl hij Dons pols pakte en afmaakte wat hij begonnen was. Het bot brak met een doffe knap.

Don schreeuwde van pijn. 'Je hebt hem gebroken, klootzak! Je hebt mijn pols gebroken!'

'Als je me nog een keer zoiets lapt, breek ik je nek.'

# 30

Lock reed weg met een oude gele labrador naast zich op de voorbank in plaats van Josh Hulme. Angel was hem en Don naar de auto gevolgd, erin gesprongen en had koppig geweigerd er weer uit te gaan. Locks dreigende blikken had ze brutaal genegeerd. Verrek, dacht Lock, wat voor verschil maakt één extra kneus ook in een auto vol?

'Waar gaan we nu naartoe?' vroeg Don vanaf de achterbank.

Met een druk op een knop deed Lock de achterportieren op slot.

'Jij, zak, gaat de gevangenis in.'

'Ik heb hem voor je gevonden.'

'En daarna hielp je hem ontsnappen.'

'Hij heeft die jongen niet.'

'Waarom ging hij er dan vandoor?'

'Omdat hij gezocht wordt. Maar niet hiervoor.'

Lock draaide zich om. 'Vanaf vandaag wel.'

'Je had naar hem moeten luisteren,' zei Don smekend.

'Doe me 'n lol. Jullie denken dat iedereen het op jullie voorzien heeft.'

'Oké, goed, waarom wist mijn vader dan dat hij dood zou gaan?'

'Zei hij dat dan?'

'Dat was niet nodig.'

Terwijl Angel haar kop zo dicht mogelijk bij de blower van de airconditioning hield, keek Lock naar Don in het spiegeltje. 'Ga door.'

'Heb je die speech van Martin Luther King in Memphis ooit gehoord, voor hij doodgeschoten werd?'

'Die van "Ik heb een droom"?' probeerde Lock.

'Nee. Deze ging over naar de top van een berg klimmen, dat de beweging voor burgerrechten zou winnen, maar dat hij er misschien niet zou zijn om de eindoverwinning mee te maken. Zoiets

in ieder geval. Maar waar het om gaat is dat als je naar de opnamen kijkt, het net is of hij weet dat hij niet lang meer te leven heeft.'
'Er waren eerder aanslagen op King geweest.'
'Jawel, maar dit was anders.'
Locks woede was intussen voldoende gezakt om weer belangstelling te hebben voor wat Don zei.
'Maar wat heeft dit met je vader te maken? Denk je dat hij wist dat iemand het op zijn leven voorzien had?'
'Niet zo specifiek, nee, maar toch. Het was net alsof hij wist dat er iets te gebeuren stond. Vanwege de vreemde dingen die hij soms zei. Dat er veranderingen op komst waren, dat we sterk moesten blijven.'
'Janice zei dat jullie dreigementen kregen. Ook in de dagen vlak voor de aanslag?'
'Nee, op dat gebied was het juist helemaal stil geworden.'
'Misschien omdat je ouders niks tegen jullie wilden zeggen,' zei Lock.
'Nee, ik zou het zeker geweten hebben. Waar zijn dreigementen anders goed voor?'
'Misschien kun je dat beter aan je zuster vragen. Of aan je vriend Cody.'
Maar ergens had Don gelijk, dat moest Lock toegeven. In een menigte maakte hij zich nooit sappel om de gek die obsceniteiten schreeuwde, die zich opfokte en met van alles en nog wat dreigde. Je hoefde je pas zorgen te maken als ze stil werden. Er was een wereld van verschil tussen iemand die je vertélde dat hij geweld ging gebruiken en iemand die besloten had dat te doen en zweeg.
Iemand die het besluit eenmaal genomen had, zou niet de behoefte hebben om het aan de hele wereld te verkondigen. Sterker nog, het laatste wat ze zouden doen was hun slachtoffer waarschuwen door het bekend te maken.
Met een wrokkige Don op de achterbank reed Lock terug naar de Long Island-autoweg. Angel was er op een of andere manier in geslaagd haar kop onder het stuurwiel te steken en hem opnieuw op Locks schoot te leggen. Dat maakte het lastig schakelen. Hij hield één hand op het stuur en streelde de kop van de hond met de ande-

re, dankbaar voor de betrekkelijke kalmte en de tijd die dit hem gaf om zijn volgende stap te overwegen.

Hij zou de jacht op Cody Parker aan de FBI overlaten. En Don konden ze ook krijgen. Dat betekende dat hij weer helemaal terug was bij Af. En onder Af stond netjes een dode vrouw getekend.

Lock stopte bij een dag- en avondwinkel aan de West Jericho-tolweg en kocht een zak droog hondenvoer, een fles water en twee bakjes. Angel dineerde in de buitenlucht op het ijskoude parkeerterrein, liep vervolgens naar een stukje gras achter de winkel en zocht zorgvuldig het juiste plekje uit om te plassen. Daarna liep ze samen met Lock terug naar de auto en sprong op de voorbank.

'Dit is een strikt tijdelijke regeling, dus haal je maar geen ideeën in je hoofd,' zei hij tegen haar. 'En als ze je om de een of andere reden nodig hebben om kanker te genezen, trap ik je zo de straat op. Comprende?'

Angel hield haar kop scheef.

'En je hoeft niet te proberen me te paaien.'

Don boog zich tussen de twee voorstoelen naar voren. 'Waar gaan we naartoe?'

'Nergens,' antwoordde Lock. 'Ik ga weer aan het werk en jij gaat de bak in.'

# 31

Het kantoor aan Federal Plaza had echt grotere draaideuren nodig, dacht Lock toen hij Don naar binnen duwde, terwijl Frisk op hetzelfde moment Ty naar buiten bracht.

'Ruilen,' zei Lock, Don naar Frisk toe duwend.

'Ik was toch al van plan hem te laten gaan,' zei Frisk met een knikje naar Ty.

'O ja? Ik dacht dat het beschadigen van overheidseigendommen een ernstig misdrijf was.'

Ty keek naar Dons slappe hand. 'Dat geldt ook voor iemand zijn pols breken.'

Frisk krabde aan Angels oor en zag de littekens. 'Wat heeft de hond je gedaan?'

'Zo heb ik haar gevonden,' zei Lock. En met een blik op Don: 'Hem ook, trouwens.'

'Aha.'

'Volgens mij gelooft hij je niet,' zei Ty.

'Ik krijg ervoor betaald om achterdochtig te zijn,' zei Frisk. Hij maakte een hoofdgebaar naar Don. 'Wat is zijn verhaal?'

'Het zwarte schaap van de familie Stokes.'

'Daar moet hij hard aan gewerkt hebben.'

'Dacht ik ook. Maar hij heeft Cody Parker voor me gevonden.'

Dat leek Frisks belangstelling te wekken. 'Waar is die dan?'

'Weg,' zei Lock.

'Maar je hebt hem gezien?'

'Heel even.'

'En de jongen?'

'Ik denk niet dat hij hem heeft.'

Alle drie de mannen keken hiervan op, Don nog het meest. 'Dat probeer ik je de hele tijd al duidelijk te maken,' zei hij.

Lock legde hem met een blik het zwijgen op. 'Als ik jouw mening wil horen, Donald, dan zeg ik het je.'

'Waarom denk je dat Parker de jongen niet heeft?' vroeg Frisk.

'Hij is niet het type.'

'Is dat alles?'

'Hé, ik heb met hem gepraat. Da's meer dan jullie voor elkaar gekregen hebben.'

'En daarna liet je hem gaan.'

'Hij ontsnapte. Dat is niet hetzelfde.'

Frisk legde een hand op Don Stokes' schouder. 'Oké, dan zal ik zien wat ik uit deze sukkel los kan krijgen.'

'Misschien kun je beter een dokter naar die pols laten kijken. Hij raakte beklemd in het autoportier toen Parker op de vlucht sloeg.'

Ty en Lock zwegen tot ze een straat verderop waren.

'Wat is er echt gebeurd?' vroeg Ty.

'Precies wat ik tegen Frisk zei. Behalve dat Don zijn hand tussen een autoportier geklemd had. Dat was mijn werk.'

'Gek, maar dat dacht ik al.'

'Afnemende cirkels, Tyrone. Hou het stil, maar ik geloof niet dat de lui van de dierenrechten Josh Hulme hebben.'

'Wie dan wel?'

'Misschien is het een gewone ontvoering, voor losgeld.'

'Dat zou dan wel verdomde toevallig zijn.'

'Of niet. Meditech is in het nieuws. Iedereen weet dat het bedrijf groot genoeg is om een flinke verzekering te hebben. Iemand als Van Straten zelf durven ze niet aan te pakken omdat ze bang zijn voor de gevolgen, dus pakken ze het zoontje van de laboratorium-chef. Een week geleden had het de baas van Microsoft kunnen zijn. We hebben gewoon pech gehad.'

'Alleen is Richard Hulme niet verzekerd.'

'Misschien weten ze dat niet.'

'En wat doen wij eraan?'

'Ik kan die au pair niet uit mijn hoofd zetten.'

'Omdat ze Russisch is?'

'Wat is de laatste vijf jaar overal ter wereld de snelst groeiende op geld gebaseerde tak van misdaad?'

'Ontvoering voor losgeld.'

'En wie staan boven aan de lijst?'

'Moslims, Colombianen en Russen.'

'Alleen blijven de Colombianen, net als de moslims, op eigen terrein... wat alleen de Russen overlaat. Maar het begint naar het Westen over te waaien. Weet je nog van die bankier in Frankfurt van wie heel zijn gezin ontvoerd werd. En die effectenmakelaar in Londen. Die gaf ze de helft van het reservekapitaal van zijn firma zonder dat iemand er iets van wist. Het was enkel een kwestie van tijd voordat het naar Noord-Amerika kwam. En omdat ze het terrein niet kennen, nemen ze iemand met de grootste bekendheid en het minst bewaking.'

'Maar niemand heeft een eis om losgeld of een waarschuwing gekregen, man. Ik geloof er niks van,' zei Ty.

Lock kauwde op zijn onderlip. 'Nee... maar hoe verklaar je dan dat Natalya samen met Josh Hulme in die auto stapte?'

'Dat kan ik niet.'

'Ik ook niet.'

# 32

Het leek jaren geleden dat Lock in Carries appartement geweest was, maar het kon niet meer dan drie of vier maanden zijn. Carrie was niet iemand die er veel regels op na hield en had hem min of meer meteen na hun eerste afspraakje mee naar huis genomen, benadrukkend dat ze normaal gesproken niet zo was. Hij was normaal gesproken evenmin zo, maar de wederzijdse aantrekkingskracht was van meet af aan erg sterk geweest – meer een wederzijdse band dan pure geilheid. Bij haar thuis zijn gaf hem een gevoel van kalmte, vooral nu, met al die toestanden om zich heen.

Hij had haar vanuit zijn auto gebeld en ze wachtte op hem bij de openluchtschaatsbaan bij het Rockefeller Center, waar ze het idee opperde dat het in haar appartement warmer zou zijn. Lock had geen tegenwerpingen gemaakt.

Terwijl hij zijn colbert in de gangkast hing, realiseerde hij zich met een schok hoezeer hij haar gemist had. Door de druk van zijn werk was hij erin geslaagd die gevoelens opzij te zetten, maar de rustige huiselijkheid van haar appartement, de verse bloemen in een vaas op het koffietafeltje, de doordringende geur van meubelpoets, de warme lucht die zacht uit de roosters stroomde – alles spande samen om een golf van spijt door hem heen te sturen.

Het gevoel dat hij zijn kans gemist had werd nog groter toen hij zich op de bank liet vallen en naar de ingelijste foto's op het mahoniehouten dressoir keek. De meeste kende hij, maar er stond een nieuwe tussen. Hij moest tijdens een skivakantie genomen zijn. Carrie stond erop met haar armen om het middel van een man, allebei met een brede grijns, als een pasgetrouwd stel. De man was ongeveer van Locks leeftijd en had een natuurlijk gebruinde huid die handenvol geld gekost moest hebben, evenals niet zo natuurlijk gebleekte tanden. Lock kreeg op slag de pest aan hem.

Carrie kwam uit de slaapkamer, waar ze een spijkerbroek en

een trui aangetrokken had. Ze zag Lock naar de foto kijken. 'Dat is Paul,' zei ze. 'Een van onze producers. Vorig jaar gescheiden. We zijn al een poosje samen.' Ze leek het gênante moment zo kort mogelijk te willen houden.

'Hé, we leven in een vrij land,' zei Lock, iets te snel om overtuigend te zijn.

'Het is echt een fantastische vent. Je zou hem zeker aardig vinden.'

'Dat betwijfel ik.'

Als om hem haar steun te betuigen sprong Angel op de bank, ging naast Lock liggen en begon aan haar geslachtsdelen te likken.

'Nou, over gênant gesproken,' zei hij, zijn blik afwendend.

'Wat moet een meisje zonder hobby?'

'Hebben we het nog steeds over Paul?'

Carrie lachte.

'En, is het serieus?'

'Kom op, Ryan. Als ik op dit moment zei dat ik Paul de bons zou geven en wij het opnieuw zouden kunnen proberen, wat zou je dan zeggen?'

Hij wist welke kant dit uit ging. Net als bij strafpleiters stond Carries beroep er borg voor dat ze zelden een vraag stelde waar ze zelf het antwoord niet op wist.

'Dat ik een jongetje op moet sporen.'

'En dat zou ik ontzettend goed van je vinden, maar óns zou het weinig helpen, dacht je ook niet?'

Ze deden er allebei het zwijgen toe. Angel hield op met likken en probeerde Locks gezicht te besnuffelen. 'Het is niet dat ik het idee niet waardeer, maar je bent niet echt mijn type,' zei Lock tegen de hond, haar kop met één hand voorzichtig wegduwend.

Carrie maakte pasta en een salade, terwijl Lock een fles rode wijn opentrok. Carrie verstond de kunst om zelfs iets alledaags als water koken een elegant tintje te geven. Alles wat ze deed was zo precies en zo aandachtig, zelfs de kleinste dingen.

'O ja, dat zou ik bijna vergeten.' Ze liep naar een krukje, pakte haar tas, haalde er een map uit en gaf die aan Lock. 'Alles wat je al je hele leven over Cody Parker hebt willen weten maar nooit hebt durven vragen.'

Carrie had niet alleen de gebruikelijke krantenknipsels verzameld, maar ook arrestatierapporten, rechtbankverslagen van Cody's eerdere wetsovertredingen, vertrouwelijke achtergrondinformatie en afschriften van door de GTT afgeluisterde telefoongesprekken.

'Hoe kom je hieraan?'

'Dat kan ik je wel vertellen, maar daarna zou ik je dood moeten maken.'

'Zolang ik maar eerst eet,' zei Lock, zich opmakend om zich op grote snelheid door de massa informatie heen te lezen.

Don moest gelijk gehad hebben toen hij zei dat Cody door zijn moeder beïnvloed was, want hij was vroeg begonnen. Op zijn veertiende. Maar vrijwel elk misdrijf was een eigendomsdelict. Hij was de hoofdverdachte in de zaak van het opgraven en op straat gooien van Eleanor Van Straten, maar zelfs daarvan zou je kunnen zeggen dat het om een levenloos voorwerp ging. Het enige wat ook maar enigszins in de buurt kwam, was dreigen met een bomaanslag tegen een aannemersbedrijf dat een nieuw gebouw voor dierproeven en onderzoek bouwde in de buurt van de voormalige marinewerf in Brooklyn. De opdrachtgever was Meditech.

'Waar heb je dit stukje research vandaan?' Lock schoof het papier over het marmer naar Carrie.

'Van mezelf.'

'O, dan zou ik nog maar geen plaats op je boekenplank inruimen voor de Pulitzerprijs.'

'O nee? Waarom niet?'

'Omdat ik alle gebouwen van Meditech ken en nog nooit van iets bij de marinewerf gehoord heb.'

Carrie knabbelde aan een stukje radicchio. 'Als je wilt zal ik het nog een keer natrekken.'

'Waarschijnlijk iemand anders zijn fout. Een hoop van die bedrijven hebben hetzelfde soort naam.'

'En wat denk je, heeft Cody Parker Josh Hulme ontvoerd?'

Lock pakte de map. 'Hier staat niks wat zoiets doet vermoeden.

Maar weet je, hij suggereerde voortdurend dat alle wegen terug leiden naar Meditech.'

'Allicht. En 9/11 was op touw gezet door de CIA en de door joden overheerste media waren overal van op de hoogte.'

'Maar één ding dat hij zei, zette me toch aan het denken.'

Carrie liep naar de gootsteen en spoelde de rest van de radicchio af onder de koude kraan. 'Wat dan?'

'Heb je gehoord van het contract met het Pentagon waar Meditech op aast?'

Carrie haalde haar schouders op, schudde de sla droog en deed hem in een kom die op het aanrecht stond. 'Nou en? De regering pompt al jaren miljarden in biotechnische bedrijven sinds ze beseffen dat het ministerie van Defensie het tempo niet meer bij kan benen. Dat behoor je te weten. Vierenveertig miljard sinds 2001. Elk farmaceutisch en biotechnisch bedrijf vecht om een plaatsje aan de overheidstiet.'

'Bioterrorisme is klets. Een echte terrorist houdt niet van hightech. Die gebruikt kunstmest. Stanleymessen. Dingen waar makkelijk aan te komen is,' zei Lock, Carrie een glas rode wijn aanreikend.

'En iemand die iets in het water doet?'

'Dat zou inderdaad kunnen.'

Hij nam een slokje wijn.

'Zou je nog wat meer voor me willen wroeten?'

'In dit contract?'

'En Richard Hulme. Hij heeft me nog steeds niet verteld waarom hij ontslag genomen heeft.'

Carrie trok een gezicht. 'Mij ook niet.'

Lock wist dat dit een zeldzame bekentenis was. Dat was niet iets wat haar vaak overkwam.

'Mag ik je een goeie raad geven, Ryan?'

'Tuurlijk.'

'Als ik een verhaal bekendmaak, probeer ik het altijd simpel te houden. Voor je het weet, zie je dingen die er niet zijn. Of leg je verbanden die niet bestaan.'

'Zoals dat contract met het Pentagon?'

'Precies. Ga maar na. Zou zo'n contract het juist niet minder waarschijnlijk maken dat Meditech ophoudt met dierproeven in plaats van meer?'

'Dat zei Cody Parker ook. Maar Meditech ís opgehouden met dierproeven.'

'Nee, ze zéggen dat ze opgehouden zijn. Da's heel iets anders.'

# 33

Het bureau Kindermeisjes en Au Pairs in Kensington bevond zich in een hoekje van de bovenste verdieping van een vijf verdiepingen hoog gebouw zonder lift op een steenworp afstand van Alphabet City. Ty had uitgezocht dat dit het bedrijf was dat Meditech gebruikt had om kinderverzorgsters voor zijn belangrijkste personeelsleden te vinden. Met de nadruk op 'had'. Na diverse klachten dat hun krachten amper geschikt waren om voor goudvissen te zorgen, laat staan voor kinderen, was het contract met het bureau niet verlengd. Op de vierde verdieping moesten Lock en Ty even blijven staan om op adem te komen.

'Man, zijn wij godverdomme in slechte conditie,' zei Ty amechtig hijgend.

'Hé, ik ben net uit het ziekenhuis. Wat is jouw excuus?'

'Een te goed leven.'

Ze klommen verder naar de hoogste verdieping. De deur naar het kantoor stond op een kier en ze hoorden een vrouw binnen de telefoon beantwoorden.

Lock duwde de deur met zijn schoen verder open en ze gingen naar binnen. De vrouw liep tegen de vijftig. Met de hoorn in haar hand zocht ze in een stapel papieren op het bureau voor zich. Ernaast stond een volle, onaangeroerde kop koffie waar de melk als een wit laagje bovenop dreef. De rest van het kantoor was een zootje. Elk oppervlak was bezaaid met willekeurig neergegooide stapels papier. 'Ja, en het spijt me echt heel erg dat het slecht uitpakte, maar ik heb op het moment gewoon niemand anders,' zei ze in de telefoon. Toen Lock en Ty binnenkwamen stak ze een hand op, wenkte hen verder en dirigeerde hen met een breed gebaar naar twee stoelen tegenover haar bureau.

Lock pakte de stapel dossiers die op zijn stoel lag en legde die op een archiefkast.

'Luister, ik heb mensen op kantoor,' ging de vrouw verder. 'U staat boven aan de lijst voor als er iemand beschikbaar komt.' Lock hoorde de persoon aan de andere kant nog steeds praten toen de vrouw de verbinding verbrak. Toen ze hen aansprak, verdween haar Engelse accent en begon haar taal meer op die van Brooklyn te lijken. 'Het is maar dat jullie het weten, maar ik heb een wachtlijst van drie maanden voor ik iemand kan vinden om voor jullie hartendiefje te zorgen.'

'Eh, we horen niet bij elkaar,' corrigeerde Lock haar.

'Dat geloof ik,' zei ze, Ty van het hoofd tot de voeten opnemend alvorens zich weer tot Lock te wenden, 'hij is een beetje boven je stand, schat.'

Ty grinnikte, terwijl Lock zich afvroeg of hij zich beledigd moest voelen.

'Hé, jullie zijn toevallig toch geen oppas, wel?' vroeg ze met een overwerkte glimlach.

'Alleen voor volwassenen,' zei Ty glimlachend. 'En ik ben helemaal honderd procent hetero.'

Alleen Ty kon in dit soort situatie proberen iemand te versieren, dacht Lock.

'Is dit de manier waarop u personeel werft? Willekeurig volk dat toevallig binnen komt lopen?' vroeg Lock.

'Zijn jullie van de FBI? Want in dat geval heb ik iemand al alles verteld wat ik weet. Shit, je bent toch geen verslaggever, wel, want dan heb ik geen commentaar.'

'We zijn hier in een privé hoedanigheid, Mevrouw...'

'Lauren Palowsky.'

'Mevrouw Palowsky. De vader van Josh Hulme heeft ons gevraagd hem te helpen zijn zoontje op te sporen.'

Lock hield de naam Meditech er met opzet buiten.

'De FBI zei dat ik er met niemand over mocht praten.'

'De FBI is op de hoogte van onze betrokkenheid,' verzekerde Lock haar.

'Waarom praat je niet met hen dan?'

Locks gezicht verstrakte en het was gedaan met zijn vriendelijkheid. 'Ik praat met u. En als ik het zeggen mag, u bent opmerkelijk kalm voor iemand die recentelijk door een brute moord een werkneemster verloren heeft, terwijl het kind waar ze voor zorgde ontvoerd en wie weet eveneens vermoord is.'

Lauren bestudeerde het laagje melk dat op haar koffie dreef. 'Ik probeer er niet aan te denken. Maar laat ik één ding heel duidelijk maken: Natalya was niet mijn werkneemster. Ik ben enkel een bemiddelingsbureau.'

De telefoon ging opnieuw, maar Lauren liet het antwoordapparaat aanslaan.

'Zegt u dat op advies van uw advocaat?'

'Nee. En bovendien, denkt u niet dat ik niet ziek ben van ongerustheid over dat kind sinds ik ervan hoorde?'

'Geen idee. Vertel maar.'

Ze keek naar haar bureau, pakte een handvol papieren en hield ze omhoog. 'Al deze mensen zoeken iemand om voor hun kind te zorgen omdat ze daar zelf geen tijd voor hebben. Iedereen wil Mary Poppins, maar ze mag niet meer kosten dan het minimumloon. En als er iets fout gaat, heb ik het plotseling gedaan.'

Lock liet zijn stem dalen. 'Ik probeer alleen maar uit te vinden wat er gebeurd is,' zei hij, zich naar haar toe buigend. 'Vertel eens over Natalya.'

'Daar valt weinig over te vertellen. Hetzelfde verhaal als bij de meeste meisjes die hier werk komen zoeken. Haar Engels was vrij beroerd, maar het kon veel erger. En ze leek best aardig.'

'Hoe lang was ze al in het land?'

'Niet lang, had ik de indruk.'

'Jaren? Maanden? Weken?'

'Maanden waarschijnlijk.'

'Zei ze nog iets anders over haar omstandigheden?'

'Ze werkte in een bar en moest elke dag van Brighton Beach of zo naar de stad pendelen. Ze dacht dat een baan waarbij ze in kon wonen beter voor haar was. Dat ze dan meer kans zou hebben om wat geld over te houden.'

'Welke bar?'

'Ik krijg elke week tientallen aanvragen. Ik mag van geluk spreken als ik de namen onthoud.'

'En haar visa? Dat had ze toch, neem ik aan?'

Een korte stilte.

'Ik ben niet van de FBI of de immigratiedienst of de Nationale Veiligheidsdienst. Ik begrijp dat u het waarschijnlijk niet zo nauw neemt,' hielp Lock haar op weg.

'Mijn cliënten ondertekenen een contract waarin staat dat zij als werkgevers de verantwoordelijkheid hebben om dat soort dingen na te trekken. Luister, je hoeft niet te denken dat ik mensen het land in smokkel of zo.'

'Wat is dan het verschil tussen uw diensten inroepen en een advertentie in de krant of op Craigslist zetten?'

Ty gaf het antwoord: 'Ongeveer vierduizend ballen per keer, ja?'

'Jij begint me een beetje tegen te staan,' zei ze tegen Ty.

'Van hetzelfde, schat,' antwoordde Ty.

Lauren zuchtte.

'Als die meisjes papieren hadden, zouden ze wel werk kunnen vinden dat meer betaalde dan zeven dollar vijftien per uur, snap je? Iedereen klaagt over illegale immigranten... tot ze hun portemonnee moeten trekken.'

Lock had het gevoel dat dit Laurens vaste klacht was als iemand vraagtekens zette bij de ethische kant van haar bedrijf. Maar het hielp hem niet uit te vinden welke rol Natalya in de verdwijning van Josh Hulme had gespeeld.

'Hebt u referenties van Natalya's vorige werkgever?'

'Ik heb alles aan de FBI laten zien. Die hebben kopieën gemaakt.'

'Mogen we ze zien?'

De telefoon rinkelde en schakelde weer over op het antwoordapparaat. Met een zucht en een schijnbaar enorme krachtsinspanning hees Lauren zich van haar stoel en liep naar de archiefkast. 'Ik wou ze de originelen niet geven voor het geval dit gedoe voor de rechter komt.' Halverwege bleef ze staan. 'Nu weet ik in ieder geval dat het veilig opgeborgen is.'

Lock had het idee dat 'veilig' in de context van Lauren Palowsky's chaotische opbergsysteem waarschijnlijk betekende dat het nooit meer gevonden zou worden.

De telefoon ging voor de derde keer over.

'Zouden jullie het erg vinden als ik...?' vroeg ze.

'Luister, wilt u dat ik zelf even kijk?'

'Als het kan graag. Als ik mijn telefoon niet beantwoord, zit ik hier tot vannacht twaalf uur.'

Lock trok de bovenste la van de dichtstbijzijnde archiefkast open en begon te zoeken. Hij gebaarde Ty hetzelfde te doen met een van de talloze wankele stapels.

Een vol uur later begon Lock zich af te vragen hoe mensen hun hele leven in een kantoor kunnen zitten en hetzelfde werk doen wat hij nu deed. Niet dat hij aan claustrofobie leed, maar zijn lichaam en geest waren van nature rusteloos, altijd in beweging, zelden stil. Zelfs als hij sliep, waren zijn dromen actief en levendig.

Zijn zoeken diende twee doeleinden: het gaf hem toegang tot alle dossiers van het agentschap en tijd om zich een idee van Lauren te vormen. Eén ding was hem snel duidelijk geworden: ze was niet bij ontvoeringen betrokken. Die vereisten een niveau van organisatie dat het hare ver te boven ging. Er was een goede kans dat ze de eis om losgeld naar het verkeerde adres zou sturen.

Terwijl Ty en Lock het ene papier na het andere bekeken, merkten ze al snel dat rekeningen, sollicitatiebrieven en alle andere mogelijke documenten zonder enige samenhang op een hoop gegooid waren. Ze vonden brieven van mensen die oppas wilden worden van meer dan tien jaar terug en bijzonderheden over kinderen die intussen waarschijnlijk al studeerden.

Ty lichtte uit een kast een groene hangmap met het opschrift 'telefoonrekeningen' die vanzelfsprekend afrekeningen van de creditkaart van het bedrijf bevatte.

Eronder, op de bodem van het archief, lag een stuk papier. Hij raapte het op. Het was een getuigschrift. Toen hij het bij de andere wilde leggen, viel zijn oog op de naam. Natalya Verovsky.

Ty liep naar Laurens bureau en wapperde ermee voor haar neus. Ze legde een hand op de hoorn.

'Heeft de FBI dit gezien?' vroeg hij.

'Wat?' Ze keek naar de brief. 'Verhip. Dat moet losgeraakt zijn van het aanvraagformulier.'

Lock was eveneens naar het bureau gekomen, pakte de brief uit haar handen en las hem. Geen briefhoofd. Met de hand geschreven in een kriebelig handschrift. Op ongeveer een derde van het papier stond Natalya's naam in hoofdletters met de referentie eronder. Maar een paar regels.

*Natalya werkt al twaalf maanden voor me. Ze is een goede kracht. Goed met de klanten en altijd op tijd. Ik kan u haar van harte aanbevelen.*

Een centimeter of twee eronder stond de naam 'Jerry Nash'. En een adres. Geen telefoonnummer, evenmin als een aanduiding van wat Natalya precies gedaan had of wat de relatie tussen Natalya en Jerry geweest was. Chef? Collega? Vriend?

Het kostte Lock en Ty nog eens veertig minuten om Natalya's sollicitatiebrief te vinden, en toen het zo ver was, bleek die niets nieuws te bevatten. Het belangrijkste wat ontbrak was een indicatie van waar ze daarvoor gewerkt had. Of dáárvoor. Wat inhield dat het getuigschrift de enige aanwijzing was waar ze iets aan hadden. Lock realiseerde zich dat dit onderzoek in hoog tempo vast dreigde te lopen.

Ongelooflijk genoeg bevatte het kantoor geen computer en was er geen enkele manier om het adres in het getuigschrift na te trekken of zelfs maar vast te stellen of het echt bestond. Gezien het ontbreken van een telefoonnummer had Natalya het hele ding best zelf bekokstoofd kunnen hebben.

Lauren was nog steeds aan de telefoon. Lock zwaaide met het getuigschrift. Ze trok een gezicht. 'Wat nou weer?'

Lock nam drie stappen, bukte zich en rukte de telefoonstekker uit de muur. Hij hield het getuigschrift voor haar neus.

'Hebt u het adres in deze brief nagetrokken?'

'Natuurlijk. Er ligt hier ergens een brief die ik erheen gestuurd heb. Ik geloof niet dat ik ooit antwoord gekregen heb.'

'Hebt u de uitdrukking "het papier waarop het geschreven staat niet eens waard" wel eens gehoord?' vroeg Ty haar.

Ze keek hem wezenloos aan. Lock kreeg de aanvechting de verrekte brief op te frommelen en haar te dwingen die op te eten.

'Hé, ik doe mijn best,' protesteerde ze.

Lock vouwde het getuigschrift op, stak het in zijn zak en liep het kantoor uit. Op straat belde hij Carrie. Nog geen anderhalve minuut later belde ze terug – sneller dan de FBI.

'Nou, het is een echt bestaand adres. Echt beroep ook,' zei Carrie.

'Wat dan?'

'Het oudste ter wereld.'

# 34

'Kijk, dit is precies het soort onderzoek waar ik van hou,' zei Ty, terwijl hij vanaf de overkant van de straat naar de fosforescerend roze gevel van de Kittycat Club keek.

Lock was even thuis geweest om zich te verkleden en liep nu in een zwarte corduroy broek, wit overhemd en sportjasje en met een bril met vensterglas op zijn neus langs de voorgevel van de club naar de ingang. Voor de deur stonden twee uitsmijters, grote kerels die op hun lengte en door steroïden opgeblazen spieren vertrouwden om hun werk te doen. Om binnen te komen moest je hen voorbij.

In de loop der jaren had Lock met genoeg van dit soort lui te maken gehad om te weten dat de truc om hen voorbij te komen erin bestond zo weinig bedreigend en meegaand mogelijk te zijn. Hun grootste talent was niet-bestaande beledigingen bespeuren. Direct oogcontact was taboe. De bril, hoopte hij, zou hem daarbij helpen en hem bovendien een ietwat sullig voorkomen geven. Het was verbazend hoe de stereotypen van de middelbare school zich in je hersenen griften.

Hij liep met grote passen naar de ingang en maakte een scherpe linkse draai om naar binnen te gaan, naar de grond kijkend en proberend een nerveuze indruk te maken. Maar nerveus zijn was geen natuurlijke staat voor Lock en een van de mannen hield een hand voor zijn borst om hem tegen te houden.

'Vanwaar de haast, makker?' vroeg nummer twee.

'Laar eerst maar eens een identiteitsbewijs zien,' zei de uitsmijter die zijn arm uitgestoken had.

Het laatste wat Lock wilde was hen iets met zijn naam erop laten zien.

'Ik heb mijn portefeuille niet bij me, jongens.'

De ferme druk van de hand op zijn borst werd een zachte duw.

'Geen identiteitsbewijs, geen toegang.'

Lock liet zich een meter achteruitduwen alvorens weer stil te staan. Hij stak een hand in zijn linkerachterzak, haalde er een klem met bankbiljetten uit en trok er twee briefjes van twintig af. 'Alsjeblieft, mannen.'

Ze namen het geld aan en staken het in hun zak, waarna de hand van zijn borst omlaag viel als een ophaalbrug die neergelaten werd.

'Wat is er met je hoofd gebeurd?' vroeg de uitsmijter, zijn hand weer in zijn jaszak stekend.

'Moeder de vrouw. Ze vond iemand anders haar telefoonnummer op de achterkant van een bierviltje van de Lizard Lounge in mijn portefeuille en gaf me een dreun met het strijkijzer. Ik heb een week in het ziekenhuis gelegen,' zei Lock. Hij vertelde zijn verhaal met zijn blik op zijn schoenen. Het verklaarde de afwezigheid van zijn portefeuille, zijn nervositeit en, het allerbelangrijkst, het tien centimeter lange litteken op zijn hoofd.

De twee uitsmijters grinnikten. Ze dachten allebei precies hetzelfde. Wat een loser.

'Oké, we moeten je alleen nog even fouilleren.'

Lock hief zijn armen tot schouderhoogte. Het losse geld in de zak van zijn sportjasje was zwaar genoeg om te voorkomen dat het omhoog kroop en zijn Sig zou onthullen. Dit was het teken voor Ty.

'Yo!' Ty leek uit het niets op te doemen.

Lock glimlachte toen Ty als een pooier met grote dansende stappen de straat overstak. Hij liet zijn armen weer zakken toen de twee uitsmijters zich tot Ty wendden om hem tegen te houden.

'Hoeveel is de entree?' vroeg Ty hun, terwijl Lock naar binnen ging zonder dat zijn wapen ontdekt was.

De toog was een hele muur lang. Er stond alleen maar een vrouw achter. Topless. Dat maakte het bestellen van een drankje een stuk gecompliceerder. Haar huid leek zelden zon gezien te hebben en ze had levenloos blond haar dat zo strak achterovergetrokken was dat het leek of ze een facelift ondergaan had.

'Pilsje graag,' zei Lock.

Ze zag dat hij probeerde niet naar haar borsten te kijken, hoewel ze precies op ooghoogte waren. 'Je mag gerust naar mijn tieten kijken, hoor,' zei ze opgewekt.

Het enige antwoord dat Lock kon bedenken was 'Dank je'. Eigenlijk viel hij helemaal niet op borsten. Of op benen. Hij viel op ogen. En lippen. Jazeker, geef hem maar een paar mooie ogen, sprankelende ogen. En expressieve lippen. En misschien een neus die bij de rest van het gezicht paste. Wat waarschijnlijk betekende dat hij op gezichten viel, dacht hij.

'Da's eigenlijk de reden waarom ik dit baantje aangenomen heb,' ging de vrouw verder. 'Ik wil maar zeggen, mannen kijken toch naar je tieten, dus waarom al die poppenkast. En 't levert meer fooien op ook.'

'Werk je hier al lang?' vroeg Lock, proberend het te laten klinken als een halfslachtige poging om haar te versieren.

'Is dit je eerste keer, schat?' riposteerde ze plagend.

'De eerste keer hier. Ik ben net een nieuwe baan begonnen, iets verderop in de straat. Financiële boevenclub.'

Ze schoof zijn bier naar hem toe. Hij pakte zijn geld, gaf haar een bankbiljet en zei: 'Laat maar zitten.' Het was een fikse fooi.

'Voor we elkaar verkeerd begrijpen, bij mij is een fooi gewoon een fooi. Als je je waterleiding wilt laten reinigen moet je bij de danseressen zijn.'

'Natuurlijk.'

Even later kwam Ty binnen en ging aan het andere eind van de toog zitten.

Lock tilde alleen maar even zijn hoofd op.

Een broodmager roodharige meisje streek neer op de kruk naast hem. Ze stelde zich voor als Tiffany en hij bestelde een cola van tien dollar voor haar. Hij verwachtte een uitnodiging om naar achteren te gaan voor een privédans, maar die kwam niet. In plaats daarvan begon Tiffany haar levensverhaal te vertellen. Lock glimlachte beleefd en deed zijn best om belangstelling te veinzen.

Om redenen die de jonge vrouwen in dit soort etablissementen waarschijnlijk het best kenden, scheen hij in dit soort gelegenheden het aura van een biechtvader uit te stralen. Dat was een vast grapje geworden bij zijn maten in het leger. Hij moest de enige soldaat in de geschiedenis van de strijdkrachten zijn bij wie het er steevast op uitdraaide dat hij zijn prostituee een rugmassage gaf, terwijl zij hem haar diepste en meest duistere geheimen opbiecht-te. Hij kende het verhaal intussen vanbuiten: een afwezige of ge-welddadige vader, gevolgd door een speurtocht om hem terug te vinden in een eindeloze reeks van al even nietszeggende mannen. Toen Tiffany even stopte om adem te halen – ze was zojuist haar dochter kwijtgeraakt aan de kinderbescherming, met als gevolg een totaal afglijden in ketaminemisbruik – excuseerde Lock zich en liet zich van zijn barkruk glijden, zogenaamd om naar het toilet te gaan.

'Wil je dat ik je plaats vrijhou?' vroeg ze glimlachend, zich plot-seling herinnerend waar het in dit soort tenten allemaal om be-gonnen was.

'Nee, dank je. Maar ik stel het aanbod erg op prijs. Je bent een brave meid.'

Ze schoof langs de toog en ging naast Ty zitten.

Achter de deur met een bordje GANGSTAS, voor de mannen, en HO'S erop, wat waarschijnlijk het damestoilet aangaf, lag een kor-te, donkere gang die uitkwam op drie deuren. Een ervan was het herentoilet, de tweede het damestoilet, dat te oordelen aan de rap-muziek die achter de deur klok heel chic tegelijkertijd dienstdeed als kleedkamer voor de danseressen. Op de derde deur, boven aan een korte trap, hing een bordje met GEEN TOEGANG, wat zijn keus heel makkelijk maakte.

Onderweg haalde Lock zijn Sig tevoorschijn, schoof een kogel voor de loop en zette de pal links op de kolf op veilig alvorens hem weer in de holster te steken. Nu was hij klaar. Dit was een vaste ge-woonte als hij op het punt stond een deur binnen te gaan waarbij hij niet wist wat erachter lag en het gevaarlijk kon zijn.

Boven aan de trap bleef hij staan, trok zijn Gerber en wrikte een stukje ondergeverfde draad van de deurstijl. Alvorens de deur open te doen sneed hij er een stukje tussenuit en stak het in zijn zak.

Een bureaulamp wierp een bundel licht door het donker en het stonk er naar verschaald zweet en sigarettenrook. Een dikke oude vrouw met opgebonden haar zat achter een bureau. Ze tastte haas-tig naar de noodknop. Lock hield het stukje draad dat hij van de deurstijl gesneden had omhoog. 'Werkt niet.'

Er stond een telefoon op het bureau, maar de vrouw maakte geen aanstalten om die te pakken. Ze bleef opmerkelijk kalm, alsof ze elke dag gewapende mannen in haar kantoor kreeg. Met de peuk van haar sigaret stak ze een nieuwe aan, nam een lange trek die de filter meteen verkleurde en leek gelaten te wachten op wat er ging gebeuren.

'Wat moet je? Ik heb het druk.'

Lock haalde de foto van Natalya met haar ouders uit zijn binnenzak en legde hem op het bureau. De vrouw keek er even naar en wendde haar blik af.

'En?'

'Kent u haar?'

Ze keek hem argwanend aan. 'En wie mag jij verdomme wel zijn?'

'Ze is dood. Maar voor ze stierf werd een klein jongetje waar ze voor zorgde ontvoerd. Ik ben naar hem op zoek. En u gaat me helpen.'

'Ik weet niet waarover je het hebt.'

Zo kwam hij niet vooruit. Vroeg of laat zou iemand zich realiseren dat een klant die naar het toilet gegaan was niet terugkwam en zou een van de gorilla's op verkenning gaan. Hij trok het getuigschrift uit zijn zak, legde het naast de foto op het bureau en wees op de naam. 'Dit bent u, niet? U bent Jerry.'

Hij zag dat ze op dit moment zelfs zou ontkennen dat ze zich samen in hetzelfde vertrek bevonden, dus hij zei: 'U kunt mijn vragen beantwoorden of ik geef dit door aan de FBI.'

'Het is mijn naam, maar ik heb dit niet geschreven. Ik schrijf mijn naam met 'n i, niet met 'n y.' Ze pakte de brief en bekeek hem op haar gemak. 'Ze heeft hier gewerkt. Tot misschien...' Ze zweeg en dacht diep na. 'Vijf maanden geleden. Toen vertrok ze.'

Er werd op de deur geklopt. Een mannenstem. Een van de uitsmijters. 'Hé, Jerri, we hebben je beneden nodig.'

'Geef antwoord,' fluisterde Lock.

'Vijf minuten.'

Ze luisterden tot de man de trap weer af geklost was. Toen hoorden ze hem de deur van het damestoilet openen en iets tegen een van de danseressen blaffen.

Jerri nam een trek van haar sigaret terwijl Lock de dossiers op haar bureau doorbladerde.

'Luister, als ik Natalya zo slecht behandelde, waarom kwam ze dan vragen of ze d'r ouwe baantje terug mocht hebben?'

Lock staakte zijn onderzoek. 'Wat?'

'Dat wist je niet, hè?' vroeg Jerri meesmuilend.

'Wanneer was dat?'

'La's kijken. Een maand geleden, zes weken misschien.'

'Zei ze waarom?'

Jerri blies een rookkringetje uit en haalde haar schouders op. 'Nee. Maar 't was gegarandeerd 'n man. Dat is 't altijd.'

'Heeft ze een naam genoemd?'

'Ene Brody, geloof ik.'

'Kan het Cody geweest zijn?'

'Ja, zou kunnen.'

'Cody Parker?'

'Ze had het alleen maar over Cody.'

Shit. Lock had zich vergist. De man was niet onschuldig, alleen maar koelbloedig onder druk.

'Zei ze iets over dierenrechten?'

'Dieren-wat?'

Lock nam aan dat dat nee betekende.

'Hebt u hem ooit gezien?'

'Misschien heeft hij haar 'n paar keer opgehaald.'

'Was hij ouder? Jonger?'

'Dan zij? Ouder. Luister, onze vijf minuten zijn om. Straks komen ze terug en krijg je problemen.'

Alsof ze het geroken had, werd er precies op dat moment opnieuw op de deur geklopt. Dringender ditmaal.

'Jerri?'

Voor ze de kans kreeg om te antwoorden ging de deur open en keek de uitsmijter in de loop van een vuurwapen.

'Rustig maar,' zei Lock. 'Ik wilde net gaan.'

De uitsmijter verbleekte. 'Oké, man. Ik zal niet proberen je tegen te houden.'

Lock wrong zich langs hem heen en sprong met twee treden tegelijk de trap af. In de bar zat Tiffany bij Ty op schoot.

'Ik moet gaan,' zei Ty.

Ze gooide haar armen om zijn hals. 'Zul je me bellen?'

'Tuurlijk.'

Ty haalde Lock in. Achter hen hoorden ze de uitsmijter in zijn mobiele telefoon schreeuwen terwijl hij de trap af rende. 'Ja, hij is gewapend. Ik moet meteen iemand hier hebben!'

In het kantoor stak Jerri een nieuwe sigaret op en klemde de hoorn van de telefoon tussen haar kin en haar schouder. 'Ik weet het niet,' zei ze, een volmaakt rookkringetje blazend en ernaar kijkend tot het voor haar gezicht vervloog. 'Maar als ik jou was, zou ik deze tent zo snel mogelijk sluiten.'

# 35

'Dus we hadden hem en hebben hem weer laten gaan,' zei Ty, terwijl hij naar het raam van Locks huiskamer liep en deed alsof hij zijn eigen spiegelbeeld een stomp gaf. 'Als ze dat joch iets aangedaan hebben...'

Lock zat op de bank met zijn hoofd in zijn handen en voelde aan zijn litteken. 'Het is niet honderd procent zeker dat het Cody was.'

'Ach, kom op, Ryan. Hij kende Natalya en als bij toverslag duikt ze op als Josh Hulmes kindermeisje.'

'Au pair,' verbeterde Lock hem.

'Wat dan ook.'

'Ik denk dat we Frisk beter kunnen bellen om dit door te geven aan de FBI. Niemand wilde Parker aangeven toen hij de Che Guevara van alle zachte bontbeestjes ter wereld was, maar dit zal zijn imago drastisch veranderen.'

Lock trok zijn mobiel uit het hoesje aan zijn riem. Hij begon te zoemen. Het nummer van Federal Plaza verscheen op het scherm. 'Als je over de duivel spreekt...' Hij nam aan.

'Wat spook je verdomme uit?' Frisk dus.

'Precies de man die ik wilde spreken.'

'Val dood, Lock.'

'We weten wie Josh Hulme heeft.'

'Fantastisch. Weet je ook wie zijn vader heeft?'

'Wat?'

Ty las Locks uitdrukking. 'Wat is er?'

Lock wuifde hem weg. 'Die is toch bij jullie?'

'Inderdaad, tot ongeveer een uur geleden.'

'Wat is er gebeurd?'

'Hij ging zijn appartement uit en nou kunnen we hem niet meer vinden.'

# 36

Stafford Van Straten haalde een paar papieren uit een leren diplomatenkoffertje van achthonderd dollar en spreidde ze uit over de
achterbank van de Hummer. 'Ik heb vrijwel de hele dag met onze
verzekering onderhandeld,' zei hij.

Richard keek met een uitdrukkingsloos gezicht naar de documenten.

'Ik heb ze zo ver weten te krijgen dat ze de polis waaronder je gedekt bent tegen ontvoering voor losgeld, vanwege de korte tijd die
er zit tussen je ontslagname en je beslissing weer terug te komen
niet als vervallen zullen beschouwen. Met andere woorden, je bent
nog steeds gedekt.'

Stafford glimlachte bij zichzelf. Hij zou een fantastische huis-
aan-huisverkoper geweest zijn.

'Gezien de omstandigheden vielen de onderhandelingen niet
mee. Ze hebben een maximum van twee miljoen dollar losgeld bepaald. Meestal gaan ze tot vijf, maar ik geloof dat we van geluk mogen spreken dat ze er überhaupt in toegestemd hebben de polis
van kracht te laten, vind je ook niet?'

Richard reageerde nog steeds niet.

'Meditech heeft besloten het eventuele losgeld, als het meer dan
twee miljoen bedraagt, aan te vullen tot het gebruikelijke maximum van vijf. We kunnen het toch afschrijven van de belasting.'

Eindelijk keek Richard op. 'Waar je dat prijskaartje aan hangt is
het leven van mijn zoon.'

Stafford trok zijn stropdas los en maakte het bovenste knoopje
van zijn overhemd open. 'Het spijt me, Richard. Het was niet mijn
bedoeling zo klinisch over te komen. Ik kan eigenlijk niet zo best
omgaan met emoties. Ik ben geneigd dingen te verdringen, snap
je. Ik vind het makkelijker iets recht te breien dan me zorgen te maken over waarom het fout gegaan was. Ik begrijp dat je er alles voor

over zou hebben om hem terug te krijgen.' Met de vingertoppen van zijn rechterhand schoof hij een contract over de achterbank. Richard keek naar het dikke pak geprinte vellen van zwaar bankpostpapier. 'Wat is dit?'

'Tja, om bij ons te werken moet je op zijn minst een dienstverband van twaalf maanden aangaan. Als het minder is, wordt de polis alsnog vervallen verklaard. Samen met de dekking voor onze andere werknemers. Wat het zo goed als onmogelijk zou maken om ergens anders een verzekering te vinden. En dat zou grote problemen opleveren, vooral voor onze overzeese operaties. En voor jou ook, aangezien je dan zelf voor het losgeld zou moeten opdraaien. En ik denk dat we niet hier zouden zijn als je ergens een paar extra miljoen rond had slingeren. Je begrijpt toch wat ik bedoel, Richard, nietwaar?'

Na een korte aarzeling pakte Richard het contract. Hij bladerde erdoorheen, zoekend naar de plaats waar hij zijn handtekening moest zetten.

'Het is allemaal het bekende werk,' zei Stafford snel, hem een Mont Blanc aanreikend. 'Alle gebruikelijke voorbehouden, met name wat betreft de commerciële gevoeligheid van je werk.'

Richard stopte met bladeren. Ik begin niet weer aan dierproeven.'

'Wij ook niet. Daar kun je staat op maken.'

Richard bladerde naar de laatste pagina en zette zijn handtekening. Stafford gaf hem de kopie, die hij eveneens ondertekende.

'Je hebt het over een losgeld,' zei Richard, 'maar daar heeft nog niemand om gevraagd.'

'Dat is niet helemaal waar.'

'Hoezo?'

'We moesten eerst wat andere dingen regelen. Voor we je dat vertelden.'

Heel even dacht Stafford dat Richard hem de pen in de keel zou steken.

'Hebben de ontvoerders contact met jullie opgenomen?'

'Ze waren duidelijk niet goed op de hoogte van je positie in het bedrijf. Vond je het niet vreemd dat er geen losgeld geëist werd?'

'Waarom heb je me dat niet verteld?' Richard klonk ongelovig.

'Omdat jij het dan tegen de FBI gezegd zou hebben en we nog verder van huis geweest zouden zijn. Luister, Richard, voor het bedrijf ben je altijd een beetje een ongeleid projectiel geweest. Al voordat deze dingen gebeurden. De directie was niet echt blij met al je bezwaren tegen dierproeven.'

'Die zijn wetenschappelijk onverantwoord. De genetische structuur van een primaat verschilt te veel van de onze voor dit soort dingen. Dat is prima als je bijvoorbeeld iets zoekt tegen suikerziekte, maar bij deze middelen heb je geen millimeter speelruimte.'

Stafford viel hem in de rede. Het was tijd om spijkers met koppen te slaan. 'Nou, terwijl jij bezig was op de nationale tv je ziel bloot te geven, was ik hard aan het werk om het bedrijf uit die verdomde problemen te helpen. De mensen die je zoon vasthouden hebben heel duidelijk gemaakt dat ze niet willen dat de FBI er lucht van krijgt dat er losgeld geëist is. En wij willen dat evenmin. Hoeveel kinderen van werknemers zouden er ontvoerd worden als dit bekend werd? Daar zouden miljoenen dollars mee gemoeid zijn. Al het mislukte tuig van de richel in het hele land zou hetzelfde trucje proberen. Elk kind met ouders die in een groot bedrijf werken zou een doelwit worden. Zou je dat willen?'

'Natuurlijk niet. Ik zou dit mijn ergste vijand niet toewensen.'

'Goed. Mondje dicht dus. Vooral tegen de FBI. Als die erachter komen, steken ze er meteen een stokje voor en zal je zoon waarschijnlijk doodgaan.'

'Hoe kunnen we zeker weten dat hij nog leeft?'

'Wil je bewijzen?'

Richard knikte.

Stafford zocht opnieuw in zijn chique diplomatenkoffertje en haalde er een doorzichtig plastic zakje met een lichtblauwe Ziploc sluiting uit. In het zakje zaten vier lokken bruin haar. 'We hebben ze in onze eigen laboratoria laten testen. Het is zeker dat ze van Josh zijn. En ze hebben ons dit gestuurd.'

Wetend dat een Polaroid elk vermoeden dat er met de foto geknoeid was ongegrond maakte, haalde Stafford een witgerande foto tevoorschijn en gaf hem aan Richard. Het was een foto van Josh, met kortgeknipt en geverfd haar, knipperend met zijn ogen in het flitslicht en met een twee dagen oude *New York Post* in zijn hand.

'O god. Mijn zoon. Wat hebben ze met hem gedaan?' zei Richard, eindelijk zijn zelfbeheersing verliezend.

# 37

Bijna middernacht en er kwam nog steeds licht uit de Koreaanse delicatessenwinkel. Een poel van harde commerciële realiteit verlichtte het bordje TE HUUR.

'Dit duurt maar een minuut,' zei Lock, de deur openduwend.

'Je kunt net zo goed een kaartje sturen,' protesteerde Ty. Op de terugweg naar het hoofdkantoor hadden ze bericht van Carrie gekregen dat de oude Koreaanse man het niet overleefd had. Zijn hart had het begeven.

Zijn dochter stond achter de toonbank. Ze verstijfde toen Lock binnenkwam en nog meer toen Ty achter hem verscheen. Lock zuchtte: sommige dingen in deze stad veranderden nooit.

Hij trok zijn honkbalpet af en hield hem tegen zijn borst. 'Gecondoleerd met je vader.'

Ze wendde haar blik af, nog steeds overweldigd door verdriet. Tranen sprongen in haar ogen. Ty keek naar de grond.

'Dat is eigenlijk het enige wat we kwamen zeggen.'

'Dank u.'

Ze draaiden zich om en liepen terug naar de deur.

'Wacht,' zei ze, achter de toonbank vandaan komend. 'Mijn vader beschouwde u als een held. We zijn namelijk al eens eerder beroofd en niemand greep in. Iedereen keek alleen maar.'

'Heeft de politie iets over die inbrekers gezegd?'

'Ze vroegen me naar de mensen die verderop in de straat aan het protesteren waren.'

'Nogal wiedes.'

'Waarom?' vroeg ze.

'Maakt niet uit. Wat zeiden de sluipschutters toen ze binnenkwamen?'

'Ze zeiden niks.'

'Helemaal niks?' Zelfs niet "ga liggen" of "verroer je niet"?'

'Ze gaven ons allebei een briefje.'

'Hoe bedoel je?'

'Instructies op een stukje papier. Dat voor mijn vader was in het Koreaans.'

Lock voelde zich plotseling klaarwakker. Ty, die een krant gepakt had om de tijd te doden, zette hem terug in het rek.

'En wat stond erop?'

'Alleen maar wat we moesten doen.'

'En de briefjes waren echt in het Koreaans geschreven?'

'En in het Engels. Ja.'

'Heb je dat tegen de politie gezegd?'

'Natuurlijk.'

'En wat zeiden die?'

'Niks. Waarom?'

'Heb je ze de briefjes gegeven?'

'Ze lieten ze ons niet houden.'

Lock keek Ty aan. Ze dachten allebei hetzelfde. Ze betuigden haar opnieuw hun deelneming met de dood van haar vader en vertrokken.

Een gewone politieman zou het verband niet gelegd hebben. Die zou het alleen maar beschouwd hebben als een goede truc, bijvoorbeeld om te voorkomen dat het slachtoffer een accent hoorde. Maar voor Lock en Ty betekenden geschreven instructies iets anders. Iets serieus.

Militaire patrouilles in Irak die huizen moesten doorzoeken op plaatsen waar geen tolk beschikbaar was, gebruikten kaarten met alle lokale dialecten erop. Ze gingen ervan uit dat de Iraakse bevolking goed opgeleid was, maar dat het, hoewel de meeste mensen konden lezen en schrijven, niet zeker was dat ze Engels spraken. Ze wisten ook dat het niet begrijpen van instructies tot misverstanden kon leiden en dat er door misverstanden doden konden vallen. Vandaar de kaarten.

Lock kreeg een schok van adrenaline. De mensen die de winkel overvallen hadden, waren militairen of ex-militairen.

Ze haastten zich naar het kantoor van Meditech en minder dan een minuut later stonden ze voor de ingang. Onderweg spraken ze maar één keer.

'Is Cody Parker in dienst geweest?'

'Ik geloof van niet.'

'Don Stokes?'

'Ben je belazerd? Met zijn houding zou hij het er ongeveer twee seconden uithouden.'

Brand zat achter zijn bureau toen ze de provisorische commandopost binnenkwamen. Boven Brands hoofd hing een enorme vergroting van een foto van waaraf Josh Hulme op hen neerkeek.

Brand schoof zijn stoel achteruit en legde zijn handen achter zijn hoofd. 'De zwervers komen thuis.'

Lock boog zich over het bureau, zodat zijn gezicht maar een paar centimeter van dat van Brand verwijderd was.

'Waar is Hulme?'

'In goeie handen.'

Lock deed een stapje terug, tilde zijn voet op en gaf een schop tegen Brands stoel, zodat die tegen de muur rolde. 'Ik vroeg waar hij is, niet hoe hij het maakt.'

'Ik weet wat je vroeg, Lock, maar terwijl jij de tietenkroegen van New York afschuimde op zoek naar vers vrouwenvlees is de situatie veranderd. Hij is bij de baai, als je het per se wilt weten.'

'Genoeg geluld, Brand. Wat gebeurt er?'

'Rustig maar, alles is onder controle.'

'Ik heb de leiding hier, dat weet je verdomde goed. Als er iets gebeurt, behoor ik dat te weten.'

'Herstel. Je hád de leiding.'

Brand stond op en pakte twee witte enveloppen van het bureau. Op de ene stond Locks naam, op de andere die van Ty. Hij deelde ze uit.

Lock scheurde de zijne open. De regel in dikke zwarte hoofdletters onder het briefhoofd was niet voor tweeërlei uitleg vatbaar.

ONTSLAGAANZEGGING.

# 38

Stafford stond met zijn mobiel in de hand op het plankier van de villa van de familie aan Shinnecock Bay. Duizend vierkante meter van de duurste grond met alleen de Atlantische Oceaan tussen het plankier en Europa. Nieuw geld tegenover de Oude Wereld. Hij hing op en wendde zich tot de twee mannen die achter hem stonden – zijn vader en Richard Hulme. 'Het is geregeld,' zei hij.

Richards schouders zakten omlaag alsof de zwaartekracht zich nu pas weer voor hem deed gelden. 'Zeg dat hij het goed maakt. Zeg dat mijn zoon ongedeerd is.'

'Hij maakt het goed, Richard.'

'Wanneer kunnen we dan–'

'Als alles soepel verloopt, is het binnen vierentwintig uur achter de rug.'

Richard knikte zwijgend, wanhopig bereid dit te geloven, precies zoals Stafford verwacht had. Nicholas Van Straten liep, nog steeds met zijn armen voor zijn borst, naar de rand van het plankier. 'Hoeveel?'

'Drie miljoen.'

Nicholas' ogen vernauwden zich en staarden over het zwembad heen naar de oceaan. 'Goedkoop aan de prijs.'

'Vooral als iemand anders het merendeel ervan betaalt,' zei Stafford.

'Richard, zou je me een moment alleen kunnen laten met mijn zoon?'

'Natuurlijk.'

Nicholas wachtte tot Richard uit het zicht verdwenen was.

'Goed werk, Stafford.'

Dit was de eerste keer dat Stafford zich herinnerde ooit ondubbelzinnig door zijn vader geprezen te zijn. Zelfs als kind werd elk compliment steevast gevolgd door het voorbehoud dat hij het weliswaar goed gedaan had, maar dat dit wel het minste was wat je van iemand van zijn bevoorrechte geboorte kon verwachten.

Hij wilde ervan genieten, maar voelde alleen maar rancune.

'Dank je, vader.'

'Misschien had ik je er eerder bij moeten halen.'

'Misschien wel.'

En toen kwam hij, de eeuwige domper. 'En nu maar hopen dat de overdracht soepel verloopt, nietwaar?'

# 39

De kamer werd donker. Josh kroop op handen en voeten naar de tv en zette hem aan, maar er gebeurde niets. De angst die hij de laatste paar dagen onderdrukt had, keerde terug in de vorm van een bonkend gevoel in zijn borst en een droge mond.

Hij zag geen sprankje licht. Het was zo donker in de kamer dat hij zijn hand tegen zijn gezicht kon voelen maar hem niet kon zien. Hij schreeuwde om hulp, maar niemand kwam. Ongeveer een minuut, of misschien vijf minuten later hoorde hij de deur opengaan. Buiten was het ook donker. Toen floepte er een oogverblindend licht aan, recht in zijn gezicht. Hij kneep zijn ogen tot spleetjes en zag zwarte, met geel omrande gestalten voor zich. Hij voelde dat er iemand achter het licht stond. Toen gooide iemand een tas de kamer in, die aan Josh' voeten op de grond viel.

'Gelukkig kerstfeest,' zei een mannenstem.

Josh keek niet-begrijpend naar de tas.

'Schiet op, Josh. Maak open.'

Hij ritste hem open. Zijn handen trilden. Doe niet zo kindcrachtig, zei hij bij zichzelf.

De tas bevatte een paar sportschoenen.

'Trek aan.'

Hij ging op de grond zitten en trok ze snel aan zijn voeten, onhandig aan de klittenbandsluitingen trekkend.

'Oké, en nu omdraaien zodat je met je rug naar me toe staat.'

Hij deed wat hem opgedragen werd.

'Nu ga ik je een muts op doen. Een grote muts zodat je niks kunt zien. Maar ik zal je geen pijn doen. Begrijp je dat?'

'Ja,' zei Josh. Zijn eigen stem klonk hem vreemd in de oren. Toen schoot het hem te binnen dat hij al dagen geen woord gezegd had.

Hij draaide zich om en de man trok de muts over zijn gezicht.

'Oké, beloof je dat je niet zult gluren?'

'Dat beloof ik.'

'Goed, want anders zul je nooit meer naar huis kunnen. Begrijp je?'

'Ja.'

'Oké. Nu zal ik je hand vasthouden en je wijzen hoe je moet lopen.'

Josh voelde ruwe huid tegen zijn hand toen de man hem de kamer uit leidde. De lucht werd kouder en hij hoorde de galm van de voetstappen van de man naast zich. Daarna volgde een klik, alsof er een deur openging. De man gaf Josh een duwtje en er kwam weer een klik. Hij nam aan dat de deur weer dichtgedaan was. De man pakte zijn hand weer en ze liepen verder. Hij liep veel te hard voor Josh, die om de paar passen moest draven om hem bij te houden. Het laatste wat hij wilde, was de man boos maken. Hij hoorde een zoemer, gevolgd door de klik van een nieuwe deur. Toen voelde hij een ijskoude windvlaag.

'Kijk uit,' zei de man, Josh bijna van de grond tillend. 'Deze kant uit.'

Hij hoorde een zware deur opengaan en werd naar binnen geduwd, op een achterbank.

'Hier, ga zitten.'

Hij voelde een hand tegen zijn borst toen de man hem op de bank duwde. De bank was zacht en koud en glad onder zijn blote handen.

De scherpe klik van een veiligheidsgordel.

'Hou de muts op. Ik hou je in de gaten.'

Enkele seconden later sloeg de motor aan. Josh legde zijn handen in zijn schoot. De wol van de muts kriebelde vreselijk, maar hij onderdrukte de aandrang om te krabben. Hij drukte zijn nagels, die sinds zijn ontvoering niet geknipt waren, in zijn handpalm om zijn gedachten af te leiden.

De auto rook hetzelfde als die waar hij en Natalya na het feestje ingestapt waren, iets wat een eeuwigheid geleden leek. Het bracht herinneringen terug aan dingen die hij geprobeerd had te vergeten. De paniek toen ze wegreden. De rivierlucht. De schokkende knal van het pistool. Hij balde zijn vuisten nog harder, zodat zijn nagels dieper in zijn vlees beten en de pijn alles verjoeg.

De chauffeur belde de eerste persoon van de drie die hij moest bellen. Het eerste telefoontje baarde hem het meest zorgen, omdat hij er geen idee van had of de persoon die hij moest spreken op zou nemen. Hij was opgelucht toen hij de stem aan de andere kant hoorde. Hij had er uren naar geluisterd om zich ermee vertrouwd te maken, had tot in den treure de dreigementen van de eigenaar ervan aangehoord.

'Ja?'

'Ik weet wat er met Stokes gebeurd is en waarom.'

'Wie is dit? Hoe kom je aan dit nummer?'

'Als je meer wilt weten, moet je over een uur komen,' zei de chauffeur, waarna hij hem het adres gaf en de verbinding verbrak.

De aard van de mens zou de rest doen.

# 40

Ty en Lock gingen in een hokje zitten. Tegenover hen roerde Tiffany met haar lepeltje een gat in de bodem van haar koffiekopje. Ty schoof een foto van Cody Parker over het tafeltje. Na een blik die korter was dan een New Yorkse seconde schudde Tiffany haar hoofd. Lock boog zich over het tafeltje naar haar toe. 'Dat is hem. Dat is Cody Parker.'

'Hij zag er heel anders uit.'

Lock legde zijn hand over Cody's haar, redenerend dat Cody's lange lokken misschien een vermomming waren. Dat hij ze later had laten staan. 'Kijk nog eens.'

Ze bleef in haar koffie roeren. Lock trok het lepeltje uit haar hand. Ze wilde het terugpakken, maar hij hield het buiten haar bereik.

'Ik zei, kijk nog eens.'

'Dat hoeft niet. Hij lijkt voor geen cent op hem.'

Lock gaf haar het lepeltje terug en ze begon weer te roeren.

'Oké, hoe zag de Cody Parker die Natalya d'r vriend was er dan uit? En als je zegt "niet zoals op die foto", pak ik je dat lepeltje af en steek het in je reet.'

Tiffany keek Ty aan. 'Die vriend van je is echt gespannen.'

'Weet ik,' zei Ty, 'da's nog een van zijn betere eigenschappen.'

'Laten we beginnen met lengte,' zei Lock.

'Ongeveer net zo lang als hij,' zei ze, op een gedrongen Zuid-Amerikaanse hulpkelner wijzend die een tafeltje bij hen in de buurt afruimde.

'Ongeveer een meter vijfenzeventig?'

'Als dat zijn lengte is, dan ja.'

'Blank? Zwart? Zuid-Amerikaans?'

'Blank, maar zijn gezicht zat vol putjes. Alsof-ie vreselijke acne gehad had toen hij jong was.'

'Wat voor haar?'

'Bruin met wit erdoor. Kort.'

'Net als het mijne?'

Ze legde het lepeltje neer. Er hing nog een klein druppeltje koffie aan. Ze keek Lock aan alsof ze hem nu pas opmerkte. 'Ja. Zoiets.'

'Hoe oud?'

'In de veertig. Misschien vijftig.'

'En zei hij dat hij Cody heette?'

Ze keek Lock aan zoals een bijzonder ongeduldige leraar een uitzonderlijk stompzinnige leerling aan zou kijken. 'Ja.'

'Blijf even bij haar,' zei Lock tegen Ty. 'En zorg dat ze nergens heen gaat.'

'Waarom? Wat ga je doen?'

'Meer foto's halen.'

# 41

De taxi hotste over de ongelijke grond van het braakliggende perceel. De chauffeur parkeerde, zette de motor af, stapte uit en stak de straat over. Daarna belde hij nog twee keer. Eerst naar het hoofdkantoor van Meditech en vervolgens, een volle tien minuten later, naar de FBI.

Na het laatste telefoontje zette hij zijn mobiel uit, stak de straat weer over en liep naar het leegstaande gebouw naast het braakliggende perceel. Aan de achterkant van het gebouw was een ingang die dichtgetimmerd was geweest. Hij ging naar binnen en zocht zich een weg door de met vuilnis bezaaide gang naar een trap. Hij liep naar zijn observatiepost op de bovenste verdieping. Vanuit het raam had hij zicht op de taxi midden op het perceel.

Een kwartier later stopten twee grote GMC Yukons met piepende banden aan de rand van het perceel, waar ze met draaiende motor bleven staan, alsof ze nadachten over hun volgende stap.

Brand zat op de passagiersstoel van het voorste voertuig en voelde met de vingers van zijn rechterhand aan de kleine kraters in zijn gezicht. Hizzard zat achter het stuur. Brand had hem met opzet uitgekozen toen het telefoontje kwam, amper tien minuten geleden. Richard Hulme zat op de achterbank. Toen ze stil stonden, boog hij zich naar voren en omklemde de rand van Brands stoel. 'Waar wachten we op?'

'Het ligt niet zo simpel. We moeten eerst vaststellen of hij er is. Dan laten we het geld overmaken. Als dat gebeurd is, kunnen we hem ophalen.'

'Waarom pakken we hem niet gewoon nu meteen?'

'Ik zei toch al. Deze lui maken geen geintjes.'

'Ik wil hem zien,' zei Richard.

'Dan raakt hij misschien van streek. Als alles achter de rug is, mag je hem op gaan halen, dat beloof ik.'

'En als hij nu eens niet in die auto zit? Als het allemaal een onsmakelijke grap is?'

Brand draaide zich om. 'Hizzard, ga kijken.'

Hizzard stapte uit en draafde naar de taxi. Op drie meter afstand bleef hij staan, knielde op de grond en keek zorgvuldig onder de auto. Daarna liep hij naar het achterportier aan zijn kant, pakte de kruk, haalde diep adem en trok het open. Hij zag een klein jongetje dat bijna ontspannen op de achterbank zat. Zijn benen bungelden over de rand en hij had een wollen muts over zijn hoofd.

'Hallo?' zei hij hees en onzeker.

'Josh?'

'Ja.' De stem was fluisterzacht.

'Ik ben gekomen om je naar je vader te brengen. Maar je moet nog even geduld hebben. Kun je dat voor me doen?'

'Ik denk van wel.'

'Goed. Je bent echt dapper. Nu zal ik mijn hand naar binnen steken en je die muts afdoen, zodat je wat kunt zien.'

'Oké.'

Hizzard trok de muts van zijn hoofd. Het kind dat hem aankeek was Josh, herkenbaar van de foto's die hij gezien had. Ze hadden zijn haar afgeknipt en geverfd, maar er was geen twijfel mogelijk.

'Goed, ik moet een paar minuten weg, maar ik kom zo terug. Maar je moet één ding voor me doen, oké? Je moet hier blijven zitten tot ik je kom halen. Je mag niet uit de auto komen, wat er ook gebeurt.'

Hij deed het portier dicht, zodat Josh opnieuw alleen achterbleef, draafde het hele stuk terug en klom weer in de voorste Yukon.

Richard pakte hem beet toen hij ging zitten. 'Is hij het? Is hij ongedeerd? Hebben ze hem iets gedaan?' Hij vuurde de ene vraag na de andere af tot zijn stem brak.

'Het is Josh. En hij ziet er goed uit, Dr. Hulme.'

Brand drukte op de speed-dialknop van zijn telefoon. Het duurde een seconde voor zijn telefoontje door hun contactpersoon bij de verzekeringsmaatschappij beantwoord werd.

'Met Brand. Het is Josh.'

'Dan zal ik het geld nu overmaken, meneer Brand,' antwoordde de vrouw aan de andere kant.

Brand hing op.

'Wat nu?' vroeg Richard.

'De verzekeringsmaatschappij maakt het geld over. Zodra het ontvangen is, nemen ze contact met me op en kunnen we hem ophalen.'

'En als ze zich niet aan de afspraak houden?'

'Daar hoef je niet bang voor te zijn,' zei Brand. 'Dan zoek ik de hele wereld af tot ik ze allemaal gevonden heb. Dat weten ze.' Hij glimlachte geruststellend. 'Het is voorbij. Nog even en we hebben uw zoontje terug.'

Vanaf zijn uitkijkpost drie verdiepingen hoger zag de chauffeur een gehavende Ford pick-up van '96 naast het perceel tot stilstand komen. De chauffeur zette zijn mobiel weer aan en belde opnieuw. Hij zei één woord: 'Ontvangen,' en hing op.

Op de grond zag hij alle vier de portieren van beide Yukons openvliegen en mannen naar de taxi rennen. De voorste man gooide het achterportier met zo'n kracht open dat de scharnieren verbogen. Daarna stak hij zijn hoofd en bovenlichaam naar binnen, kwam er weer uit met een klein figuurtje in zijn armen en rende terug naar de Yukon. Een man in een sportjasje en een katoenen broek, die Richard Hulme moest zijn, trok het jongetje uit zijn armen. De andere mannen trokken hem, met het kind in zijn armen, de auto in.

Cody Parker kwam net op tijd tot stilstand om op de eerste rang te zitten voor de overdracht.

'Godgloeiende.'

Hij verschoof het pookje van de automatische versnellingsbak op hetzelfde moment dat de eerste FBI-auto dwars voor zijn pick-up tot stilstand kwam. Hij keek in zijn spiegeltje om achteruit te rijden, maar werd van achteren door een tweede auto geramd.

De chauffeur boven wachtte tot alle portieren van beide Yukons dicht waren en belde voor de laatste keer.

De mobiele telefoon onder de voorbank van de taxi kreeg amper de tijd om over te gaan. De auto explodeerde in een kolom van vuur. De ramen spatten uiteen en glasscherven vlogen alle kanten uit. Door de schokgolf werden de carrosserieplaten van de auto af geblazen. Een ervan knalde tegen de dichtstbijzijnde Yukon aan. Een seconde later klonk er een tweede explosie toen de benzinetank vlam vatte en een steekvlam de lucht in stuurde.

Vanaf de achterbank van de voorste Yukon keek Richard naar het brandende, glasloze wrak van de taxi, terwijl Josh zijn hoofd tegen de borst van zijn vader drukte. Snikkend van opluchting boog hij zijn hoofd en kuste de kruin van zijn zoontje, terwijl zijn vingers snel door zijn haar streken.

Aan de overkant zag hij een stevig gebouwde man met een vettige paardenstaart door vier mannen in blauwe windjacks met het opschrift GTT uit een pick-up gesleurd worden. De mond van de man bewoog in een stroom van verwensingen terwijl hij met zijn armen op zijn rug gebogen overeind werd gesjord.

'Laten we maken dat we wegkomen,' zei Brand.

Hizzard had geen tweede aansporing nodig en scheurde plankgas weg van het rokende wrak van de taxi. Op de achterbank hield Richard zijn zoontje in een stevige omarming. 'Alles is in orde, Josh, je bent veilig. Je bent veilig bij mij.'

# 42

'In de nieuwste ontwikkeling in de ontvoering van Josh Hulme zal de zich bevrijder van dieren noemende Cody Parker, bij de politie ook bekend als Eenzame Wolf, maandag op beschuldiging van de ontvoering van de zevenjarige Josh Hulme voorgeleid worden.'

Carrie zweeg en veegde een lok haar naar achteren die losgeraakt en over haar linkeroog gevallen was. 'Sorry, Bob, opnieuw,' zei ze tegen haar cameraman. Ze rechtte haar rug en zette haar gezicht op meewarig.

'In de nieuwste ontwikkeling in de ontvoering van Josh Hulme zal de zich bevrijder van dieren noemende Cody Parker, bij de politie ook bekend als Eenzame Wolf, maandag op beschuldiging van ontvoering voorgeleid worden. Tevens loopt er een onderzoek tegen Parker naar aanleiding van het opgraven van het lijk van de tweeënzeventigjarige Eleanor Van Straten. Hij ontkent evenwel alle betrokkenheid bij de ontvoering.'

Ze hield haar uitdrukking drie seconden vast. 'Hoe was het?'

'Fantastisch, als dat echt is wat er gebeurd is,' zei Lock, om de fontein buiten Federal Plaza heen lopend.

Sinds hun diner in haar appartement hadden ze elkaar niet meer gesproken. Lock had de hele avond het gevoel gehad dat Paul, Carries nieuwe vrijer, hem spottend aankeek. Zelfs Angel, de geredde hond, had zijn gezelschap verruild voor de zachtheid van Carries slaapkamer, waar ze zich in de kussens nestelde en koppig weigerde van het bed te komen.

Carrie had in de tussentijd haar handen vol gehad met het bijhouden van de zich bliksemsnel ontwikkelende zaak-Hulme, terwijl Lock zijn eigen onderzoek gedaan had. Ze hadden een paar keer telefoontikkertje gespeeld, maar Lock was niet van plan de dingen die hij ontdekt had aan een antwoordapparaat toe te vertrouwen.

Terwijl de cameraman zijn apparatuur opruimde, voegde Carrie zich bij Lock bij de fontein. 'Wat is er dan wel gebeurd?'

'Ik heb de puzzel nog niet compleet, maar één ding kan ik je meteen vertellen: Cody Parker heeft niks te maken met de ontvoering van Josh Hulme.'

'Dat moet je tegen de FBI zeggen. Die schijnen te denken dat ze er zijn. Volgens mij mag hij van geluk spreken dat de staat New York geen doodstraf heeft.'

'Dat is vanwege gevallen als dit.'

'Hoe bedoel je?'

'Wat moet je tegenwoordig doen om op de stoel gezet te worden of een flinke spuit kaliumchloride in je lijf te krijgen?'

'Waarom krijg ik het gevoel dat me weer zo'n college van jou te wachten staat?'

'Luister nou maar gewoon, oké?'

'Oké. Een misdaad die alom afschuw wekt. Kindermoord, ontvoering.'

'En dan staat de overheid onder enorme druk om iemand voor de rechter te brengen.'

'Hé, als je jou hoort, zou je nog denken dat ze Cody Parker uit het telefoonboek geprikt hebben. Ze hebben behoorlijk goed bewijsmateriaal.'

'En ik wed dat het allemaal indirect is.'

'Ik kan niet geloven dat jij het voor die vent opneemt! Hoorde je niet wat ik zojuist zei? Hij is hartstikke schuldig aan het opgraven van dat ouwe dametje voordat hij haar midden op Times Square dumpte.'

'En daarvoor hoort hij de bak in te draaien. En lang ook. Maar wat ze nu doen,' zei Lock met een blik op het Jacob K. Javits-gebouw waar de FBI zetelde, 'is hem de ontvoering in de schoenen schuiven.'

'En als Cody Parker het niet gedaan heeft, wie dan wel?'

'Meditech.'

Ze barstte in lachen uit. Lock bleef haar aankijken.

'O god, je meent het serieus.'

'Oké, niet het hele bedrijf. Ik vermoed dat maar heel weinig mensen er iets van wisten. Ik ben er niet eens zeker van dat Nicholas Van Straten op de hoogte was.'

'Maar hij is de grote baas.'

'Precies. Luister, Carrie, de reden waarom mensen je voor gek verslijten als je met zoiets op de proppen komt, is dat ze een idee in hun hoofd hebben van een grote directievergadering met Van Straten in een grote stoel met een witte kat op schoot. Zo gaat het niet. Het bedrijf moest Richard Hulme terug hebben.'

'Waarom boden ze hem dan geen, ik weet niet, tien miljoen dollar?'

'Omdat iemand als Richard een nachtmerrie voor elk bedrijf is.'

'Waarom?'

'Omdat hij iemand met principes is die zich niet door een hoop nullen laat paaien.'

'En dus ontvoeren ze zijn kind.'

'Volgens mij wel. Hulme was een probleem dat om een oplossing vroeg. Iemand dacht buiten de lijntjes.'

'Buiten de stratosfeer, bedoel je zeker?'

'Ze hadden een kant-en-klare dekmantel. Het kind wordt vermist en iedereen denkt meteen aan de lui van de dierenrechten. Wie zou na al die toestanden niet denken dat zij erachter zitten? Vooral nadat hun beminde leider op de trappen van het bedrijf aan flarden geschoten werd.'

'En dat heeft Meditech ook gedaan?'

'Je ziet het verkeerd. Jij denkt dat Nicholas Van Straten bevel gaf Gray Stokes dood te schieten.'

'Is dat niet wat je impliceert?' vroeg Carrie.

Lock zuchtte. Eerlijk gezegd leek dát hem ook niet zo voor de hand liggen. Maar de officiële lezing evenmin. Nog minder zelfs.

'Het probleem is dat een groot bedrijf als Meditech anders te werk gaat dan het leger. In het leger wordt elke taak opgedeeld in kleine stapjes. Dat maakt het idiootbestendig, maar het houdt ook in dat niemand op eigen houtje iets kan ondernemen. In een privébedrijf is dat anders. Daar interesseert het niemand hoe iets gedaan wordt. Het enige wat ze interesseert is de verlies-en-winstrekening. Daardoor krijg je dat werknemers van bewakingsbedrijven in Irak links en rechts burgers doodschieten. Het zijn allemaal gewezen militairen, maar plotseling hebben ze geen bevelstructuur meer, niemand die ze op het matje kan roepen als ze de juiste maatregel verkeerd toepassen.' Hij zweeg en krabde aan zijn hechtingen. 'Stel dat Meditech gechanteerd wordt en dat de verkeerde persoon ervan hoort en besluit het probleem voor eens en altijd uit de wereld te helpen. En als die grens eenmaal overschreden is...'

'Wie heeft Josh Hulme dan ontvoerd?' vroeg Carrie.

Lock keek haar recht in de ogen. 'Iemand met steun van bovenaf in de persoon van Stafford. Hoogstwaarschijnlijk Brand.'

'Weet je dat zeker? Jullie hebben elkaar nooit gelegen.'

'Dat klopt, maar dat is niet de reden waarom ik denk dat hij erbij betrokken is.'

'Waarom dan wel?'

'Omdat Brand met Natalya Verovsky sliep. En haar had verteld dat hij Cody Parker heettc.'

# 43

Josh Hulme zat ineengedoken naast zijn vader toen het motor-jacht met grote snelheid naar de pier voer, een kielzog van schuim achter zich aan trekkend. Verderop lag de oude marinewerf van Brooklyn, waar het nieuwe onderzoekscentrum van Meditech gevestigd was.

Richard keek op naar het enorme complex. Een zeven meter hoge muur strekte zich uit zo ver als zijn blikveld reikte. Op de muur wapperde een eenzame Amerikaanse vlag in de harde wind. Onder de vlag deden twee bewakers, allebei gewapend, hun ronde over een looppad.

Richard trok Josh naar zich toe en drukte een kus op zijn hoofd. 'Alles goed, kerel?' Hij stak een hand in zijn zak en trok er een pak-je reispillen uit. 'Als je zeeziek bent, kan ik je een pil geven.'

Josh wuifde hem weg. 'Pap, wanneer kunnen we naar huis?'

'Pappie moet eerst wat werk afmaken.'

'Vandaag?'

'Misschien over een week of zo.'

'Maar het is bijna nieuwjaar.'

'Dat weet ik, grote vent, dat weet ik. Maar pappie heeft het be-loofd.'

Richard haatte zichzelf. Josh had hem nodig. Nu meer dan ooit. Maar zonder de belofte die hij Meditech gedaan had, zou hij misschien niet eens meer in leven zijn, dus wat kon hij doen?

Stafford klom de cabine in. 'Beetje ruw daarboven.' Hij ging naast Richard op de bank zitten en wreef door Josh' haar. 'Maak je maar niet ongerust, over een paar minuten zijn we er.'

Josh verstijfde en duwde zijn hand weg.

'Luister, mag ik je vader even lenen, makker?'

Richard klom achter Stafford aan naar het dek, terwijl de boot door het water kliefde.

'Tachtig miljoen dollar. Prachtig, niet?'

Richard zag alleen maar een blinde muur van een dikke driehonderd meter lang die een stuk land tegenover de pier omsloot. Het enige opvallende eraan was zijn hoogte. Zeker zeven meter, zo niet meer.

Stafford gaf Richard een klap op zijn rug. 'Hij komt er wel bovenop.'

'Het is jouw zoon niet. Je hebt er geen flauw idee van wat we doorgemaakt hebben.'

'Da's waar. Maar waar het om gaat is dat we hem heelhuids terughebben.'

Richard staarde recht voor zich uit.

Stafford keek eveneens naar de muur. 'Op de een of andere manier heb ik het idee dat we hier niet zo'n last zullen hebben van protesterende gekken.'

'Vind je al deze beveiliging niet een beetje veel van het goede?'

'Jezus, Richard, ik weet dat academische types als jij soms niet in staat zijn om het geheel te overzien, maar dit gaat wel erg ver. Wat we hier gaan doen is categorie A, niveau 4. Wat we hier hebben is genoeg om het halve land mee uit te roeien.'

'Maar geen dieren?'

'Niks met een staart, klauwen of vacht. Dat heb je ons genoeg duidelijk gemaakt, Richard. En ik ben het met je eens. Wat we deden was wetenschappelijk onverantwoord en daardoor ook in zakelijk opzicht onverantwoordelijk.'

De boot legde aan bij een van de pieren en werd afgemeerd. Stafford klom eruit. Hij stak een helpende hand uit naar Richard, die op zijn beurt Josh aan wal hielp.

Ze liepen achter Stafford aan over een loopplank naar een betonnen platform. Josh moest draven om Staffords grote stappen bij te houden. Ze volgden de muur tot het eind en sloegen links af.

Stafford keek over zijn schouder. 'Nog maar even. Ik dacht dat het beter was om het vanaf de rivier te zien. Dat geeft je een beter idee van de grootte.'

Vierhonderd meter verderop was een ingang, breed genoeg voor twee vrachtwagens, met een hokje in het midden dat bemand werd door een neger van middelbare leeftijd in een bewakersuniform van Meditech. Ze bleven staan en Stafford liet de man zijn gelamineerde Meditechkaart zien. Richard deed hetzelfde. De bewaker bekeek ze zwijgend en vinkte hun namen af op de bezoekerslijst.

'Kunnen jullie even opkijken, alstublieft,' zei hij, naar een plek achter zich wijzend.

Ze hieven hun hoofd en er kwam een lichtflits uit een aan de muur gemonteerde camera.

De bewaker keek op een computerscherm. 'Prima. U mag doorlopen.'

'Gezichtsherkenningssoftware,' zei Stafford, met grote passen verder lopend.

'Het lijkt Fort Knox wel,' zei Richard.

'Niet lijkt,' zei Stafford. 'Is. Beter zelfs.'

Bij de ingang was een bewakingspost met twee bewakers, allebei gewapend. Hij was zo breed dat hij het zicht op de binnenplaats van het complex vanaf de eerste controlepost geheel blokkeerde. De poppenkast herhaalde zich en ze liepen de binnenplaats op, waar Missy op hen wachtte, met haar voeten op de grond stampend om warm te blijven, maar verder even kwiek als altijd.

'Hé, Josh, zal ik je laten zien waar je gaat logeren?' kweelde ze.

Stafford had haar kennelijk als geïmproviseerde kinderoppas ingezet.

Ze kwamen voorbij een reeks lage witte gebouwen die alleen maar opvielen door hun uniformiteit. Het complex was van indrukwekkende afmetingen, vooral gezien het feit dat het zo dicht bij de stad lag.

Josh weigerde de hand van zijn vader los te laten.

'We hebben een kerstboom voor je en alles,' zei Missy.

'Ga maar mee, Josh,' zei Richard geruststellend. 'Over een paar minuten ben ik weer bij je.'

Josh liet zijn hand onwillig los, waarna Missy hem meetroonde. Richard keek hen na.

'Had dit niet tot na de vakantie kunnen wachten?'

'Richard, we werken tegen de klok. Als we wachten, verliezen we onze voorsprong op de concurrentie.' Stafford gaf Richard een klap op zijn rug.

'Luister, als de test goed uitvalt, krijg je drie maanden betaald verlof. Verrek, misschien ga ik zelfs met je mee. Maar ik zal je eerst het researchlab laten zien. Ik weet zeker dat je naar behoren onder de indruk zult zijn.'

Stafford sloeg links af, maar Richard bleef staan. Zijn oog was op een gebouw een meter of zeventig verderop gevallen. Het onderscheidde zich van de rest doordat het omringd was door een omheining van harmonicagaas, afgewerkt met scheermesdraad. 'Wat is dat?' vroeg hij.

'Dat zijn onderkomens. Maar maak je geen zorgen. Daar hoef je niet in de buurt te komen als je niet wilt.'

'Wat wordt er ondergebracht?'

'De subjecten.'

'Dus je hebt me iets voorgelogen.'

'Woorden, Richard. Meer niet.'

'En nog iets,' zei Richard. Hij had er geen moment eerder aan gedacht. Iets wat Lock in zijn appartement tegen hem gezegd had en dat nu plotseling bovenkwam. Iets over het aanwezig zijn van iets abnormaals en het ontbreken van het normale. Het scheermesdraad hoorde in de categorie abnormaal, maar er klopte nog iets niet. 'Ik ben hier al vijf minuten en heb alleen maar bewakers gezien. Waar is het laboratoriumpersoneel?'

'Op het ogenblik werken we met het minimale aantal mensen.'

'Waar heb je mij dan voor nodig?'

'Om voor de resultaten te tekenen. Jouw naam betekent een heleboel voor de Keuringsdienst van Waren, om van Defensie nog maar te zwijgen.'

'Waarom doen jullie het dan niet gewoon zelf? Dan kun je mij de resultaten sturen en kan ik ze beoordelen op grond van-'

Stafford onderbrak hem door zijn arm te pakken en er pijnlijk hard in te knijpen. 'We kunnen geen ethische dilemma's meer gebruiken, zelfs niet na het uitvoeren van de tests. Daarom willen we dat jij er zo dicht mogelijk bij betrokken bent.'

Richard voelde een knagende angst in zijn maag. 'En jullie subjecten. Wat zijn dat precies?'

'Denk maar in de richting van hoogontwikkelde primaten.'

# 44

Een harde zijwind ranselde de Gulfstream toen hij naar de landingsbaan daalde. Het zicht werd ernstig belemmerd door de slagregen die de zijkant van het vliegtuig striemde, en de skimaskers die de piloot en de tweede piloot droegen, maakten het er ook niet beter op. De mannen kenden elkaar niet en wisten niet voor wie ze werkten. Dat gold ook voor de acht andere bemanningsleden. De zachte leren stoelen in de romp, waar de goed gevulde billen van hoge directeuren doorgaans op rustten, waren vervangen door zes rijdende brancards. Op elke brancard lag een persoon. Zes in totaal. Vijf mannen en een vrouw. Ze hadden een kap over hun hoofd met een snee ter hoogte van hun mond om te kunnen ademen. Hun handen waren geboeid en met kettingen aan een op de rand van de brancard gelaste ring gebonden. Hun voeten waren op soortgelijke wijze gekluisterd. Ze droegen allemaal dezelfde kleren – een vuurrood T-shirt en een broek met een incontinentieluier eronder. Ze waren tijdens de vlucht niet losgemaakt om naar de wc te gaan.

Niet dat ze veel behoefte aan beweging hadden, want voor hun vertrek waren ze allemaal ingespoten met Haldol, een krachtig antipsychoticum. Pillen konden onder de tong gehouden of uitgespuugd worden, dus intraveneuze toediening was de zekerste manier om het middel in hun lichaam te krijgen.

Duizelig en met een dikke, droge tong opende Mareta Yuzik haar ogen en zag alleen maar donker. Heel even vroeg ze zich af of ze haar blind gemaakt hadden. Toen dacht ze aan de kap. Ze voelde de stof tegen haar gezicht. Ze glimlachte van opluchting. Ze had een schroeiende pijn in haar linkerzij. Ze probeerde haar hand ernaartoe te brengen, maar kon hem niet bewegen. Een drukkend gevoel om haar polsen en enkels maakte haar duidelijk dat ze geboeid was.

Niet blind, alleen maar een kap. Niet verlamd, alleen maar geboeid. En als door een wonder kon ze horen. De afgelopen keren hadden ze haar, als ze naar een andere locatie gebracht werd, altijd oorbeschermers op gedaan, zodat ze alleen maar de hardste geluiden kon horen, en dan nog hoofdzakelijk door de vibratie. Ze hoorde dat ze in een vliegtuig was. En de bewakers hoorde ze ook, zelfs boven het geluid van de motoren. Ze herkende hun accent van de films die ze gezien had. Het waren Amerikanen. Ze hoorde twee mannen praten.

'Blij dat ik thuis ben, man.'

'Hoe lang heb je verlof?'

'Weekje, denk ik. Hangt af van hoe dit gaat. Jij?'

'Ook zoiets. Maar ik weet wel dat ik deze kist zo snel mogelijk uit wil. Die gozers geven me de kriebels.'

'Ben je gek. Die hebben genoeg ingespoten gekregen om 'n olifant plat te leggen.'

'Waarom worden ze trouwens hier gebracht?'

'Geen idee. Ik heb iets over 'n proces gehoord.'

'Goed. Ik hoop dat ze ze afmaken.'

'Als 't aan mij lag, joeg ik ze meteen 'n kogel door de kop. Stuk minder werk.'

De Gulfstream taxiede naar het eind van de landingsbaan, sloeg rechts af en rolde naar een alleenstaande hangar een kleine vijf honderd meter verderop. De deuren stonden al open en binnen stonden zeker twaalf mannen en zes SUV's. Net als de mannen aan boord van het vliegtuig droegen ze allemaal een masker.

Het vliegtuig rolde voorzichtig de hangar in, waarna de enorme metalen rolluiken dichtgingen. Enkele seconden later ging het vliegtuig open en werd de trap neergelaten. Een van de mannen klom erop en ging aan boord.

Maar één gevangene was losgemaakt. De vrouw. Een van de bewakers trok zijn pistool, gaf het aan zijn partner en hielp haar van de brancard af. Ze wankelde op haar benen en als hij haar niet snel ondersteund had, zou ze tegen de grond gegaan zijn. Ze strompelden de trap af als twee geliefden die dronken uit een bar kwamen.

Beneden zakte ze op haar knieën op de betonnen vloer.

'Heeft ze iets?'

'Kijk maar uit. Misschien doet ze alleen maar alsof.'

'Je hebt te veel fantasie, man.'

'Heb je het dossier van die trut gelezen? Ze heeft meer mensen gekeeld dan Bin Laden.'

# 45

'Dit is gelul. Ik heb helemaal geen kind ontvoerd!'

'Wat deed je daar dan, Cody?'

Frisk zat tegenover Cody Parker en zijn door het hof toegewezen advocaat, een vrouw van Zuid-Amerikaanse afkomst van tegen de dertig, aan een tafel in een verhoorvertrek op de derde verdieping van Federal Plaza.

'Dat zei ik toch. Ik kreeg een telefoontje.'

'Da's wel erg toevallig. Van wie?'

'Geen idee. Hij zei dat hij wist wie Gray Stokes doodgeschoten had en dat ik, als ik wilde weten wie het was, naar dat adres moest komen.'

'Noemde hij een naam? Herkende je de stem?'

'Nee. Luister, als ik dat kind ontvoerd heb, waar is het geld dan, hè? Of hebben jullie het zelf in mijn pick-up gelegd?'

'Waarom vertel jij ons niet waar het is?'

'Iemand heeft me erin geluisd.'

Frisk leunde achterover in zijn stoel, rekte zich uit en geeuwde. 'Vertel op dan. Ik ben bereid alternatieve scenario's in overweging te nemen.'

'Het was dat bedrijf. Die wilden wraak op me nemen.'

Frisk lachte. Niet erg professioneel, maar hij kon er niets aan doen. 'Dus ze organiseren de ontvoering van een kind van een van hun werknemers bij wijze van persoonlijke wraakneming op jou? God, het is zeer zeker een interessante hypothese, maar het motief blijft zwak. Waarom uitgerekend jij?'

'Hoezo, "uitgerekend ik"? Ik heb ze het vuur na aan de schenen gelegd. En waarom proberen jullie de lui niet te pakken die mijn moeder vermoord hebben?'

'Omdat we geen enkele reden hebben om aan te nemen dat ze geen natuurlijke dood gestorven is. Maar nu we het daar toch over hebben. Hoe zit het met het opgraven van Eleanor Van Stratens lijk. Bedoel je dat met "ze het vuur na aan de schenen leggen"?'

Cody keek naar het plafond. 'Ik weet niet waar je het over hebt.'

'Behalve dat we grond op je laarzen gevonden hebben die hetzelfde is als die van mevrouw Van Stratens graf.'

Cody's kaakspieren spanden zich en hij wisselde een snelle blik met zijn advocate.

'Oké, dat was ik.'

'Eindelijk,' zei Frisk. 'En wie was je maat?'

'Ik heb het alleen gedaan.'

'Een lijk versjouwen, zelfs van een oud dametje, is een karwei voor twee mensen. Op zijn minst.'

'Ik zei toch dat ik het alleen gedaan heb.'

'Dus die vriend van je, blies hij de auto op om alle sporen uit te wissen?'

'Wou je beweren dat ik een auto opblies om sporen uit te wissen terwijl ik er recht tegenover stond?'

'Tja, je kunt niet ontkennen dat je er was. Ik bedoel maar, er was geen teleportatie of zo in het spel.'

'Ik was er inderdaad. En ik heb net gezegd waarom. Kijk mijn huistelefoon er maar op na als je me niet gelooft.'

'Dat is al gebeurd.'

'En?'

'Je werd inderdaad op dat tijdstip door iemand gebeld.'

'Dus ik spreek de waarheid.'

'Maar we weten niet wat er gezegd is. En wat het spreken van de waarheid betreft, hoeveel keer hebben we je over mevrouw Van Straten ondervraagd?'

'Weet ik niet meer.'

'Drie keer. En je ontkende drie keer dat je er iets mee te maken had. Mag ik dan zo vrij zijn om aan je eerlijkheid te twijfelen?'

Cody hief zijn handen naar het plafond. 'En wat gaat er nu gebeuren?'

'Je bent in staat van beschuldiging gesteld. Je moet wachten tot je zaak voorkomt, dus je zult ruimschoots de tijd krijgen om te beslissen of je schuld bekent of niet.'

'Jullie kunnen me dit niet aansmeren. En de rest van de beweging evenmin.'

'O nee?' vroeg Frisk. Hij stond op en liep naar een plastic voorraaddoos in een hoek van het vertrek. Hij trok het deksel eraf en haalde er een doorzichtige plastic zak uit. De zak bevatte een fotoalbum met een rode rug en een effen grijs omslag. Hij legde het op de tafel. 'Ga je gang.'

Cody maakte de zak open alsof hij bang was dat er iets uit het album zou springen en hem zou bijten. 'Dit is van mij. Wat zou dat?'

'O, we weten dat het van jou is. Het wemelt van de vingerafdrukken.'

'Waarom laat je me het dan zien?'

'Omdat we het samen met Josh Hulme gevonden hebben. Iemand had het op de grond gegooid. En het staat niet alleen vol met jouw vingerafdrukken, maar ook met die van Josh Hulme.'

'Ik ben een hoop spullen kwijtgeraakt bij een inbraak,' zei Cody toonloos.

'Heb je daar aangifte van gedaan?'

'Nee,' antwoordde Cody, zijn hoofd schuddend.

'Josh Hulme zei dat dit album in de kamer lag waar hij na zijn ontvoering vastgehouden werd.'

Frisk pakte het album en sloeg het willekeurig open. De ogen waren groot en bruin. Frisk en Cody herkenden ze allebei, evenals het rauwe vlees op de schedel van de hond.

De deur ging open en een geüniformeerde agent kwam binnen. Hij boog zich over Frisk heen en zei zacht: 'Een zekere Ryan Lock staat erop u te spreken.'

Frisk stond op. Hij pakte het album en hield het voor Cody's neus. 'Behoorlijk geschift om een kind aan zoiets bloot te stellen, vindt u ook niet, meneer Parker?'

# 46

'Dus je wilt dat ik dit onderzoek stopzet op het woord van een tienerhoertje dat je in een striptent opgedoken hebt? Waar je trouwens gewapend naar binnen bent gegaan. Je moet vooral zo doorgaan, Lock, dan zullen we nog nieuwe misdrijven moeten bedenken om je bij te houden.'

'Maar je zult het natrekken?'

Lock had van tevoren geweten dat Frisk een harde noot zou zijn. Verdomd, hij zou niet eens durven zweren dat Carrie hem geloofde. Maar toch stond hij nu in Frisks kantoor om de man om een gunst te vragen.

'Hoewel ik er weinig van verwacht,' zei Frisk.

'Ik vraag je alleen maar om alle mogelijkheden in overweging te nemen.'

'Dit heeft toevallig toch niks te maken met het feit dat Brand jouw baantje als hoofd beveiliging overgenomen heeft, wel?'

'Ik ben herstellende van een ongeluk.'

'De meeste mensen doen dat thuis met een lekkere kom kippensoep.'

Lock glimlachte. 'Ik zei niet dat ik er goed in ben.'

Frisk trok de onderste la van zijn bureau open en haalde er een tupperwaredoos container uit. 'Moeder de vrouw geeft me eten mee. Je weet wel, om er zeker van te zijn dat ik groente eet.' Hij haalde het deksel eraf en liet de inhoud aan Lock zien. 'Ik bedoel, serieus, zou jij deze troep eten?'

Lock wuifde hem weg.

'Je hebt al een grief tegen Brand zolang ik je ken,' ging Frisk verder.

'En hij tegen mij.'

'Uit eigen vrije wil tegen een van je eigen jongens getuigen? Komt je dat in het leger meestal niet op een kogel te staan?'

'Niet waar ik gediend heb. Niet als iemand over de streep was gegaan.'

'O ja, ik was vergeten dat je bij de lijmies gediend hebt. Is dat de reden waarom jij en Brand elkaars bloed wel kunnen drinken?'

'Je zou es naar Schotland moeten gaan en ze lijmies noemen. Kijken wat er gebeurt. Ik heb in dezelfde legereenheid gediend als mijn vader. Te zijner gedachtenis. Dat is me van beide kanten de nodige keren ingepeperd, maar ik heb nooit de behoefte gevoeld om een vlag om me heen te slaan en zo mijn vaderlandsliefde te bewijzen.'

'Mooi gesproken,' zei Frisk, terwijl hij zijn lunchtrommel weer dichtdeed. 'Luister, ik heb een dader.'

'Die het niet gedaan heeft.'

'We hebben bewijzen waar jij geen weet van hebt.'

'Bijvoorbeeld?'

Frisk stond op. 'Wie ben jij eigenlijk helemaal, Lock? Gewoon een ingehuurde kracht.'

'Die hele zaak van jullie slaat nergens op, dat weet je verdomd goed.'

'Wat ik weet, is dat we iemand hebben die heeft bekend dat hij Eleanor Van Straten opgegraven heeft en die aanwezig was toen Josh Hulme teruggegeven werd. Het enige wat jij hebt is het feit dat een van je collega's Richard Hulmes kindermeisje naaide.'

'Die bij de ontvoering betrokken moet zijn geweest.'

'En die een paar maanden daarvoor mannen aftrok in een achterkamertje van een stripclub, dus weet jij veel voor hoeveel kerels ze haar benen spreidde?'

Lock dacht aan de paar minuten die hij in Natalya's slaapkamer geweest was nadat Richard Hulme hem opgespoord had. Het leek een mensenleven geleden, maar hij zag nog steeds de foto van het jonge meisje met haar familie. Al dat optimisme, al die beloftes. Bijna onbewust balde hij zijn rechtervuist, klaar om uit te halen.

Frisk deed een stapje terug toen hij Locks knokkels wit zag worden. 'Moet je zeker doen.'

Lock zag dat de agenten aan de andere bureaus naar hem keken. 'Weet je, toen ik hoorde dat je achter die sluipschutters aan gegaan was, dacht ik al dat je misschien gewoon kierewiet was. Nu weet ik het zeker.'

Lock haalde diep adem en telde langzaam tot tien.

'Zijn we klaar hier?' vroeg Frisk.

'Tja, nu je er toch over begonnen bent. Hoe zit het met Gray Stokes? Wordt er iemand aangeklaagd voor zijn moord?'

'Daar wordt aan gewerkt.'

'En wat had de forensische afdeling te zeggen over het geweer waarmee hij doodgeschoten werd?'

'M-107.'

'Na te trekken?'

'Verloren door een gevechtseenheid in Irak.'

'Dus we hebben waarschijnlijk met ex-militairen te maken,' zei Lock effen.

'Dat zou ik een redelijke veronderstelling noemen.'

'En dat geldt voor helemaal niemand van de beweging voor dierenrechten.'

'We kennen niet iedereen,' wierp Frisk tegen. 'Verrek, Cody Parker deed amper van zich spreken, maar kijk eens waartoe hij in staat is.'

'Luister, toen ik die winkel binnenkwam, wist ik meteen dat dit geen lui waren die het op hun heupen krijgen omdat een brak een paar saffies te roken krijgt. Als iemand al die moeite deed om een M-107 te pakken te krijgen en te leren gebruiken, denk je dan echt dat hij Van Straten zou missen en iemand anders zou raken?'

Frisk pakt zijn jas en liep met grote stappen naar de deur. 'God nog aan toe, Lock, kom de volgende keer met meer aandragen dan een grief.'

# 47

Brand stond voor de deur met twee andere leden van het team, alle drie in volle oproeruitrusting: helm met vizier, harnas en zware kistjes. Nu de Hulme-affaire naar tevredenheid was opgelost, zou Brand persoonlijk de leiding nemen over het dagelijks reilen en zeilen van de isoleerafdeling. Alles bij elkaar hadden ze twaalf individuen onder hun hoede, met twee aparte vluchten binnengebracht. Ze werden stuk voor stuk als extreem gevaarlijk beschouwd. Brand had een kleine monitor in zijn hand met beelden van de camera die aan de andere kant van de deur aan de muur hing. Een spiegaatje, zelfs van glas of plexiglas, zou veel te gevaarlijk zijn. De vrouw lag op het bed en staarde naar het plafond. De twee mannen zouden haar cel in gaan en haar handen en voeten boeien, terwijl hij buiten bleef. De cel was te krap voor meer dan twee mannen plus het subject, en ze zouden elkaar alleen maar in de weg lopen. Om dezelfde reden mocht niemand een vuurwapen mee een cel in nemen, een regel die trouwens voor het hele blok gold.

'Klaar?' vroeg Brand.

De mannen controleerden hun uitrusting voor de laatste keer.

'Ik snap niet waarom we d'r niet platspuiten,' zei een van hen. 'Da's veel makkelijker.'

'We kunnen geen proeven doen op iemand die vol zit met die troep.'

'En wat doen we als er problemen zijn?'

'Wat voor problemen?'

'Dat ze ons aanvalt, bijvoorbeeld.'

Brand schoof zijn vizier omhoog en wees op de monitor. 'Ben je soms bang van een vrouw?'

'Ik vraag 't alleen maar.'

'In de voorschriften staat dat je die dan zelf op moet lossen.'

Vijf minuten later werd Mareta aan handen en voeten geboeid de onderzoekkamer binnengeleid. Ze leek niet bang. Opstandig trouwens ook niet. Haar gezicht verried niets.

Richards maag verkrampte. Sinds zijn gesprek met Stafford wist hij dat ze menselijke proefkonijnen gingen gebruiken, maar hij had het gerationaliseerd door zich voor te houden dat het vrijwilligers waren. Klinische proeven konden duizenden dollars opleveren, wat voor sommige mensen een heleboel geld was. Maar wie zou zich hiervoor aanbieden? Hij wist ook dat het onderzoek naar vaccins tegen biowapens tot nog toe allesbehalve vlekkeloos verlopen was – van soldaten die tijdens kernproeven opzettelijk aan hoge straling blootgesteld werden tot niet-militaire experimenten met geneesmiddelen die vreselijk fout gelopen waren. Proeven met mensen waren een ethisch en juridisch mijnenveld. Als het goed ging, kon je er duizenden, soms miljoenen levens mee redden. Als het fout ging, konden de consequenties je generaties lang achtervolgen, soms in de vorm van aangeboren afwijkingen. Daarom had Stafford hem er per se bij willen hebben. Zijn beste, wie weet enige optie was gewoon mee te doen.

'Waarom is ze geboeid?' vroeg hij Brand.

'Daar hoeft u niet over in te zitten, doc. Dat is voornamelijk voor uw eigen veiligheid.'

'Kan ik je even onder vier ogen spreken?'

'Tuurlijk, doc.'

Richard trok een deur aan de achterkant van de onderzoekkamer open en Brand liep achter hem aan een klein kantoortje binnen.

'Wat gebeurt hier?' vroeg hij verontwaardigd.

'Hé. Ik zorg alleen maar voor de veiligheid.'

Zeker weten, dacht Richard bij het zien van het plezier op Brands gezicht.

'Dacht u dat we een advertentie in de *Village Voice* zouden zetten om hier vrijwilligers voor te krijgen, doc?'

'Wie is ze?'

'Iemand die niet gemist zou worden op deze planeet als het allemaal fout loopt. Meer hoeft u niet te weten.'

'Daar neem ik geen genoegen mee. Ik weiger proeven te doen tot iemand me vertelt wat hier gebeurt.'

'Dan moet u met Stafford praten. Die komt later.'

'En als ik hier niet meer ben?'

'Dat moet u zelf weten. Maar op dit moment hoeft u ze alleen maar te onderzoeken om te zien of ze geschikt zijn voor onze doeleinden.'

De deur tussen de twee ruimtes stond half open en Richard zag de vrouw met haar twee bewakers. Vergeleken met hen leek ze net een kind, een verschil dat door hun harnas nog eens versterkt werd. Lusteloos liep hij terug, zich ervan bewust dat zijn zoon hier ook was.

Haar lichaam was een mozaïek van marteling. Hij had al zoiets vermoed toen ze binnenkwam. Ze liep stram, met veel te kleine pasjes en bijna op haar tenen om haar hielen te ontzien – het resultaat van een techniek die falanga genoemd werd. In lekentermen: de voetzolen bewerken met een stomp voorwerp. Herhaaldelijk.

'Ik kan haar niet fatsoenlijk onderzoeken als ze zo geboeid is.'

Brand wisselde een blik met zijn twee mannen. 'Ze is te gevaarlijk om losgemaakt te worden.'

Richard moest zijn lachen verbijten. De vrouw was een meter vijfenzestig lang, woog hoogstens vijftig kilo en leek op het punt van instorten te staan.

'Ze ziet er misschien niet gevaarlijk uit, doc, maar één klap tegen uw keel of een vinger op de juiste plaats en u bent er geweest.'

Richard trok de stoel achter het bureau vandaan en zette hem naast de onderzoekbank. 'Laat haar in ieder geval gaan zitten.'

Mareta werd naar de stoel geloodst. De mannen hielpen haar te gaan zitten door haar met hun handen onder haar oksels op te tillen.

Richard knielde voor haar neer, zodat hun ogen op gelijke hoogte waren.

Ze leek hem te bestuderen.

'Dag, ik ben Dr. Hulme, hoe heet jij?' vroeg Richard alsof hij een kind aansprak.

Een van de bewakers grinnikte spottend.

'No habla inglés, doc,' zei Brand.

'Spreekt ze Spaans?'

Opnieuw gegrinnik.

'Nee, we hebben geen bonenvreters ontvoerd,' antwoordde Brand. 'Hoewel ik wou dat ik daaraan gedacht had. Dan had ik een deal met het leger kunnen maken en hadden we ons een hoop reiskosten bespaard.'

'Luister, ik heb een naam nodig voor mijn dossier.'

'We kunnen u een nummer geven als dat helpt. Dat maakt alles veel makkelijker, vooral als het moment aanbreekt dat u haar vol spuit met wat er getest moet worden.'

'Dank je, ik ben op de hoogte van de regels,' antwoordde Richard.

Na de eerste proeven met het middel DH-741 hadden alle werknemers van Meditech die bij dierproeven betrokken waren, een memo gekregen waarin bepaald werd dat proefdieren alleen een nummer mochten krijgen en het absoluut verboden was ze een naam te geven of ze anders dan met hun nummer aan te duiden. Als iemand een dier een naam gaf moest dat onmiddellijk bij Personeelszaken gemeld worden. Als reden werd aangevoerd dat het de kans op het verwisselen van gegevens verkleinde, maar Richard vermoedde dat er andere motieven in het spel waren. Geef iets een naam en je geeft het een identiteit.

Er waren trouwens maar heel weinig wetenschappers die de moeite genomen hadden hun proefdieren namen te geven. Ze lachten om de antropomorfistische neigingen van hun collega's en noemden het kinderachtig een dier menselijke eigenschappen toe te schrijven, hoewel Richard vermoedde dat ze voornamelijk probeerden hun eigen gevoelens te onderdrukken. De dieren leden op zijn minst pijn en vaak stierven ze een ware marteldood.

Richard zag het anders destijds. Als een stuk of twintig primaten door de hel moesten gaan om een behandeling te ontwikkelen die duizenden mensenlevens kon redden, dan rechtvaardigde het doel de middelen. Toen zijn vrouw aan kanker overleed, was die overtuiging alleen maar gegroeid. Maar nu hij in deze kamer stond, besefte hij dat de middelen exponentieel toegenomen waren. En wat hem betrof het doel ook. Als hij weigerde, stelde hij het leven van de belangrijkste persoon ter wereld in de waagschaal: Josh. Als hij meedeed, begaf hij zich op een zedelijk terrein waarvan geen terugkeer mogelijk was.

'Oké, dan zal ik haar subject 0-1 noemen,' zei Richard, zijn hoofd omdraaiend om Brand aan te kijken.

'Heel pakkend,' zei Brand.

Richard wendde zich weer tot Mareta, die haar wangen opblies en hem recht in het gezicht spuugde. Het speeksel trof hem vlak boven zijn linkeroog en droop over zijn wang naar zijn mond.

Proberend haar blik te vermijden veegde hij met de mouw van zijn laboratoriumjas zijn gezicht af. Als hij haar bloed afnam, zou hij het lab vragen het op geelzucht te controleren.

Tijd om aan het werk te gaan.

# 48

Mensen die aan New York dachten, dachten eerst aan de skyline en vervolgens aan de drukte, maar in de juiste straat op het juiste moment kon je helemaal alleen zijn, zonder een levende ziel om je heen. Op zo'n plek stond Carrie nu, tien straten van haar huis. En vanwege de stilte klonken de voetstappen achter haar zo helder als kristal in haar oren. Ze werden sneller. Ze keek over haar schouder, maar zag niemand. Ze voelde de aanwezigheid van de persoon die haar volgde. Een man – vrijwel honderd procent zeker een man.

Ze stak haar hand in haar zak en zocht het spuitbusje met pepperspray – een cadeautje van Lock, compleet met een waslijst van redenen. Een mes kan je afhandig gemaakt worden. Een pistool idem dito. Een *taser*, het nieuwste snufje voor vrouwen van de wereld, was te gevaarlijk. Je kunt de persoon missen en je moet te dichtbij komen. Een aanrandingsalarm? Iemand moest de knoop doorhakken, en dit was New York. Daarom had hij haar de pepperspray gegeven en haar een paar technieken bijgebracht: klap met de elleboog, dubbelhandige afweerbeweging – allemaal met maar één doel: haar genoeg tijd geven om ervandoor te gaan. In zijn ogen bestond het werk van een lijfwacht daar eigenlijk ook grotendeels uit: georganiseerd de nemen benen.

Ze tastte naar het rode knopje op de bus en duwde het naar voren. Zocht naar de trekker vlak eronder. Gebruikte haar wijsvinger om het koude metaal rond te draaien en het mondstuk te vinden. Het laatste wat ze wilde was zichzelf de volle laag geven.

Ze voelde dat de man bijna achter haar was. Aan de voetstappen te horen móést het een man zijn.

Nog drie stappen en ze draaide zich om, in één vloeiende beweging de pepperspray uit haar zak trekkend.

'Ho! Rustig! Het spijt me, Carrie, maar ik wist niet zeker of jij het was en ik wilde niet naar een vreemde schreeuwen en haar de stuipen op het lijf jagen.'

'Ryan, je bent een eersteklas zak.'

'Dat hoor ik vaak.'

'Ik dacht dat je een straatrover was.'

'Als je hoort wat ik wil, zou je dat misschien liever gehad hebben.'

'Hoezo?'

'Ik wil je nog één laatste gunst vragen.'

Haar dag was om zes uur begonnen met een uitstapje naar het fitnesscentrum en een uur afzien op een loopband. Duizenden New Yorkers die in een flatgebouw zonder lift woonden, droomden van verhuizen om niet langer trappen te hoeven lopen, maar zij en de vrouwen van haar leeftijd of jonger om haar heen waren gek genoeg om ervoor te betalen. Mannen konden het zich veroorloven voor de camera af te takelen. Een paar extra kilo's en een gezicht als een bloedhond gaf ze een air van wijsheid. Een vrouw in dezelfde situatie kon het schudden. Dat was de realiteit van haar werk.

Nu was het negen uur 's avonds en stond ze voor een camera buiten het kantoor van Meditech. Drie uur na haar werk – waarvan ze er twee besteed had aan Gail Reindl overtuigen haar het verhaal te laten doen. Door haar oortelefoon hoorde ze de stem van de presentator in de studio: 'En voor een nieuwe dramatische ontwikkeling in de ontvoering van Josh Hulme gaan we naar onze correspondente voor het hoofdkantoor van Meditech voor een exclusief bericht. Carrie, wat voor nieuwe informatie is er aan het licht gekomen?'

Net als een golfspeler had Carrie een vaste gewoonte als ze een directe uitzending deed: diep inademen en drie seconden vasthouden. Ditmaal werden het er vijf.

'Dank je, Mike. Zoals iedereen die dit verhaal gevolgd heeft weet, is er een arrestatie verricht en heeft de FBI de pers medegedeeld dat ze in verband met deze misdaad geen andere verdachten meer zoeken. Maar eerder vandaag sprak ik onofficieel met iemand die nauw bij Meditech betrokken is en die beweerde dat Josh' au pair, een jonge Russische vrouw die kort na de ontvoering dood gevonden werd, ten tijde van de ontvoering een verhouding had met een lid van het beveiligingsteam van het bedrijf.'

De presentator onderbrak haar. 'En waarom is dat zo'n belangrijke ontwikkeling, Carrie?'

'Tja, Bob, je weet ongetwijfeld dat Josh Hulme toen hij voor het laatst gezien werd, samen met zijn au pair voor een flatgebouw in de Upper East Side in een taxi stapte, wat veel mensen het idee gaf dat deze jonge vrouw op de een of andere manier bij de ontvoering betrokken was.'

'En wat zegt de FBI hiervan?'

'Niet erg veel tot nog toe, hoewel deze nieuwe informatie wel onder hun aandacht gebracht is.'

Lock leidde het applaus toen ze klaar was. Angel viel hem bij, goedkeurend blaffend terwijl ze zich tegen Locks been aan drukte.

'Wil je iets gaan eten?' vroeg Carrie.

'Hoe zit het met Paul?'

Ze was even stil en zei toen met een zucht. 'Dat is uit.'

Lock deed zijn best om zijn blijdschap te verbergen. 'Da's onverwacht.'

'Inderdaad.'

'En wie was degene die tot andere gedachten kwam?'

'Maakt dat iets uit?'

Lock aarzelde. 'Aangezien het om de persoon gaat die me vraagt om met haar te gaan eten, misschien wel, ja.'

De cameraman achter hen onderbrak zijn luistervinken om luidruchtig zijn keel te schrapen.

Lock draaide zich om. 'Heb je iets op je lever?'

'Alleen maar dat ze mij, als ik in jouw schoenen stond, geen twee keer zou hoeven vragen.'

Ze brachten Angel naar het appartement en gingen weer naar buiten om naar Carries buurt-Italiaan te gaan. Rood-wit geblokte tafelkleden, amper verlichting – het restaurant was al zo lang hetzelfde dat het intussen voor retro door kon gaan. Ze bestelden allebei pasta en een fles rode wijn.

'Meer kringen in de vijver?' vroeg Carrie over de flakkerende kaars heen die tussen hen in stond. 'Vroeg je me daarom dat item te doen?'

'Nee, meer als verzekering.'

'Tegen?'

'Levensverzekering.'

'Voor wie?'

'Voor mezelf.'

'En hoe werkt dat?'

'Tja, even aangenomen dat het dezelfde lui zijn... Volk dat er geen been in ziet een minderjarige te ontvoeren en iemand op klaarlichte dag in het centrum van de stad dood te schieten, zal er geen twee keer over nadenken om mij uit de weg te ruimen.'

'Maar als je ze beschuldigt...'

'Dan is het niet zo handig als ik een ongeluk krijg. Het maakt me niet veilig, maar het geeft ze verdomd zeker stof tot nadenken.'

'En ik dan?'

'Jou zullen ze niet te na komen.'

'Ik ben blij dat je dat zo zeker weet.'

'Luister, als ze op journalisten joegen, waren jullie allang een bedreigde soort. Bovendien zijn er betere manieren om een verhaal te manipuleren dan de boodschapper doodschieten. Ze rekenen er gewoon op dat dit op den duur vanzelf weggaat.'

'En zal het dat ook?'

'Alles wordt na verloop van tijd vergeten.'

'Waarom blijf je er dan zo achteraangaan?'

Lock glimlachte, pakte de fles en vulde hun glazen.

'Omdat ik nu eenmaal zo'n soort zakkenwasser ben.'

Ze zocht in haar tas en haalde er een dikke bruine envelop uit. 'Dat weet ik. Daarom heb ik alles meegebracht wat ik over Meditech heb kunnen ontdekken. En over de voormalige kolonel Brand.'

Hij pakte de envelop aan. 'Vind je het erg als ik aan tafel lees?'

'Als je dat in dit licht kunt.'

Hij zocht het dossier over Brand op. Twee woorden sprongen er meteen uit.

Abu Ghraib.

'Hij was erbij toen Lindy King en haar vriendje daar de gevangenen kort hielden,' zei Carrie.

'Hoe komt het dan dat niemand ooit van hem gehoord heeft?' vroeg Lock, terwijl hij verder las.

'Toen de foto's van Abu Ghraib aan het licht kwamen, werd Brand eervol ontslag aangeboden en nam hij dat meteen aan. Als hij wist wat daar gebeurde, was hij slim genoeg om zich niet te laten fotograferen.'

'Meditech deed een volledig antecedentenonderzoek voor ze mij aannamen en praatte met een heleboel mensen. Dat moeten ze met Brand ook gedaan hebben.'

'Misschien werd hij daarom wel aangenomen,' zei Carrie.

Later die avond vreeën ze in Carries appartement. Het was anders dan vroeger, langzamer, alsof er een sterkere band tussen hen gegroeid was. Vroeger was het een tijdverdrijf. Nu leek het een voorspel op iets diepers.

Na afloop kroop Carrie tegen hem aan en legde haar hoofd op zijn borst. Ze viel in slaap, nog steeds in Locks armen. Geen twijfels à la *When Harry Met Sally* voor Lock. Het was een goed gevoel. Ze bleven een hele poos zo liggen.

Toen ze wakker werd, was het nog donker en was Lock weg. Angel moest stiekem de slaapkamer binnengekomen zijn, want ze sliep aan haar voeten. Carrie stond op, trok haar peignoir aan en liep naar de huiskamer.

Lock stond voor het raam en trok zijn colbert aan, terwijl hij op de verlaten straat neerkeek. 'Het is nog vroeg, ga terug naar bed.'

Ze rekte zich geeuwend uit. 'Ik sta altijd vroeg op.'

'Niet zo vroeg.'

'Hoezo? Hoe laat is het dan?'

'Vier uur.'

'Waar ga je naartoe?'

'Brooklyn.'

'Om vier uur 's morgens?'

Hij liep naar haar toe en kuste haar zacht op haar lippen. 'Da's de beste tijd om Brooklyn te zien. Als het stikdonker is.'

# 49

De zonsopgang was nog een verre bedreiging toen Lock en Ty, helemaal in het zwart, naar de tweede grensschutting van het Meditech onderzoekscentrum renden.

Lock bevochtigde zijn vinger en raakte de omheining aan om te zien of er stroom op stond.

'Ik wed dat je als kind vorken in stopcontacten stak om te zien wat er gebeurde, niet?' vroeg Ty.

'Een blauwe flits en een klap die je de halve kamer door gooit.'

'En dat je wel uitkijkt om het nog een keer te doen,' zei Ty.

'Nee. Een jaar later deed ik het opnieuw om er zeker van te zijn dat het geen toeval was geweest.'

Lock bleef staan en bekeek de hele binnenplaats van het complex in één oogopslag. Zijn ogen bleven rusten op het blok.

'Oké,' zei Ty, 'we hebben gekeken. En nou als de sodemieter wegwezen.'

'Wat is dat daar?'

'Geen idee, man. Ik ben nooit verder geweest dan hier.'

'Wat denk je?'

Ty bekeek de omheining, zag hetzelfde scheermesdraad, de naar binnen gebogen bovenkant. De bovenkant van een afrastering kon je een heleboel vertellen, met name of hij bedoeld was om mensen buiten of binnen te houden.

'Ziet eruit als een gevangenis,' zei Ty.

'Dus wat doet een schaalmodel van Guantánamo Bay midden in een researchcentrum?'

Ty keek omhoog. 'Hoe moet ik dat weten?'

'Jij kunt teruggaan, dan snuffel ik nog wat rond.'

'Oké, dan zie ik je buiten,' zei Ty aarzelend.

Lock gooide hem zijn autosleutels toe en keek hem na toen hij in het donker verdween. Daarna deed hij zijn zwarte rugzak af, haalde er een draadschaar uit en ging aan het werk op een plaats waar de bewakingscamera de open ruimte achter de afrastering bestreek.

Een kleine twee minuten later was het gaas op twee plaatsen doorgeknipt, ver genoeg van elkaar om een gat te maken waar hij doorheen kon kruipen. Toen hij veilig aan de andere kant was, rolde hij het gaas terug, zodat het in ieder geval van een afstand onbeschadigd leek. Daarna stapte hij de afstand van de dichtstbijzijnde metalen paal naar zijn kant-en-klare nooduitgang af. Toen hij de draadschaar weer in zijn rugzak stopte, voelde hij de loop van een M-16 in zijn rug.

'Lock toch, als je een rondleiding wilde, had je dat alleen maar hoeven vragen.'

# 50

Lock lag plat op zijn buik op de grond, terwijl ze hem fouilleerden en van zijn portefeuille, mobiel en Gerber ontdeden. Zijn 226 lag gelukkig nog in de auto.

Brand scrolde door de namen in Locks mobiel, stopte bij Ty en hield de telefoon voor Locks neus, zodat hij de naam kon zien. 'Hij wacht nog steeds op je, dus je kunt hem beter vertellen dat je alleen teruggaat. Dat je niet gevonden hebt wat je zocht en een poosje de stad uit gaat.'

'En waarom zou ik dat doen?'

'Hij is toch je beste maat? Ik neem aan dat je hem hier niet verder in wilt betrekken dan je al gedaan hebt, of vergis ik me soms?'

Brand drukte op de knop met het groene telefoontje en gaf Lock de mobiel terug. Daarna pakte hij een M-16 van een van de twee mannen die bij hem waren, drukte de kolf tegen zijn schouder en zette de loop tegen Locks voorhoofd.

'Ty? Hé, luister, blijf maar niet... Nee, ik heb een andere uitgang gevonden. Luister, ik heb wat dingen te doen. Over een paar dagen bel ik je wel weer.' Hij luisterde. 'Nee, man, niks aan de hand.'

Hij hing op. Brand griste de telefoon uit zijn hand, zette hem af en stak hem in zijn zak.

'En, wil je die rondleiding nog of niet?'

'Heb ik een keus?'

'Nee. Het is net zoiets als die ouwe Chinese vloek. Wees voorzichtig met wat je wenst, want wie weet krijg je het.'

Intussen waren ze bij wat waarschijnlijk de hoofdingang was van wat Ty een gevangenis genoemd had. Er zat geen knop of slot op de deur. Hij klikte simpelweg open.

'Kosten noch moeite gespaard, hè?' zei hij tegen Brand.

'Niet voor niks ook als je ziet wat hier zit.'

'O, ik ben zo opgewonden als een kind met Kerstmis,' vuurde Lock terug.

Binnen was een gang van bijna twee meter breed en ongeveer tien meter lang die uitkwam op een soortgelijke deur als waardoor ze binnengekomen waren. De muren waren van kaal, witgekalkt beton.

'Is dit waar je de jongen vasthield?' vroeg Lock.

'Gewoon doorlopen.'

Voor de volgende deur bleven ze staan. Brand liep er langs Lock heen naartoe. 'Ik zal je kamer even klaarmaken.'

De deur klikte open en Brand liep verder, Lock en de twee bewakers achterlatend. Aan de andere kant riep Brand een ander koppel bewakers op om naar de deur van een van de cellen te komen, met de instructie hun oproeruitrusting aan te trekken. Vijf minuten gingen voorbij, toen tien. Uiteindelijk hoorde Lock zware voetstappen en het openen van een deur, gevolgd door een korte maar heftige worsteling. Daarna ging de deur voor hem weer open en kwam Brand terug. Hij zette zijn helm af. Er liepen diepe krassen over zijn wang, maar hij glimlachte. 'Wil je kennismaken met je nieuwe kamergenote?'

Lock werd door de deur geloodst. Voor Mareta's cel bleven ze staan. Op de muur naast de deur zat een veeg bloed. Lock telde zes deuren aan beide kanten. Achter alle deuren klonk gebonk en geschreeuw, op een na – de deur waar ze voor stonden.

Brand haalde Locks mobiel weer tevoorschijn en klapte hem open.

'Nog iemand van wie je afscheid wilt nemen?'

Lock bleef zwijgend staan.

Brand scrolde door de nummers. 'Hier. Wat dacht je van Carrie?' Hij zweeg en gaf zichzelf in gespeelde verwarring een klap tegen zijn voorhoofd. 'Hè, wat dom nou. Dat had ik je eerder moeten vertellen. Het heeft geen zin om haar te bellen.' De telefoon voor Locks gezicht houdend verwijderde hij Carries nummer. 'Ongeluk. De chauffeur stopte niet eens. Een of andere klootzak in een Hummer.'

Lock sprong op hem af. Zijn open hand trof Brand tegen de zijkant van zijn kin, zodat zijn hoofd achterover knakte en hij achteruit wankelde. Het geschreeuw uit de andere cellen werd nog luider.

Een gummiknuppel knalde tegen Locks knieholtes, zodat hij op de grond viel. Zwarte vlekken dansten voor zijn ogen toen hij een tweede klap tegen zijn achterhoofd kreeg. Daarna hoorde hij de deur opengaan en werd hij overeind gesleurd en naar binnen gegooid.

Hij viel ongeveer een meter de cel in en hoorde de deur met een klap achter hem dichtvallen. Toen hoorde hij een metalen voorwerp over de vloer glijden. Hij knipperde een paar keer met zijn ogen om zijn hoofd helder te krijgen.

Zijn Gerber lag uitgeklapt op de vloer van de cel. De hand van een vrouw ging ernaartoe en raapte hem op. Hij keek omhoog.

Ze stond boven hem. De vingers van haar rechterhand vormden een strakke vuist om het heft, het omklemmend alsof het een hamer was.

Lock keek in haar ogen en zette zich schrap voor de stoot.

# 51

Carrie sliep uit. Haar ongeplande optreden de vorige avond betekende dat ze pas na de lunch op haar werk hoefde te zijn. Meestal ging ze meteen onder de douche, maar vanmorgen rook ze Locks geur op haar huid, en die wilde ze niet afwassen. In de keuken maakte ze ontbijt voor zichzelf en Angel. Ze hadden hun bord allebei in een mum van tijd leeg.

Ze slenterde de huiskamer in en zette de tv aan. Een paar andere netwerken hadden het Meditechverhaal overgenomen. Ze volgden in haar kielzog, al sinds de aanslag op Gray Stokes. Volgende maand zou een goede tijd zijn om te vragen of ze in de studio kon gaan werken. Naar nieuws speuren was opwindend werk, maar haar soort mensen werd niet voor niets met haaien vergeleken: als je niet voortdurend in beweging bleef, ging je dood.

Haar palmtop op het aanrecht begon te knipperen. Ze pakte hem en scrolde door de e-mails. Er was er een bij van Gail Reindl met de kijkcijfers. Gail wilde haar, zodra ze op kantoor kwam, persoonlijk feliciteren. Die baan als presentatrice kwam dichterbij.

Angel was naar de deur gelopen en blafte. Carrie liep terug naar de slaapkamer, trok een trainingspak aan en bond haar haar in een paardenstaart. Ze pakte Angels riem uit de kast naast de deur en een jack en ging naar beneden. In de hal werden ze allebei begroet door de portier.

Buiten was het nog steeds koud, maar de hemel was helder blauw en de zon scheen. Het weer was een reflectie van Carries stemming. Half wandelend, half joggend liep ze naar het eind van het huizenblok. Angel draafde met haar mee, soms vooruitrennend en aan de riem trekkend in haar verlangen naar het park te gaan.

Carrie gaf een ruk aan de riem toen ze bij de zebra kwamen. 'Hé, rustig aan een beetje.' De hond bleef staan en keek haar aan. Het voetgangerslicht sprong op groen.

'Nu kunnen we oversteken.'

Carrie stapte van het trottoir. Ze zag de Hummer niet eens die door het rode licht reed en recht op haar afraasde – vijfduizend kilo chaos die met zestig kilometer per uur aan kwam stormen en bij elke meter asfalt die onder de wielen door rolde vaart meerderde.

Op het laatste moment keek ze op en sprong samen met de hond terug op het trottoir, terwijl de wielen van het voertuig over een put reden en de velgen langs de betonnen trottoirband schraapten. Een man van over de zestig met een bril met jampotglazen tikte op haar arm. 'Bent u ongedeerd?'

Haar hart bonkte tegen haar ribben. Het was net of haar hele lichaam vibreerde. Hij kwam recht op me af, dacht ze. 'Die verdomde dingen horen niet thuis op de weg!' schreeuwde de oude man de snel kleiner wordende Hummer na, terwijl die door het volgende rode stoplicht reed, afremde en links afsloeg.

## 52

'Man, eigenlijk zouden we hier popcorn bij moeten hebben.'

Brand gedroeg zich als iemand die aan het begin van de vierde periode van de Super Bowl naar zijn werk moet en besluit de hele wedstrijd op te nemen om later te bekijken. Zodra Lock in de cel was, droeg hij de operateur van de videobewaking via zijn radio op de beelden uit Mareta's cel op zijn harde schijf te zetten.

'Alles aangesloten?'

De operateur knikte. 'Klaar voor de start. Die daar,' zei hij, op het middelste scherm van een batterij monitoren wijzend.

Het beeld stond stil: Mareta, de treurende weduwe, die neerkeek op de gewonde soldaat die naar haar toe kroop. 'Man, als dit afgelopen is ga ik alles op YouTube zetten. Kom op, laat zien.'

De operateur drukte op play en Brand boog zich genietend naar voren.

Voordat de celdeur openging, had Lock al een paar conclusies getrokken. Hij zag duidelijk dat Brand zich veel meer verkneukelde dan zijn opsluiting waard was. Iets aan de andere kant van die deur gaf Brand de erectie van zijn leven.

Het ontwerp van het gebouw, zowel binnen als buiten, had Lock meteen duidelijk gemaakt dat het niet alleen bedoeld was om ontsnapping te voorkomen, maar ook om de bewegingen van de inwonenden zo veel mogelijk te belemmeren en te beperken. Dat betekende dat ze als gevaarlijk voor de staf beschouwd werden.

Lock had zich voorbereid op een gevecht. Op leven en dood desnoods – zijn leven of dat van zijn tegenstander. Toen had Brand zijn bom over Carrie laten vallen, duidelijk verwachtend dat Lock daar helemaal van kapot zou zijn. Maar het had het tegenovergestelde effect gehad. Een golf adrenaline kwam in zijn bloedstroom en gaf hem een schok van energie. Hij was allesbehalve op zijn sterkst, maar hij had het gevoel dat zijn woede hem onverzettelijk zou maken.

Toen hij liggend op de vloer van de cel opkeek en een vrouw zag, was zijn besluit snel genomen. Natalya met een kogel door haar hoofd in de East River gesmeten. Carrie het slachtoffer van een betreurenswaardig 'ongeluk'. Twee dode vrouwen was genoeg. Hij wachtte roerloos af.

'Weet je zeker dat dit ding werkt?' vroeg Brand, zijn vlezige hand met een klap naast het toetsenbord op het bureau leggend. Lock en de gevangene hadden zich amper bewogen. Ze verroerden verdomme geen vin en staarden elkaar aan als twee revolverhelden in een Mexican stand-off.

'Ja, meneer,' antwoordde de operateur.

'Spoel door dan. Ik wil actie zien.'

De operateur trok het schuifje vooruit met zijn muis. De vrouw schoot met een schok naar voren. Lock bleef op de grond liggen.

'Oké. Daar.'

Op het scherm had Mareta het mes op de grond gelegd – binnen handbereik als het nodig mocht zijn. Daarna knielde ze naast Lock en hielp hem overeind.

'Wel godverdomme!' explodeerde Brand. Halverwege de eerste speelperiode en een van de verdedigers breekt door en maakt een walsje met de *quarterback* van de tegenpartij.

Mareta had de mannen aan horen komen. Zelfs na al die tijd kon ze de vage angst die bezit van haar nam als de celdeur openging niet onderdrukken. Ze verstijfde, maar ontspande bewust elk lichaamsdeel. Minder kans om een bot te breken als je ontspannen was. Kneuzingen en rijtwonden waren één ding, maar ze had drie maanden met een gebroken scheenbeen en zonder medische verzorging in een Moskouse gevangenis gezeten. Het bot was vanzelf genezen, maar nu liep ze enigszins mank en stond de herinnering aan de intense pijn voor altijd in haar geheugen gegrift.

Ze stormden na elkaar binnen. De grootste sleurde haar van het bed en drukte haar schouders tegen de muur. De tweede man hield met één hand haar polsen vast en zocht met de andere in zijn zak.

Ze hoorde een klik en een van haar handen was los. Ze wachtte tot hij haar andere hand losgemaakt had en krabde hem toen in zijn gezicht. Ze voelde de reepjes huid onder haar nagels. Ze probeerde zijn haar te pakken, maar dat was te kort. Hij slaakte een kreet van pijn en stompte haar vloekend in haar gezicht, zo hard dat ze tegen de grond sloeg. Eén man ging op haar borst zitten en de tweede op haar benen, zodat de pijn door haar linkerbeen vlamde, het been dat ze in Moskou gebroken had. De voetboeien werden eveneens losgemaakt. Ze hoorde ze op het beton vallen. Daarna gingen de mannen weer naar buiten. Ze wierp zich op de deur toen die dichtviel en beukte met haar blote vuisten op het staal. Ze hoorde een andere deur open- en dichtgaan en toen kwamen ze terug. Haar celdeur ging opnieuw open en een man werd haar cel in gesmeten.

Hij was normaal gekleed en zag eruit als een Amerikaan, althans als hoe zij dacht dat een Amerikaan eruitzag als hij niet in uniform was. Zijn haar was korter dan dat van de bewakers en hij had een vers litteken op zijn schedel. Hij keek naar het mes en naar haar, maar deed geen enkele poging om het te pakken, zelfs niet toen ze zich bukte en het zelf opraapte.

Hij keek haar aan. Er lag geen angst in zijn ogen. Ze hield het mes in een hamergreep zoals haar man haar geleerd had. Nog steeds verroerde hij zich niet. Ze bleven elkaar een eeuwigheid aankijken. Ze voelde dat hij wist dat ze het mes had, maar hij keek er niet naar. Niet één keer.

Toen begon hij eindelijk te spreken. 'Ik zal me niet verzetten, dus als je het wilt doen, doe het dan snel.'

Ze keek van de man naar het starre oog van de camera in de hoek, legde het mes weg en stak haar hand uit. Hij pakte hem en ze trok hem overeind.

Brand, in de controlekamer, had intussen zijn buik vol van de love-in. 'Oké, ga live.'

De operateur drukte op een toets. Het scherm werd donker. De operateur drukte opnieuw op de toets.

'Wat is er? Wat is het probleem?' vroeg Brand geagiteerd.

'De camera geeft geen signaal.'

'Probeer het nog een keer dan.'

'Heb ik net gedaan.'

Brand schopte tegen de muur van woede en frustratie. Een half-uur geleden zat er één vrouw in die cel, geboeid aan handen en voeten. Nu bevatte hij haar, Lock en een mes. Wat was er godverdomme fout gegaan?

# 53

Lock gaf Mareta het mes terug – een weloverwogen gebaar van vertrouwen waarvan hij hoopte dat hij er geen spijt van zou krijgen. Als hij hieruit wilde komen, had hij haar hulp nodig. Een alarm dat de afgelopen vijf minuten op de achtergrond geloeid had, viel stil. Lock liep door de cel en bekeek hem van alle kanten. Mareta sloeg hem gade.

'De deur is de enige manier om eruit te komen,' zei ze.

'Spreek je Engels? Sorry, stomme vraag.'

'Ze weten niet dat ik ze versta,' zei ze, naar de gesloopte camera kijkend die op het bed lag.

'Wie ben je? Waarom ben je hier?'

'Ik ben Mareta Yuzik.'

Die naam was bijna voldoende om beide vragen te beantwoorden. Lock zou haar niet herkend hebben, want heel weinig mensen hadden ooit haar gezicht gezien – en de meesten van hen waren dood. Maar de naam was hem maar al te bekend. Bij het horen ervan trok er zelfs een koude rilling over zijn rug, helemaal van zijn achterste tot zijn nek.

Mareta was de beruchtste zwarte weduwe van Tsjetsjenië – vrouwen wier echtgenoot door de Russen gedood was en die ingezet werden als zelfmoordterroristen in de bloedige guerrillaoorlog die de Tsjetsjenen voor hun onafhankelijkheid voerden. Mareta's man was een beruchte Tsjetsjeense krijgsheer geweest, maar dat maakte haar niet uitzonderlijk. Wat haar onderscheidde, was dat ze het martelaarschap afgewezen had om het bevel over het groepje strijders van haar overleden echtgenoot over te nemen. Mareta's bende had de laatste paar jaar een spoor van moorddadige vernietiging door het land getrokken. Een van de dieptepunten was het uitroeien van een aantal prominente figuren in Moskou tijdens een voorstelling in het Bolshoi-theater. Mareta toonde haar bloedstollende begrip voor hoe theatraal een terrorist in de moderne wereld moest zijn om aandacht te trekken door aan het begin van haar optreden de prima ballerina persoonlijk op het podium te onthoofden. Uiteraard had de nouveau riche van Rusland lijfwachten bij zich en in het navolgende vuurgevecht wisten de diverse persoonsbeveiligingsteams meer van elkaars cliënten in het kruisvuur te doden dan de Tsjetsjenen. Het slotstuk was een enorme explosie. Mareta en haar makkers waren onder dekking van de rook ontsnapt, wat tot geruchten leidde dat het hele voorval door het Kremlin georkestreerd was, omdat een van hun grootste politieke rivalen tijdens deze euveldaad het leven gelaten had. De apparatsjiks beschouwden het als een gelukkig toeval.

Mareta's vervolgoptreden leverde niet minder krantenkoppen in de hele wereld op. Haar strijders overvielen een kleuterschool net over de Tsjetsjeense grens, gijzelden vierentwintig kleuters, slachtten ze in koelen bloede af en maakten opnamen voor het nageslacht. Opnieuw verdween Mareta in de nacht voordat het gebouw bestormd en het merendeel van haar strijders door Russische speciale eenheden gedood werd.

Deze tweede ontsnapping had haar in de Russische media de bijnaam het Spook opgeleverd. Sinds die tijd was ze vele malen gesignaleerd, onder andere in Noord-Irak, Pakistan en in Helmand in Afghanistan. Maar dat ze hier was, sloeg alles.

Lock besloot Mareta's voorbeeld te volgen en zich van de domme te houden. 'Weet je waarom je hier bent?'

'Om te sterven,' zei ze nuchter.

'Komen de andere mensen die ze hierheen gebracht hebben ook uit jouw land?'

'Sommigen. Anderen komen uit andere landen.' Ze pulkte met de punt van de Gerber aan een nijnagel. 'Maar laat mij jou hetzelfde vragen. Waarom ben jij hier?'

'Da's een lang verhaal.'

Mareta keek de cel rond. 'Ik denk dat we een hoop tijd zullen hebben.'

Lock vertrouwde zijn nieuwe celgenote ongeveer evenveel als Brand, dus hij gaf haar een aangepaste versie van de gebeurtenis-

sen en stelde zich voor als een onderzoeksjournalist die de activiteiten van een farmaceutisch bedrijf onderzocht.
'Jullie hebben toch ook onderzoeksjournalisten, niet?'
'Onderzoeksjournalisten?' Ze liet het woord door haar mond rollen alsof het 't meest komische was dat ze ooit gehoord had. 'Ja, die hebben wij ook. De regering vermoordt ze.'
Duidelijk een het-glas-is-half-leeg-type.
'Dus toen ik hier een kijkje kwam nemen,' ging Lock verder, 'vonden ze me en sloegen me in elkaar. Waarschijnlijk hebben ze me in deze cel gegooid in de hoop dat jij hun werk af zou maken.'
Mareta luisterde kalm. Ze liep naar de deur en terug, zwaaiend met het mes. 'Waarom denk je dat ik hier ben?'
'Wat een farmaceutisch bedrijf met je zou willen doen, bedoel je?'
'Ja.'
'Volgens mij ben je een proefkonijn.'
'Proefkonijn?'
'Ja. Ze willen je gebruiken om te zien of iets wat ze ontwikkeld hebben veilig is om door mensen gebruikt te worden.'
'Wat dan?'
'Dat weet ik niet.'
In werkelijkheid had hij wel een idee. Mareta's aanwezigheid hier moest op het hoogste niveau goedgekeurd zijn. Misschien een privé-overeenkomst tussen regeringen. Misschien was Meditech iets aan het ontwikkelen waarvan de Russen dachten dat het haar tong los zou maken. Zowel de CIA als de KGB had tijdens de Koude Oorlog op zogenaamde 'waarheidsserums' gejaagd, alles van natriumpentathol tot meer orthodoxe middelen als whisky of een compromitterende foto. In een wereld waarin correcte informatie duizenden levens kon redden zou iets wat honderd procent betrouwbaar was meer waard zijn dan zijn gewicht in goud.
'Voor welke krant werk je?' vroeg Mareta.
'Ik ben freelance,' zei Locke. Dat was maar een halve leugen, maar Mareta's gezicht maakte duidelijk dat ze hem niet geloofde. Hij zelf trouwens ook niet. Maar, dacht hij, slecht zijn in dommetje spelen was waarschijnlijk niet het ergste wat je kon overkomen.

Mareta hield op met ijsberen, kwam op hem af en hield de punt van het mes ongeveer dertig centimeter van zijn rechteroog – ver genoeg van hem vandaan om niet het gevaar te lopen dat hij het haar af zou pakken. 'En ik zeg dat ik je niet geloof.'

Lock deed zijn best om niet met zijn ogen te knipperen. Hij wist dat tegenwerpingen maken hem nog verdachter zou maken. 'Daar kan ik weinig aan doen dan.'

Het mes bleef waar het was. 'Ze hebben dit al een keer geprobeerd. In Moskou. Ze zetten me in een cel met een andere vrouw. Ik zorgde ervoor dat ze nooit kinderen zou krijgen. Zonder mes.'

'Was je gevangengenomen?'

'Twee keer. Twee keer ontsnapt.'

Lock keek van Mareta naar het mes en terug.

'Waarom heb je me dan nog niet afgemaakt als je denkt dat ik een spion ben?'

'Informatie uit iemand loskrijgen werkt beide kanten uit. Ik heb in de loop der jaren meer over de lui geleerd die me gevangenhielden dan zij over mij.'

'Je meent het, godverdomme.'

'Gebruik dat soort woorden alsjeblieft niet.'

Lock nam goede nota. Houdt van: openbare onthoofdingen. Houdt niet van: scheldwoorden.

'Misschien zal ik ervoor zorgen dat jij geen kinderen maakt.'

Ze liet het mes langzaam naar zijn kruis zakken.

213

# 54

Lock zat op de vloer met zijn rug tegen de muur. Het enige wat ontbrak om de Steve McQueen-look compleet te maken was een honkbal.

'En, hoe zullen we de kinderen noemen?'

Mareta zat op het bed en richtte het mes weer op zijn gezicht. 'Je kletst te veel.'

'Ik probeer alleen maar de tijd te doden.'

'Je kunt beter iets bedenken om hieruit te komen.'

'Ik dacht dat jij dat al gedaan had.'

Ze keek hem recht in zijn ogen. 'En waarom zou je dat denken?'

Barst. Lock had sinds zijn binnenkomst niets gezegd wat er ook maar in de verste verte op wees dat hij haar reputatie kende, maar dit kwam gevaarlijk dicht in de buurt. 'Je zei toch dat je twee keer gevangengenomen en ontsnapt bent,' zei hij snel.

Ze keek hem snerend aan, gooide haar benen over de rand van het bed en zette de punt van het mes zacht tegen zijn arm, als een huisvrouw die controleert of de kip gaar is. 'Jij bent geen journalist,' zei ze.

'Waarom denk je dat?'

'Omdat ik er een hoop ontmoet heb.'

Lock dacht aan een ander verhaal waarin Mareta naar verluidde een hoofdrol gespeeld had. Moskou had zes pro-Kremlin-verslaggevers naar Tsjetsjenië gestuurd om de mensen te laten zien hoe goed het ging met de oorlog. Een week later werd het eerste hoofd in een grote bruine doos in hun kantoor in Moskou bezorgd. Een dag later, een tweede hoofd. Binnen een week waren alle hoofden terug. Toen kwamen de handen. Daar waren twee weken mee gemoeid. Alles bij elkaar duurde het drie maanden – een eindeloze reeks gruwzame onderdelen. Alleen de harten kwamen nooit terug. Waarschijnlijk omdat ze die in Tsjetsjenië verloren hadden.

'De meeste journalisten zijn dik,' ging Mareta verder, 'zitten op hun achterste terwijl ze hun neus in de regeringstrog steken.'

'Hier niet, dame,' zei Lock. 'Wij hebben persvrijheid.'

'In Rusland ook. Ze mogen zeggen of schrijven wat ze willen, maar op de een of andere manier schrijven ze toch altijd precies wat de mensen die ze betalen willen horen. Vreselijk toevallig.' Ze bleef hem aankijken. 'Dus wie ben je?'

Het zag er niet naar uit dat ze snel uitgevraagd zou zijn.

'Dat zei ik toch al.'

'Dat loog je toch al, bedoel je.'

'Luister, als we hier heelhuids uit willen komen, zullen we elkaar moeten vertrouwen.'

'Voor vertrouwen is eerlijkheid vereist.'

Daar moest Lock haar gelijk in geven. Hij besloot met de hoofdregel voor gevangenen – bedenk een verhaal en hou eraan vast – te breken. Dit was geen normale situatie. Om te beginnen zou Brand geen moment aarzelen om hem te verraden, vooral niet als hij dacht dat dit Lock het leven zou kosten.

Hij bestudeerde Mareta. In een gevecht zou ze kansloos zijn, ondanks haar reputatie. Maar zij had het mes. Mannen die naar het Ultieme Vechtkampioenschap keken konden zoveel over 'messengevechten' praten als ze wilden, maar in werkelijkheid bestond zoiets niet. Het enige wat bestond was gestoken worden en in rap tempo doodbloeden.

'Oké, je hebt gelijk,' zei hij.

Ze luisterde kalm toen hij haar vertelde dat hij voor Meditech werkte en haar uitlegde hoe het kwam dat hij in het researchcentrum gevangengenomen was. Haar gezicht verried absoluut niets en ze zei geen woord, behalve om om nadere uitleg te vragen als ze een woord of uitdrukking niet kende. Maar één ding ontlokte haar een reactie – toen Lock haar vertelde over de activisten voor dierenrechten en de zaak waarvoor ze vochten. Dat vond ze een absurd idee. Lock kon haar scepticisme begrijpen. Voor iemand die zoveel mensen afgeslacht had of daar getuige van was geweest, moest het een buitengewoon vreemd concept zijn. Hij overwoog de woorden van Gandhi die Janice vanaf haar ziekenhuisbed op hem afgevuurd had te herhalen, maar besloot ervan af te zien.

Toen hij uitgesproken was, wachtte hij op commentaar van Mareta. Stilte vulde de ruimte tussen hen in. Normaal gesproken zou hij zich daarbij neergelegd hebben, maar in deze situatie wilde hij een verstandhouding scheppen, en de beste manier die hij kende om dat te doen was verhalen vertellen.

'Goed, en jij? Waarom ben jij hier?'

'Je weet al wie ik ben,' antwoordde Mareta.

'Dat klopt.'

'Maar je lijkt niet bang te zijn.'

'Moet dat dan?'

'Iedereen is bang voor spoken.'

Daar dacht Lock over na. 'Misschien ben ik anders.'

Mareta bestudeerde de wanden van de cel, even bedachtzaam als hij. 'Dat is waar,' antwoordde ze. 'Je leeft nog steeds, en als je in leven wilt blijven, kun je beter na gaan denken over een manier om hier weg te komen.'

# 55

Lock hoorde als eerste de deur aan het eind van de gang opengaan en gebaarde Mareta op te staan. Ze drukten zich aan weerszijden van de celdeur tegen de wand toen twee paar voeten dichterbij kwamen, vergezeld door het ratelen van een metalen rolwagentje. Ze hoorden nog meer gerammel van metaal, gevolgd door een man die iets schreeuwde in een taal die Lock niet verstond.

'Wat zegt hij?'

'Hij vraagt wie hier nog meer is.'

Mareta drukte haar gezicht tegen de celdeur en schreeuwde iets terug. Lock hoorde haar naam. In haar taal klonk hij gutturaler en vol dreiging.

'Leuke reünie hebben jullie daar,' merkte Lock op.

Mareta schreeuwde opnieuw iets, misschien in het Tsjetsjeens. Hij verstond het niet, maar hoorde de man aan de andere kant lachen.

'Wat zei je zojuist?'

'Dat we ons zullen wassen met het bloed van onze bewakers.'

'Geen wonder dat ze hier zo weinig Tsjetsjeense conferenciers hebben. Waarom probeer je hem niet te vragen met hoeveel mensen jullie zijn?'

Ze schreeuwde iets anders en de man brulde een antwoord.

'Tien. Misschien meer.'

'En wat gebeurt er nu?'

Mareta drukte haar gezicht tegen de klep onder in de deur. Lock pakte haar schouder en trok haar terug. Ze keek hem woedend aan.

'Als je niet uitkijkt, doen ze dat ding misschien open en geven je een flinke dosis pepperspray,' zei hij waarschuwend.

Opnieuw geschreeuw over en weer.

'Het is voedertijd,' zei Mareta.

En inderdaad, even later ging de klep open en werd er een dienblad naar binnen geschoven – van metaal, zodat het moeilijk te breken was om er een wapen van te maken. Lock vermoedde dat het eten in de verzonken bakjes in het blad het gebruikelijke gevangenisvoer was. Twee sneden brood. Sinaasappelsap. Een soort stoofvlees met rijst. Een stukje goedkope keukenchocolade en een banaan. Niet slecht. Beter dan het eten in de toeristenklasse bij de meeste vliegtuigmaatschappijen waarmee hij gevlogen had.

Hij pakte een snee brood en reikte Mareta de andere aan.

Ze duwde hem met opgetrokken neus weg. 'Jij eet eerst.'

Hij had het gevoel dat dit niet ingegeven werd door gastvrijheid. 'Heb je geen honger?'

'Ik weet niet wat erin zit.'

'Dus als het rattenvergif is, heb je liever dat ik dat als eerste ontdek?'

'Precies,' zei ze.

Lock legde het brood weer op het dienblad.

'Jij denkt niet aan dat soort dingen,' zei Mareta laatdunkend.

Ze had gelijk. Lock had geen moment aan die mogelijkheid gedacht.

Ze pakte het brood weer van het blad, brak er een stuk af en gaf het aan Lock. 'Ze hebben me hier niet naartoe gebracht om me te vergiftigen, maar misschien zit er iets in om ons te laten slapen.'

'Waarom wil je dan nog steeds dat ik het proef?'

'Dat zie je vanzelf.'

Lock pakte het brood en propte het in zijn mond. Terwijl hij er voorzichtig op kauwde, werd het zoet in zijn mond. Hij slikte. Nam een klein slokje sinaasappelsap om het weg te spoelen. Dat smaakte raar. Hij goot de rest van het sap in een bakje van het dienblad. Op de bodem lag een korrelig residu. Hij roerde erin met een vinger.

'Ze hadden op zijn minst Rohypnol kunnen gebruiken. Dat lost in ieder geval op.'

Hij ging op de grond zitten en leunde met zijn hoofd tegen het koude beton.

'Maar wat doet een leuke meid als jij eigenlijk hier?' vroeg hij, hoofdzakelijk om weer een gesprek op gang te brengen en de frustratie die hij in zijn botten voelde kruipen te verdrijven.

'Dat interesseert je niet.'

'Daar vergis je je in. Ik bedoel, ik neem aan dat je niet geboren bent als een klerewijf dat het acceptabel vindt om burgers op zo'n brute manier af te slachten.'

'Wil je weten waarom ik Anya Versokovich haar hoofd afhakte?'

Lock haalde zijn schouders op.

'Omdat... ze er was.'

Lock was moe, waarschijnlijk meer vanwege de hectische week die hij achter de rug had en de nawerking van de diverse adrenalineroezen dan van iets in dat kleine slokje sap wat door zijn aderen koerste. 'Is dat alles? Is dat je voornaamste reden om de prima ballerina van het Bolshoi-ballet te onthoofden?'

'Het is dezelfde reden als ik van de Russen kreeg.'

'Waarvoor?'

'Voor wat ze met mij deden. Wil je het horen?'

Lock legde zijn hoofd weer tegen de wand van de cel en deed zijn ogen dicht. 'Ja.'

'Heb je van mijn overleden man gehoord?'

'Ik ken zijn reputatie.'

'Ik deed net mijn twee kinderen in bad toen ze kwamen. Mijn zoontje was vier. Mijn dochtertje drie. Toen de Russen mijn man niet konden vinden, liet de commandant twee soldaten bij ons achter. Hij wilde niet dat iemand later zou kunnen zeggen dat hij erbij was geweest.'

Met een grimmige voorspelbaarheid ging Mareta verder. Lock hield zijn ogen dicht. Hij wist niet zeker of hij naar haar wilde kijken terwijl ze haar verhaal afmaakte.

'Terwijl een van de soldaten me verkrachtte, zette de tweede mijn kinderen een mes op de keel en dwong ze toe te kijken. Toen de eerste man klaar was, begon de tweede. Daarna bonden ze mijn handen op mijn rug en lieten me toekijken terwijl ze mijn kinderen verdronken. Eerst mijn zoontje, daarna zijn zusje. Later namen ze me mee naar beneden, naar de commandant. Mijn man had Russen gedood, maar wat had ik gedaan? Dus ik vroeg hem: "Waarom heb je dit gedaan?" En hij zei: "Omdat je er was." '

Lock deed zijn ogen open. Mareta's gezicht stond strak. Uitdrukkingsloos. Alleen haar ogen verrieden emotie. Zijn stem brak bijna toen hij vroeg: 'Wat gebeurde er daarna?'

'Ze vertrokken, maar ik ging achter ze aan.'

'Heb je ze vermoord?'

'Tot de laatste man.'

'Maar waar houdt het op, Mareta?'

'Het houdt niet op.'

'Je weet dat er dit keer geen ontsnapping mogelijk is.'

'Die is er altijd,' zei ze, voor zich uit starend.

'Altijd?'

'De dood is ook een ontsnapping.'

'Dat is waar, maar wat ik niet begrijp is waarom jij altijd de enige was die weg wist te komen?'

'Dat is simpel. Hoe harder iemand kijkt, hoe minder hij ziet.'

Meer raadsels. 'En wat betekent dat?'

'Als zij hoog zoeken, blijf ik laag. Zoeken ze laag, dan blijf ik hoog.'

'Kun je proberen dat in begrijpelijke taal te zeggen?'

Hetzelfde amper waarneembare glimlachje. 'Je komt er vanzelf achter.'

# 56

'Waarom gooien we niet gewoon een handgranaat naar binnen, blazen ze op en laten God de stukken bij elkaar zoeken?' vroeg Brand.

Stafford draaide zich met een ruk naar hem toe. 'Omdat twaalf het klinische minimum is voor Fase Een.'

'Dan zoeken we een nieuwe,' zei Brand.

'En waar stel je voor dat te doen, kolonel? Craigslist?'

Stafford wees naar het donkere scherm. 'Breng me erheen. Ik zal met ze praten.'

Brand snoof. 'Zij spreekt geen Engels en je kunt er vergif op innemen dat Lock niet zo stom is om die cel uit te komen als wij buiten staan. En we hebben ook geen tijd om ze uit te hongeren.'

'Dan vinden we wel een andere manier.'

Brand haalde zijn schouders op terwijl Stafford de controlekamer uit beende.

'Ik ben benieuwd.'

'Breng je wapen mee,' riep Stafford, die voor hen uit liep, over zijn schouder.

'Geen vuurwapens toegestaan in het blok,' bracht Brand hem in herinnering, terwijl hij zijn Glock pakte en achter hem de gang in liep.

'Maak maar een uitzondering.'

'Ik vind dit echt geen goed idee.'

'Zij hebben een mes. Dat zei je zelf.'

'En als ze een vuurwapen te pakken krijgen?'

'Dat zal niet gebeuren.'

Enkele minuten later stonden ze voor de deur van Mareta's cel. Brand stelde zich aan één kant van de deur op, Stafford aan de andere.

'Geef me je wapen,' zei Stafford.

Brand trok de Glock uit de holster, trok aan de schuif om een kogel voor de loop te brengen en stak hem Stafford toe, met de kolf vooruit.

'Je bent toch niet van plan om naar binnen te gaan, wel?'

'Ik niet,' zei Stafford, de Glock op het hoofd beveiliging richtend. 'Jij.'

Brand antwoordde onverstoorbaar: 'Daar heb je het lef niet voor.'

'Ik had het lef om Stokes dood te schieten,' zei Stafford.

'Dat was anders. Alles was geregeld. Je hoefde alleen maar de trekker over te halen.'

Het kussentje van Staffords wijsvinger bolde op toen hij de druk op de trekker verhoogde. 'Ik zie het verschil niet.'

Brand staakte zijn verzet en stak zijn handen omhoog. 'Oké. Oké.'

'Je moet het zo zien,' zei Stafford. 'Je zegt altijd dat Lock een blaaskaak is en jij het betere werk. Dit is je kans om dat te bewijzen.'

# 57

'Is er iets?'

Carrie had Gail Reindl de lift niet eens binnen zien komen.

'Nee hoor. Waarom?'

'Je handen beven.'

Carrie forceerde een glimlach. 'Cafeïneoverdosis.'

Gail bestudeerde Carries gezicht. 'Weet je zeker dat dat alles is?'

'Een of andere klootzak in een Hummer reed door rood toen ik de straat overstak. Ik werd bijna geschept. Ik ben nogal geschrokken, maar dat is zo over.'

Gail trok een gezicht dat zei: Wat doe je eraan, deze stad is geschift. De deuren gingen open en tot Carries grote opluchting stapte Gail uit. Wat kon ze anders zeggen? Dat het net zo'n Hummer was als die de vrouw van Gray Stokes doodgereden had, behalve dat deze zwart was in plaats van rood? Dat ze niet geloofde dat het een ongeluk was? Dat iemand geprobeerd had haar te vermoorden? Dat het feit dat je paranoïde bent nog niet betekent dat ze het niet op je gemunt hebben? Sinds de verschijning van Movie Network op het internet, compleet met een totaal geschifte presentator, kon een nieuwslezer het bij het geringste teken van geestelijke labiliteit meteen schudden. En Carrie had het nog niet eens zo ver gebracht. Nee, als ze al met iemand ging praten, was het Lock.

Bij de drinkfontein bleef ze staan. Een van de producers vulde zijn koffiemok.

'Je hebt bezoek,' zei hij, met een knikje naar Carries bureau.

Het eerste wat Carrie zag was de rolstoel. Daarna zag ze Janice Stokes. Voor ze er iets aan kon doen flitste een gedachte door haar hoofd. Ze ziet eruit als de dood.

Carrie ging zitten en draaide haar stoel naar Janice.

'Ze hebben mijn broer gearresteerd.'

'Op beschuldiging waarvan?'

'Medeplichtigheid aan het ontvoeren van een minderjarige. Lock had ons beloofd dat hij ons hierbuiten zou houden als we hem hielpen. Don overleeft de gevangenis niet.'

'Heeft hij het gedaan?'

'Nee. En ik moet hem de gevangenis uit krijgen voor hem iets overkomt.'

'Kunt u dan niet beter met een advocaat praten?'

'Dat heb ik al gedaan.'

'En wat was het antwoord?'

'Dat ik moet wachten tot de zaak voorkomt.'

'Uw broer kan vragen om in beschermende hechtenis genomen te worden.'

'Dan lijkt hij nog veel schuldiger.'

'Het spijt me. Ik wil niet onvriendelijk zijn, maar wat denkt u dat ik kan doen?'

'Om te beginnen dacht ik dat u zou weten waar Lock is. Ik heb geprobeerd hem te bellen, maar zijn telefoon staat uit. En zijn vriend Ty krijg ik ook niet te pakken.'

Carrie geloofde haar meteen. Ze had Lock onmiddellijk na het incident met de Hummer gebeld en een boodschap achtergelaten. 'Het is niet ongewoon dat Lock van de radar verdwijnt. Geloof me, ik heb daar ervaring mee.'

Janice zweeg, alsof ze tot een besluit kwam. Toen ging haar hand naar de zijkant van haar rolstoel en haalde ze een bruine envelop tevoorschijn. 'Een paar vrienden hebben me geholpen de spullen van mijn ouders op orde te brengen. Het duurde tot gisteren voor ik me ertoe kon brengen.' Ze gaf de envelop aan Carrie. 'Ryan vroeg me of mijn vader iets had om druk op Meditech uit te oefenen. Je weet wel, om ze op te laten houden met dierproeven.'

Carrie stak haar hand in de envelop en trok er één vel papier uit. Boven aan de pagina stond een weblink gedrukt: www.uploader.tv/Meditech.

# 58

Het dienblad lag leeg bij de deur met Mareta ernaast, opgerold als een foetus, met haar knieën tegen haar borst en haar ogen dicht. Haar rechterhand lag onder haar lichaam om het mes erin te verbergen. Lock lag naast haar, eveneens schijnbaar bewusteloos. Hij had zijn benen zo neergelegd dat een ervan bijna de deur raakte, zodat hij, zelfs als hij indommelde, meteen zou weten dat er iemand binnenkwam. Het was al een uur doodstil. Toen hoorden ze voetstappen in de gang. Eén langzaam lopende persoon, uitsluitend verraden door de akoestiek, die ontworpen leek te zijn om het geringste geluid te versterken. De voetstappen hielden op. Een straaltje speeksel liep uit Locks mondhoek op de grond. De deur sloeg tegen Locks been. Hij bewoog zich even, maar hield zijn ogen dicht.

'Oké,' hoorde hij Brand fluisteren.

Twee paar andere laarzen renden door de gang. Lock deed zijn ogen een stukje open. Met zijn linkeroog zag hij Brands schoen toen deze over hem heen wilde stappen. Lock greep zijn enkel. Brand zwaaide met zijn armen om zijn evenwicht te bewaren, maar ging toch tegen de grond. Hij viel boven op Lock. Zijn knie knalde tegen Locks linkeroog.

Het mes daalde in een boog omlaag, verdween in Brands helm en sneed in zijn oor. Met een schreeuw van pijn rukte hij aan de helm. Zijn oorlelletje flapte heen en weer als een vis op het droge.

Brands hand schoot naar voren. Lock probeerde zijn pols te pakken, maar was niet snel genoeg. Brands elleboog ging naar achteren en trof Mareta zo hard in haar gezicht dat ze op het bed viel. Door het verschuiven van Brands gewicht slaagde Lock erin onder de zwaardere man uit te kruipen.

De andere twee bewakers waren bijna bij de deur. Nog een seconde en ze zouden binnen zijn, waarna het een loterij zou zijn wie er doodging en wie niet. Want dat er doden zouden vallen was zeker.

Lock duwde Brand opzij en wierp zich op de deur. Mareta vloog op Brand af en begroef het mes in zijn buikpantser. Toen Mareta het terugtrok, kreeg ze opnieuw een elleboog in haar gezicht. Een voortand vloog uit haar mond en viel op de grond. Brands pantser hield alles tegen. Op zijn hoofd droeg hij een met Kevlar versterkte helm. Aan het vest zaten nek- en keelbeschermers en de gewapende mouwen gingen naadloos over in beschermende handschoenen. De bescherming onder de gordel was even compleet. Helemaal tot aan zijn voeten.

Brand haalde opnieuw uit. Ze dook onder zijn arm door naar zijn voeten. Zijn knie raakte de zijkant van haar gezicht en brak haar jukbeen. Ze stak het mes zo hard als ze kon in de tong van zijn rechterschoen, dwars door het zachte leer in zijn voet. Nu was het Brands beurt om te krijsen.

Het lawaai uit de andere cellen bereikte zijn kritieke massa. De kreten, aanmoedigingen en loftuitingen aan Allah – nam Lock aan – vormden een bizarre achtergrondruis.

Mareta kroop achter Brand, terwijl ze het heft van het mes in zijn voet stevig vasthield. Daarna liet ze het los, stond op en nam zijn keel in een wurggreep, zo dicht tegen hem aan dat zijn ellebogen niets konden uitrichten.

Brand wapperde met zijn armen, terwijl Lock zich inspande om zich boven het lawaai uit verstaanbaar te maken. Ze probeerden de deur open te duwen en zijn kracht nam snel af. 'Als je binnenkomt, is hij er geweest!' schreeuwde hij.

Het duwen hield op.

Lock keek naar Brand. Mareta stond achter hem met haar rechterarm om zijn nek en haar linkerhand aan de kin van zijn helm. Lock wist dat ze klaarstond om zodra de deur openging zijn hoofd om te draaien en zijn bovenste halswervel te breken.

'Blijf waar je bent!' schreeuwde Brand met verstikte stem. 'Zeg dat ze zich terugtrekken.'

'Je hebt gehoord wat hij zei. Terugtrekken.'

Lock bleef bij de deur. 'Als ik iemand in de gang zie, is hij er geweest.' Hij telde tot tien, trok de deur open en keek snel de gang in. Leeg. Niemand te zien tussen de cel en de veiligheidsdeur aan het eind, die dicht was.

Hij liep terug naar Brand en ontdeed hem van zijn knuppel, radio, taser en de pepperspray, die hij geen van alle had kunnen gebruiken. Het probleem met vrijwel alle niet-dodelijke wapens was dat ze in een enge ruimte waardeloos waren. Geen plek om met een knuppel te zwaaien, pepperspray was niet selectief. Alleen de taser was een optie, maar die kon makkelijk afgenomen worden. Lock zocht naar de ruimte tussen Brands vest en buikbeschermer en drukte de taser tegen zijn rug. Mareta liet hem los en Lock drukte op de knop.

Brand schokte krampachtig. 'Shit. Waar was dat voor?'

'Mijn eigen persoonlijke voldoening, klootzak.'

Lock trok de oortelefoon en microfoon uit Brands radio. 'Oké, wat is je reservekanaal?'

'Drie,' gromde Brand.

Lock wist dat er altijd een alternatieve frequentie was om de communicatie gaande te houden als er iets met de oorspronkelijke gebeurde. Dat werd van tevoren afgesproken. Meestal namen ze met vooraf vastgestelde intervallen, bijvoorbeeld twee of drie, af en doorgaans waren de patronen makkelijk te breken, aangezien zelfs de domste bewaker ze moest kunnen onthouden.

'Ik hoop voor jou dat ik iets hoor, anders trek ik je dat pantser uit en laat Mareta op je los met die Gerber,' zei Lock, band drie opzoekend.

Maar inderdaad, iedereen leek tegelijk aan het woord te zijn. Mensen praatten door elkaar heen, soms overstemd door luid gekraak. Lock draaide het volume lager.

'Je hoeft niet te denken dat je hieruit komt, Lock.'

Lock gaf hem opnieuw een stroomstoot met de taser. Brand schreeuwde het uit.

'Als ik je mening wil horen, vraag ik er wel om,' zei Lock.

'Kun je op zijn minst dat verrekte mes uit mijn voet halen?' hijgde Brand.

'Geen enkel probleem.'

Lock knielde en trok het mes uit Brands voet. Het liet los met een zuigend geluid en een stroom bloed. Hij veegde het lemmet schoon en hield het mes in zijn hand. Lock werd al een poosje geplaagd door een paar vragen. Niet over Josh – daar had hij grotendeels zelf het antwoord op gevonden – maar over de aanwezigheid van Mareta en haar collega's.

'Wat doet zij hier?' vroeg Lock aan Brand, een rukje met zijn hoofd gevend.

'Proefkonijn. Ze moeten het op mensen uitproberen en zij kwam het dichtst in de buurt.'

Brands poging tot humor kwam hem op een nieuwe stroomstoot te staan.

'Leeft ze daarom nog?'

'Mag je wel zeggen, ja.'

'En je ontvoerde Hulmes zoon om hem te laten denken dat het de beweging voor dierenrechten was en hem weer aan boord te krijgen.'

'Niet mijn idee.'

'En Stokes?'

'Die kreeg lucht van de mensenproeven. Een brave Hendrik in het bedrijf moet het verraden hebben. Hij gebruikte het om het bedrijf op de knieën te krijgen, maar je weet hoeveel het bedrijf van losse eindjes houdt.'

'Weet Hulme hier iets van?' vroeg Lock.

'Dat betwijfel ik. Hij leek behoorlijk geschokt toen hij ontdekte wie er in de plaats van de apen gekomen was.' Brand keek naar Mareta, die haar hoofd achterover en haar neus dicht hield om het bloeden te stelpen.

'En waarom een Tsjetsjeense?'

'Geen idee. Waarschijnlijk gevangen in het Midden-Oosten. Ik dacht dat we hoofdzakelijk tulbanden of het overschot van Guantánamo Bay zouden krijgen, maar die houden de Jorissen Goedbloed te goed in de gaten.'

'Oké, Brand. Hoe komen we hier uit?'

'Ik zei toch al, Lock, geen schijn van kans. Dit complex wordt beter bewaakt dan de paus. Als je onze jongens voorbijkomt, krijg je met het leger te doen.'

'We hebben jou.'

'Gefeliciteerd. Ik ben net zo misbaar als jij. Zodra ze ons zien verlichten ze je als een kerstboom.'

'Dan kun je dat pantser beter uittrekken.'

Mareta en Lock keken toe terwijl Brand het afdeed. Lock vond zichzelf weinig galant toen hij Brands beschermende kleding aantrok alvorens het pantser om te doen, voorlopig zonder helm. Maar hij praatte het voor zichzelf goed met de gedachte dat Mareta van hun drieën het veiligst was. Daar stond haar status als proefkonijn borg voor. De radio was stil gevallen. Lock draaide het volume omhoog en wachtte. Juist toen hij zich begon af te vragen of ze opnieuw van frequentie gewisseld hadden, hoorde hij gekraak, gevolgd door Staffords stem. 'Lock? Ben je daar?'

Lock bracht de walkie-talkie naar zijn lippen. 'Jazeker.'

'Leeft Brand nog?'

'Iedereen leeft nog. Voorlopig.'

'Over vijf minuten komt het leger.'

'Het leger?'

'Inderdaad.'

'Hou ze hierbuiten, Stafford. Als iemand in het leger erachter komt wat jij uitgehaald hebt, smijten ze je boven Teheran uit een helikopter met een gesigneerde foto van Dick Cheney aan je onderbroek.'

'Vijf minuten, Lock. Als het nodig is, maak ik iedereen in die cel af.'

'Lulkoek. Je hebt die vrouw nodig om het juiste aantal te hebben.'

Stafford antwoordde niet, wat boekdelen sprak.

Lock wendde zich tot Mareta. 'Jij bent de ontsnappingsspecialist. Wat doen we nu?'

'Dit,' zei Mareta, terwijl ze met een snelle beweging Brands keel doorsneed.

# 59

Stafford stond aan het eind van de gang. Brands Glock was warm in zijn hand. De derde deur in de gang, Locks celdeur, ging open en een min of meer rond voorwerp rolde de gang in. Het duurde even voordat het tot hem doordrong wat het was. De ogen waren geblinddoekt. De schedel kaal geschoren. Een kartelige wond op het achterhoofd. Die geschifte trut had Lock afgeslacht en zijn hoofd als een bowlingbal de gang in gerold.

Staffords maag keerde zich om en een maaltijd van tweehonderd dollar spetterde over een paar peperdure *split-toe* Harris-golfschoenen.

Een man wiens gezicht onzichtbaar was achter zijn oproervizier kwam uit de cel, Mareta met een mes in haar rug voortdrijvend. Haar gezicht was deerlijk gehavend en haar haar nat van het bloed.

'As-je-me-nou,' zei Stafford, de twee bewakers die bij hem stonden beduidend dat ze de deur moesten openen. 'Het is hem gelukt.'

De man gaf Mareta opnieuw een duw. Ze struikelde door de open deur en tegen de twee bewakers aan, die haastig probeerden haar vast te grijpen. Op hetzelfde moment reikte de man naar Staffords pistool en nam het uit zijn hand. Stafford was zo onder de indruk dat hij niet eens probeerde hem tegen te houden.

'Je hebt het hem gelapt, Brand. Je hebt het hem gelapt!'

De man richtte het wapen op zijn hoofd.

'Luister,' zei Stafford, struikelend over zijn woorden. 'Je hoeft niet kwaad te zijn. Ik wist dat het je zou lukken. Lock heeft nooit tegen je op gekund.'

Het vizier ging omhoog.

'O nee?' zei Lock, Stafford beetgrijpend en de loop van de Glock tegen zijn slaap zettend.

Een van de bewakers schreeuwde toen Mareta hem beetgreep

en aan zijn keelbeschermer rukte. Hij hief zijn hand om haar weg te duwen en ze zette haar tanden erin. Terwijl zijn pistool op de grond kletterde, kroop Mareta's andere hand, met het mes, naar zijn gezicht, zocht een gaatje in zijn pantser en stak het mes recht in zijn halsslagader. Bloed pompte uit de wond en liep langs de muur, terwijl zijn partner haar weg probeerde te trekken.

Lock duwde Stafford van zich af, mikte zo goed en zo kwaad als het kon langs de korrel en schoot een kogel in Mareta's been. Ze liet de man los en greep naar de wond.

De ongedeerde bewaker trok haar op de grond, rukte het mes uit haar hand en zette zijn knie in haar rug.

Een seconde te laat zag Lock dat Stafford zich bukte en het wapen van de stervende bewaker opraapte. Zich bliksemsnel omdraaiend nam hij Stafford onder schot, maar intussen had de bewaker die boven op Mareta knielde zijn pistool recht op Locks onbeschermde gezicht gericht.

Hij voelde het rode puntje van een laserstraal van zijn mond naar zijn neus kruipen en precies tussen zijn ogen tot stilstand komen. Langzaam nam hij zijn vinger van de trekker en legde de Glock voorzichtig op de grond.

# 60

Lock lag vastgebonden op een brancard in de ziekenboeg. Aan de andere kant van het vertrek bevond Mareta zich in een soortgelijke situatie. Haar been zat onder het bloed. Richard Hulme, opgetrommeld om als surrogaat E H B O-arts op te treden, boog zich over haar heen.

'Hoe is dit gebeurd?' vroeg hij Stafford, die door het vertrek ijsbeerde.

'Vraag de Lone Ranger daar maar,' zei Stafford met een gebaar naar Lock.

Lock liet zijn kin op zijn borst rusten. Hij had alleen maar wonden en kneuzingen van het pak slaag dat hij gekregen had toen hij de Glock op de grond legde. Alle bewakers waren lid van Brands team en uitten hun verdriet door Lock de hele weg naar de ziekenboeg te schoppen en te slaan. Maar terwijl Lock zijn afstraffing onderging, viel het hem op dat ze Mareta met geen vinger aanraakten. Mareta was een vrouw en ze was gewond, maar hij dacht niet dat ze zich daardoor zouden laten weerhouden. Ze hadden haar nodig. En nu hoopte hij dat ze hem ook precies genoeg nodig hadden om hem nog een poosje in leven te laten.

'Tja, het valt in ieder geval mee in de zin dat ik niet geloof dat het nodig zal zijn om te amputeren,' zei Richard. 'Maar ze moet zo snel mogelijk naar een echte trauma-afdeling.'

'Dat zit er niet in,' zei Stafford. 'Je zult haar hier op moeten kalefateren. We kunnen alles laten komen wat je nodig hebt.'

'Het is twintig jaar geleden dat ik zoiets gedaan heb.'

'Goeie gelegenheid om je vaardigheden bij te spijkeren dan.'

'Pap!'

Josh stond in de deuropening, geflankeerd door twee bewakers. 'Sorry,' zei een van hen, terwijl de tweede Josh weer mee probeerde te tronen. 'Ze zeiden dat Dr. Hulme hier was.'

Josh rukte zich los en rende naar zijn vader. 'Wat mankeren deze mensen?' vroeg hij, met grote ogen over zijn vaders schouders naar Lock en Mareta kijkend.

'Ze hebben een ongeluk gehad. Maar maak je niet ongerust, pappie gaat ze beter maken. Maar nu kun je beter teruggaan naar je kamer.' Een van de bewakers liep naar hen toe om Josh mee te nemen. 'Kom op, jongen.'

'Nee, laat hem blijven,' kwam Stafford tussenbeide.

Lock zag Josh van de een naar de ander kijken, niet wetend wie hij moest gehoorzamen. Het was de eerste keer dat hij het jongetje in levenden lijve zag. De woede bij het idee dat Stafford hem al die tijd als een pion gebruikt had, werkte als een opiaat op zijn pijn. De klootzak. Hij had hem dood moeten schieten toen hij de kans had, dan was hij van hem af geweest.

Stafford draaide zich weer naar Mareta en trok een gezicht bij het zien van haar beenwond. 'Kan ze nog steeds voor de proef gebruikt worden?' vroeg hij Richard.

'Ben je helemaal gek? Natuurlijk niet.'

'Kun je niet een beetje met de resultaten sjoemelen?'

'Wacht even. Eerst wil je dat ik ervoor teken en nu wil je dat ik ze zelf bedenk?'

'Je hebt gelijk. Maar intussen komen we er dan wel één tekort, dus we zullen iemand anders voor haar moeten vinden.'

Lock zag Stafford naar Josh kijken.

'Ik vraag me af of het klinisch nut heeft om te zien hoe goed het vaccin bij een andere leeftijdsgroep werkt,' vroeg Stafford zich hardop af.

Richard ging tussen Stafford en zijn zoon in staan. 'Val dood, Stafford.'

Lock tilde moeizaam zijn hoofd op. 'Gebruik mij maar.'

# 61

Carrie vergrootte het scherm van de Real Player op haar computer. Op een hokje met de datum en tijd in de linkerbenedenhoek na was het scherm donker. Als de datum en tijd klopten, was de opname een maand voor de aanslag op Gray Stokes voor het kantoor van Meditech om tien voor twaalf 's nachts gemaakt. Witte tekst rolde over het scherm. Iemand had er de tijd voor genomen om dit te maken. Carrie pakte een blocnote uit een la en schreef op wat er stond.

1E FASE TEST DH-741
MEDITECH DIERPROEVENLABORATORIUM
REACTIE DIERPROEFSUBJECT
POSTVACCINATIE FILOVIRUS

Na de tekst verschenen er plotseling videobeelden – beverig, heimelijk uit de hand opgenomen. Grijs metaal vulde het scherm. Toen trok de camera zich langzaam terug en bleek het grijs de tralie van een kooi te zijn. Een tweede tralie kwam in beeld en toen zag Carrie een bruin resusaapje naar buiten staren. Zijn klauwtjes omklemden de tralies en zijn bekje stond verder open dan ze voor mogelijk hield. Het krijste. Bloedrode tranen sijpelden uit zijn ogen. Het schudde aan de tralies van zijn kooi.

De camera streek langs de volgende kooi, waar de buurman van het aapje met zijn kop tegen de tralies beukte en tegelijkertijd naar zijn ogen klauwde. Van alle kanten kwam gekrijs. In de kooi daarnaast lag een resusaapje te kronkelen. Het kromde zijn rug en viel weer terug. Zijn bijna menselijke gezichtje was vertrokken van pijn. Toen kromde het zijn rug opnieuw, viel terug en bleef roerloos liggen.

De persoon die de opnamen maakte liep alle kooien af – het ene dode of stervende dier na het andere.

Een zware deur viel dicht en iemand kwam binnen.
'Dr. Hulme?'
Het scherm werd donker.

# 62

Weer terug in de cel probeerde Lock te slapen, maar voet- en handboeien, overal pijn en een fikse dosis spijt maakten dat onmogelijk.
Hij had in een opwelling besloten Mareta in haar been te schieten
omdat hij vond dat ze beter niet op nietsvermoedende Amerikaanse burgers losgelaten kon worden maar hij het niet over zijn hart
kon verkrijgen een vrouw dood te schieten. Op deze manier bleven ze allebei in leven en kreeg hij meer tijd – alleen, waarvoor? Het
was zijn beste, zo niet enige kans geweest om te ontsnappen en hij
had er een gigantische puinhoop van gemaakt. Het aapje was misschien dood, maar de orgeldraaier was nog springlevend. Bovendien vermoedde hij dat Mareta niet echt in haar sas zou zijn.

Onverwacht ging de celdeur open en kwamen twee bewakers in
oproeruitrusting binnen.

'Rustig maar. Ik geef me over,' zei Lock, zich op zijn zij draaiend. 'En als je niet uitkijkt geef ik over ook.'

Ze sleurden hem overeind en sleepten hem uit zijn cel. Hij wachtte op een nieuwe ronde slagen en trappen, maar die bleven uit. Het
hek aan het eind van de gang schoof open en ze loodsten hem erdoorheen en het gebouw uit. Het waterige winterzonnetje deed
pijn aan zijn ogen toen ze hem over het open terrein naar de ziekenboeg leidden. Daar waren nog meer hekken en controleposten.

Ten slotte kwamen ze in een kamer die Lock zich herinnerde gezien te hebben toen hij samen met Mareta naar de ziekenboeg gebracht werd. Er stonden geen brancards, alleen maar een onder-
zoektafel, een bureau en een stoel. Richard Hulme zat achter het
bureau.

De bewakers tilden Lock op de tafel en bleven staan.

'Er zal me heus niets gebeuren,' zei Richard.

De bewakers verroerden geen vin. 'Sorry, Dr. Hulme, we hebben
onze orders.'

Lock vroeg zich af hoeveel de bewakers wisten van de gebeurtenissen voorafgaande aan zijn opduiken in Mareta's cel. Brand zou het verhaal over de ontvoering van Josh en Locks rol in de pogingen hem op te sporen ongetwijfeld alleen maar aan zijn intiemste vertrouwelingen verteld hebben.

'Hij is aan handen en voeten geboeid,' riposteerde Richard.

'Zoals we al zeiden, wij zijn hier om uw veiligheid te garanderen,' antwoordde de tweede bewaker.

'Dat stel ik op prijs. En als jullie het leuk vinden om toe te kijken terwijl ik een volwassen man volledig medisch onderzoek, waaronder de prostaat, dan is dat jullie zaak.'

'Prostaat?' vroeg de eerste bewaker.

'Hij gaat zijn vinger in mijn reet steken,' droeg Lock zijn steentje bij.

De twee bewakers keken elkaar aan.

'Hij is geboeid,' zei de tweede bewaker, die er niet naar uitzag getuige te willen zijn van wat hij meende dat er ging gebeuren. 'Oké, we zullen naar buiten gaan, maar laat de deur open. Als hij dichtgaat, trappen we hem in.'

Toen ze alleen waren begon Richard met een visueel onderzoek. 'Ze hebben je flink te pakken genomen.'

'Ik heb erger meegemaakt,' loog Lock.

Richard boog zich over hem heen om zijn oren te onderzoeken op bloedingen. 'Denk je dat er een camera op ons gericht staat?' fluisterde hij. Daarna richtte hij zich weer op. 'Heb je pijn?'

'Reken maar,' zei Lock. 'Maar als we rustig aan doen, valt het wel mee.'

Richard begreep de wenk en liet zijn stem dalen terwijl hij zijn onderzoek voortzette. 'Luister, weet je hoe die test in zijn werk gaat?'

Lock schokschouderde. 'Maakt dat iets uit?'

'In jouw geval wel. Ik zal je een placebo geven, maar ik wil dat je meteen na het inspuiten een vreselijke reactie krijgt.' Iets harder zei hij: 'Kun je armen omhoog steken alsjeblieft?'

'En de rest? Ga je die ook testen?' vroeg Lock, terwijl Richard een stethoscoop op zijn rug zette.

'Ik hoop jou als eerste te doen.'

'Het is te riskant. Vooral nu ze Josh hier hebben.'

'Ze kunnen mij niet de schuld geven als het vaccin niet werkt.'

'Denk je dat het niet zal werken?'

'Nee, ik denk van wel, maar ik ga geen God spelen met deze mensen, ongeacht wie ze zijn.'

'Ik weet niet of u veel keus zult hebben, Dr. Hulme.'

# 63

Josh lag op het bed en las een stripboek, een voor jongens van zijn leeftijd. Niet zoals dat afschuwelijke album. Hij had al ontdekt dat hij die foto's uit zijn hoofd kon zetten als hij maar naar genoeg andere dingen keek. Maar de lucht van de plek waar ze hem vastgehouden hadden scheen hij niet kwijt te kunnen raken. Die hing overal.

Hij keek op toen zijn vader binnenkwam. 'Wat mankeerde die dame?'

'Ze heeft zich bezeerd bij een ongeluk.'

'Het leek eerder dat ze in haar been geschoten is.'

'Dat is ook zo. Maar zoals ik al zei, het was een ongeluk. Daarom mag je nooit een vuurwapen oprapen als je er toevallig ergens een ziet liggen.'

'Had ze slechte dingen gedaan?'

'Ja, maar dat was niet de reden waarom ze in haar been geschoten werd.'

'Was Natalya slecht?'

'Nee, niet echt.'

'Een klein beetje?' Josh keek op naar zijn vader en zag hoe moe hij was.

'Ze vertrouwde de verkeerde persoon, dat is alles.'

★

Mareta sliep toen Richard haar kwam onderzoeken. Haar ademhaling was traag maar regelmatig. Hij pakte haar hand, die aan het bed geboeid was. Haar vingers omklemden de zijne toen ze wakker werd. Haar hand was warm en zacht.

'Hoe voelt u zich?'

Haar pupillen werden groter en kleiner, terwijl haar ogen zich

door een gordijn van morfine scherp probeerden te stellen. 'Yani?'
Was Yani haar man? Haar zoon?
'Nee, ik ben Dr. Hulme. Ik kom kijken hoe u het maakt.'
'Mijn been, hebt u het gered?'
'Ja, maar u moet nodig naar een echt ziekenhuis.'
'Weet u wat ik met die man gedaan heb?'
Richard had uit flarden van de gesprekken van de bewakers op-
gemaakt hoe Brand aan zijn eind was gekomen. Het verhaal werd
bij elke herhaling gruwelijker. 'Het is niet aan mij om u te beoorde-
len,' zei hij.
'Ik moest het doen,' fluisterde ze. 'Hij ging me doodmaken. Ik
had geen keus.'
Hij bestudeerde haar gezicht, de olijfbruine huid, de kalme bruine ogen, de hoge jukbeenderen. 'Hebt u pijn? Kan ik iets voor u halen?'
'Water misschien.'
Richard liep naar de wastafel aan de andere kant van het vertrek
en vulde een glas aan de kraan. Hij hielp haar overeind te gaan zitten en hield het glas aan haar lippen. Ze nam een paar kleine slok-
jes en liet zich weer in de kussens zakken.
'Dank u.'
Daarna probeerde ze zijn hand te pakken. Haar handboeien ra-
telden tegen het metalen bed. Haar vingertoppen maakten een cirkel in zijn handpalm.
'Help me. Als ik hier blijf, ga ik dood.'

# 64

Aan handen en voeten geboeid werd Lock door een luchtsluis het testvertrek binnengereden. Om de twee meter hingen rode luchtleidingen aan het plafond. De twee bewakers in bio-overall die hem binnengereden hadden, controleerden nog één keer zijn boeien. Lock tilde zijn hoofd op en zag hen door de luchtsluis naar buiten gaan. Een andere man in een bio-overall liep juist naar binnen. Hij droeg een ademhalingsapparaat op zijn rug. Richard Hulme zag eruit als 's werelds meest onwaarschijnlijke astronaut. Lock zag zijn handen beven toen hij zijn benodigdheden op uitstalde. Watjes, gesteriliseerde injectiespuiten. Hij liep naar iets wat op een bierkoeler leek en aangesloten was op een wandcontactdoos.

Richard trok hem open, haalde er een van twaalf aluminium flesjes uit en deed hem weer dicht. Lock wist dat de entstof op een constante temperatuur bewaard moest worden. Dat had Richard hem verteld. Een dun rood temperatuurstripje werd blauw zodra de temperatuur drie graden te hoog werd. Op dit flesje zaten er twee. Het tweede was door Richard aangebracht om aan te geven dat het een zoutoplossing bevatte.

Richard rolde Locks mouw op. Lock had in zijn leven genoeg executies meegemaakt om te weten dat de persoon die ging sterven zelden hysterisch werd, hetzij omdat ze hun verstand al verloren hadden, hetzij omdat ze van tevoren een kalmerend middel toegediend hadden gekregen.

Lock had een hekel aan naalden. Altijd gehad. Daarom wendde hij zijn gezicht af toen Richard met een steriel watje de huid boven een ader in zijn arm schoonmaakte – gezien de omstandigheden een bijna komische voorzorg. Lock betwijfelde of het, als hij doodging, aan de hygiëne te wijten zou zijn.

Eén wand was helemaal van glas. Hij zag Stafford naar hem kijken. Toen de naald in het flesje gestoken werd, maakte Lock een obsceen gebaar. Dat zou Stafford verwachten. En als Stafford naar hem keek, zou hij minder op Richard letten.

Het leek te werken. Aangezien Lock vastgebonden was en twee tot de tanden gewapende mannen bij zich had, kon Stafford het zich veroorloven glimlachend met vier vingers te zwaaien bij wijze van afscheid.

Richard had de spuit gevuld. Hij tikte erop om de luchtbelletjes te verdrijven. Toen hij de naald tegen Locks huid drukte, kwam Stafford naar voren en drukte op een knop op het console voor zich. Hij boog zich voorover en sprak in een microfoon. Zijn stem kwam uit een luidspreker aan de muur van het testvertrek. 'Verandering van plan.'

'Maar...' begon Richard te protesteren.

De luchtsluis ging sissend open en de twee bewakers rolden een andere brancard naar binnen. De man die erop lag was van onbestemde leeftijd, met een verweerd gezicht dat vrijwel geheel bedekt was door een ruige baard. Hij mompelde tegen zichzelf. De bewakers rolden de brancard naast die van Lock en vertrokken. Richard haalde geërgerd zijn schouders op en pakte een nieuwe naald.

Stafford sprak opnieuw door de intercom. 'Kun je niet beter de spuit gebruiken die al gevuld is, Dr. Hulme?'

Richard pakte de spuit die voor Lock bedoeld was geweest en drukte de naald in de arm van de man. De man sloot zijn ogen met een serene blik die een junkie waardig zou zijn geweest. Misschien droomde hij van al die maagden, dacht Lock.

Richard drukte de spuit leeg, trok de naald uit de arm van de man en veegde de wond af met een watje.

De ogen van de man gingen open. Een vage blik van teleurstelling kwam op zijn gezicht.

'Nu Lock,' beval Stafford.

Richard trok de koeler opnieuw open, haalde een nieuwe spuit uit de verpakking en vulde hem met levende entstof.

Een dun laagje zweet vormde zich in Locks handpalmen. Zijn mond was droog en smaakte naar koper.

Staffords gezicht aan de andere kant van het glas bleef neutraal. 'Denk je eens in, Lock. Je schrijft geschiedenis.'

Lock maakte hetzelfde obscene gebaar. Volstrekt gemeend ditmaal.

Toen alle voorbereidingen getroffen waren, keek Lock stoïcijns naar het plafond. Staffords zelfvoldane gezicht was wel het laatste wat hij van deze wereld wilde zien.

Hij voelde de prik van de naald amper tegen de onafgebroken achtergrond van pijn. Een warm gevoel verspreidde zich door zijn onderarm. Te laat om iets anders te doen dan gewoon af te wachten. Hij overwoog zich aan het oorspronkelijke plan te houden en net te doen alsof hij een toeval kreeg, maar daar zou Stafford toch niet in trappen, zelfs als de rest het wel geloofde. Bovendien sloeg hij zichzelf niet erg hoog aan als acteur. Toen hij weer keek, veegde Richard het prikwondje af met een watje, waarop een roze wolkje van bloed verscheen. Richard hield het met een paar pleisters op zijn plaats.

'Hoe voel je je?' vroeg Richard.

'Even beroerd als ervoor.'

'Oké, deelnemer nummer drie,' zei Stafford met alle opgewektheid van een spelleider op de tv.

'Wat gebeurt er hierna?' vroeg Lock aan Richard.

'We wachten vierentwintig uur en dan word je blootgesteld aan het levende virus.'

'En dan?'

'Dan kijken we of het vaccin werkt,' zei Richard.

'En zo niet?'

Richard wendde zijn blik af. 'Dan ga je dood.'

# 65

Het duurde ruim een uur om de serie proefkonijnen te verwerken. Om tijd te sparen werden ze met twee tegelijk binnengebracht, de meesten gewillig, sommigen minder. In één geval veel minder: subject nummer elf sloeg een bewaker bewusteloos met een keiharde kopstoot, de enige manier van vechten die iemand met geboeide handen en voeten ter beschikking staat. Richard moest de man een spuit in zijn been geven. Geen van de proefpersonen toonde enige reactie op het vaccin. Toen alles achter de rug was, voegde Richard zich bij Stafford in de observatieruimte.

'Goed werk.'

'Dit had een hoofdzuster kunnen doen,' zei Richard, terwijl hij zijn bio-overall uittrok.

'Inderdaad, maar het is belangrijk dat je je een onderdeel van het team voelt,' zei Stafford.

Hier had Richard nog niet aan gedacht. Door hem het nederige werk van het inspuiten van de proefpersonen te laten doen hadden ze hem medeplichtig gemaakt. Hij had hun mensenrechten evenveel geschonden als zij. Hij zou zich op dwang kunnen beroepen, maar wat had Meditech gedaan behalve Josh van de lui van de dierenrechten 'redden' en hem in veiligheid brengen? Alles wat hij nu nog zei zou op misleiding lijken. Stafford had zijn kaarten foutloos uitgespeeld.

'Kijk niet zo sip, Richard,' ging Stafford verder. 'Denk eens aan de levens die gered kunnen worden als dit werkt.'

'En aan het geld dat jij zult verdienen.'

'Dat wíj zullen verdienen. Dit is een gezamenlijke inspanning, wat de reden is waarom we allemaal aandelenopties hebben.'

'Ben ik klaar hier?' vroeg Richard.

'Voorlopig wel.'

Richard liep zonder escorte naar Josh' slaapkamer. Er hing een voelbare sfeer van opluchting in het complex. De collectieve spanning die zich in de aanloop naar de test opgehoopt had, leek verdwenen. Zelfs de bewakers, die sinds het incident met Brand superwaakzaam, om niet te zeggen schietgraag waren geweest, leken het iets minder nauw te nemen. Een van hen slaagde er zelfs in een groet te mompelen toen Richard voorbijliep. Misschien zou alles toch goed aflopen, hield hij zichzelf voor. Als het vaccin werkte, zou Stafford tevreden zijn en kon hij vertrekken. En vergeten dat dit ooit gebeurd was. Zich aan die gedachte vastklampend maakte hij de deur van zijn kamer open.

Josh lag helemaal weggedoken onder de donsdeken. Richard ging op de rand van het bed zitten om het hoofd van zijn zoontje te strelen. Maar zijn vingers vonden alleen maar het kussen. In paniek trok hij het van het bed, in één beweging het donsbed op de grond gooiend.

Het bed was leeg.

# 66

Het licht van een lampje boven Mareta's bed viel op haar gezicht. De rest van de kamer was vrijwel donker. Haar bewaker was verdwenen. Aan zijn adem en de bleekheid van zijn huid te oordelen was hij waarschijnlijk naar buiten gegaan om een sigaret te roken. Maar ze was niet alleen. Josh zat op een stoel naast haar bed.

'Wat is er met uw been gebeurd?' vroeg hij. 'Ik bedoel, écht?'

'Iemand heeft er een kogel in geschoten.'

Josh vertrok geen spier. 'Dat dacht ik al. Waarom?'

'Om zichzelf te redden.' Een korte stilte. 'En misschien mij ook.'

Josh' voorhoofd fronste zich toen hij vergeefs probeerde de logica daarvan in te zien. 'Verveelt u zich niet als u hier de hele tijd moet liggen?'

'Heel erg,' zei Mareta.

'Ik ook.'

Mareta draaide haar hoofd om, keek hem aan en zei glimlachend: 'Misschien kunnen we een spelletje doen.'

Richard rende het blok uit, vergezeld door een bewaker die zich in moest spannen om hem bij te houden.

'U hoeft zich niet ongerust te maken, dr. Hulme, we vinden hem heus wel. Hij is waarschijnlijk alleen maar een stukje gaan lopen.'

Richard zag Stafford in zijn auto stappen en rende naar hem toe. De bewaker ging tussen hen in staan.

'Wat heb je met hem gedaan?' vroeg Richard fel.

'Waar heb je het verdomme over?'

'Josh is verdwenen.'

'Dit is een moeilijk spelletje,' zei Josh, de dingen die hij moest doen op de vingers van één hand aftellend.

'Ik dacht dat je goed was in spelletjes.'
'Ben ik ook.'
'Oké, laat maar eens zien dan.'
Josh stak zijn kin naar voren. 'Oké, dan zal ik het laten zien.'
'Ik tel tot tweehonderd,' zei Mareta. Ze deed haar ogen dicht.
'Duizend.'
'Oké, duizend dan. Een. Twee. Drie…'
Josh draaide zich om en rende de kamer uit.

Na Richard verzekerd te hebben dat hij hem zou helpen Josh te zoeken stapte Stafford in zijn auto en belde zijn vader. 'Alles loopt op rolletjes,' zei hij.
'Is fase één compleet?'
'Het vaccin heeft tot nog toe geen nadelige uitwerkingen gehad.'
'In de dieren destijds ook niet,' zei Nicholas Van Straten koeltjes.
'Maar er is aan gesleuteld sinds die tijd.'
'Hoe is het met Brand?'
'Hoezo?'
'Dacht je dat ik daar niks van zou horen, Stafford?'
'We hadden een veiligheidsprobleem. Dat is nu opgelost.'
'Zorg dan dat het zo blijft. Ik heb wereld van ellende van de media gekregen over die opnamen.'
'Welke opnamen?'

Josh had eerder zulke schatgraafspelletjes gespeeld, maar nog nooit een waarbij hij niet gezien mocht worden. Dat maakte het moeilijk, vooral omdat er zoveel mensen rondliepen. Gelukkig hoefde hij maar één ding te vinden, hoewel hij er geen idee van had hoe hij eraan moest komen. Hij kon alleen maar zijn best doen. Hij dook in een nis in de gang toen er een bewaker voorbijkwam. Die had ze, aan zijn riem. Maar daar had hij niets aan. Hij moest iemand vinden die ze niet aan zijn riem had hangen. Hij wist waar de bewakers sliepen als ze geen dienst hadden. Dat had Missy hem laten zien op zijn eerste dag hier. Misschien kon hij daar zijn geluk beproeven.

De bewaker drukte zijn sigaret uit toen de man in de witte laboratoriumjas op hem afrende. Een van de wetenschappers. Geen kleine jongen ook, als hij zich goed herinnerde.

'Ik wou net weer naar binnen gaan, meneer.'

'Waar naar binnen? Waar hoor je te zijn dan?'

'Ziekenafdeling.'

Richard pakte zijn mouw. 'Laat zien.'

Josh gaf Mareta de sleutels. 'Hoe ver had je geteld?'

'Negenhonderd negenennegentig,' zei Mareta, haar hand met de sleutels in de vouwen van het laken verbergend.

'Wauw, dan was ik net op tijd.'

'Je hebt het uitstekend gedaan.'

De deur vloog open en Richard stormde binnen, vergezeld door twee bewakers. Hij trok Josh in zijn armen en drukte het hoofd van zijn zoontje tegen zijn schouder.

'Heeft hij niks?' vroeg een van de bewakers.

'Waarom zou hij?' vroeg Mareta.

'We deden alleen maar een spelletje. Mocht dat niet?' Josh' stem was schril van ongerustheid.

'Zorg dat je dit nooit meer doet, hoor je wel?' gaf Richard hem een uitbrander.

'Wat dacht je dat ik zou doen?' vroeg Mareta, die het kleine setje sleutels van de boeien in haar hand had.

Ze liet een uur voorbijgaan voor ze de bewaker riep.

'Kan ik wat water krijgen?' vroeg ze met schorre stem.

'Tuurlijk.'

Hij bracht haar een glas. Ze probeerde rechtop te gaan zitten. Toen hij een arm achter haar rug stak om haar te helpen, schoot haar vrije hand omhoog en stak ze met alle kracht twee vingers in zijn ogen. Met haar andere hand pakte ze het haar in zijn nek en trok zijn gezicht zo dicht naar zich toe dat ze de tabaksrook op zijn kraag kon ruiken. Daarna beet ze zo hard als ze kon in zijn neus en trok er met haar voortanden de vlezige punt en een stuk kraakbeen af.

Hij zwaaide machteloos met zijn armen, te dichtbij om iets te kunnen doen. Met rustige, weloverwogen gebaren frommelde Mareta een hoek van het met bloed bevlekte laken op en propte het in zijn mond om zijn kreten te dempen.

# 67

Lock schrok wakker, verbaasd door twee dingen – dat hij nog leefde en dat zijn celdeur wijd openstond. Hij krabbelde overeind en strompelde de gang in. Leeg. Geen bewaker in zicht. Hij bleef even staan en probeerde zich te oriënteren. Hij had in weken niet zo goed geslapen, al was het ook maar een paar uur. Hij had nog steeds die koperachtige smaak in zijn mond, maar verder voelde hij zich, afgezien van de gebruikelijke pijn, prima.

Hij hoorde een klik, en de celdeur naast de zijne ging open. Net als de buitendeuren moesten ze van op afstand bedienbaar zijn. Een man kwam naar buiten, de man die de voor Lock bedoelde placebo gekregen had. Hij knipperde met zijn ogen en gaf Lock een klopje op de schouder alsof hij zich er op die manier van wilde verzekeren dat dit geen droom was.

Opnieuw een klik en een andere celdeur ging open. Daarna weer een, en weer een. Binnen twee minuten stonden alle proefpersonen buiten hun cel. Iedereen zag er goed uit. Ze verzamelden zich in kleine groepjes en voerden dringend fluisterend overleg. Een van hen kwam agressief op Lock af. Placeboman ging tussen hen in staan en praatte met hem, waarop de man terugging.

Het hek aan het eind van de gang zwaaide open. Ze liepen er behoedzaam naartoe. Een van de mannen maakte een opmerking die een lachsalvo tot gevolg had. Placeboman bracht zijn geboeide handen naar zijn gezicht en beduidde hen stil te zijn. Lock volgde hen naar het open hek. Zodra hij erdoorheen was, viel het weer dicht, de achterste mannen opschrikkend door de klap. Aan het eind van de gang klikte een deur open. Ze liepen erdoorheen en stonden in het donker.

Alle twaalf mannen waren geboeid en vormden een bizar schouwspel toen ze door het maanlicht schuifelden – kettinggangers op oefening. Placeboman leek zich op te werpen als een soort leider. Hij siste hen toe zich te verspreiden en stuurde hen terug naar de schaduwen.

Lock zocht een goed moment uit om te maken dat hij wegkwam. Hij had ongeveer evenveel idee van wat er gebeurde als zij – nul komma nul – maar hij wist dat op open terrein blijven met zoveel vuurwapens in de buurt zowat het slechtste was wat je kon doen.

Placeboman wuifde twee mannen vooruit als verkenners. Ze slopen naar de hoek van het gebouw, waar ze met een ruk bleven staan. Lock hoorde de bewaker aankomen, niet vanwege zijn voetstappen, maar omdat hij de controlekamer via zijn radio liet weten dat hij één sectie doorzocht had en op weg was naar de volgende. Standaardprocedure voor niet-statische bewaking. Doorzoek en meld. Doorzoek en meld. Herhaal tot de dood erop volgt. Vrijwel zeker letterlijk in het geval van deze arme sloeber.

'Leech aan basis. Geel veilig, op weg naar rood.'

Stilte.

'Basis? Ontvangt u mij?'

Het was begrijpelijk dat de bewaker geen antwoord kreeg. De cellen waren van op afstand geopend, en de enige manier om dat te doen was vanuit de controlekamer.

Ze waren met hun twaalven. Wat betekende dat er één persoon ontbrak.

# 68

De kamer was leeg toen Lock binnenkwam. Er lagen wat boeken en kleren, maar van Josh geen spoor. De gedachte dat de uitbrekers hem voor geweest waren flitste even door zijn hoofd, hoewel hij geen bloed of sporen van een worsteling zag. Hij raapte een trui van de grond en bleef even staan. Toen liep hij weer naar buiten – recht tegen de loop van een m-16 aan, in de handen van een bleek uitziende Hizzard.

'Op je handen en knieën.'

'Hizzard, we hebben geen tijd voor dit soort lulkoek.'

Angst leek Hizzard op de automatische piloot gezet te hebben. 'Hoe ben je uit het blok gekomen?'

'Teleportatie.'

Hizzard maakte een abrupte beweging met het geweer. 'Op de grond.'

Lock zwaaide met zijn hand voor zijn gezicht. 'Hizzard, ik ben het, Lock. Weet je nog wel?'

'Je bent een gevangene en er is me opgedragen alle gevangenen op te pakken en terug te brengen naar het blok.'

'Nou, veel succes dan. Er lopen op dit moment twaalf pisnijdige Tsjetsjenen of Irakezen of Pakistanen of wat het ook zijn rond en we hebben niet veel tijd om ze weer op te pakken.'

Locks beknopte samenvatting van de situatie werd meteen bevestigd door een salvo pistoolvuur.

'Hoe weet ik dat je niet liegt?'

'Wie interesseert het ene sodemieter of ik lieg of niet? Hoorde je niet wat ik zei? Dit niveau vier bioresearchcentrum staat op het punt om overgenomen te worden door terroristen. Als we niet meteen iets doen zijn we er allemaal geweest.'

Hizzard wilde zijn radio pakken.

'Daar zul je ook weinig aan hebben. Ik denk dat ze de controlekamer overgenomen hebben. Van die kant zul je weinig sjoege krijgen.'

Een twijfelende blik kwam in Hizzards ogen. 'Hizzard aan basis.'

Het antwoord kwam in de vorm van loos gekraak, gevolgd door een vrouwenstem met een accent. 'Basis aan Hizzard. Ga naar buiten en leg je wapen op de grond.'

In andere omstandigheden zou Lock zich misschien een glimlach veroorloofd hebben toen hij de O shit!-uitdrukking over Hizzards gezicht zag kruipen. In plaats daarvan griste hij de M-16 uit zijn handen.

'Heb je een pistool?'

Hizzard tilde de flap van zijn jasje op. 'Glock.'

'Waarschijnlijk beter dan niks,' zei Lock, terwijl hij de M-16 op enkel schot zette en weer naar buiten liep, op de voet gevolgd door een onwillige Hizzard. 'Hoeveel bewakers hebben op het ogenblik dienst?'

'Een stuk of twaalf.'

'Stuk of?'

'Geloof ik.'

Klassieke operatie à la Brand, dacht Lock. 'Wat voor wapens? M-16's en Glocks?'

'In het arsenaal zijn er meer.'

'Ho soldaat, welk arsenaal?' vroeg Lock, terwijl hij de deur zocht die hem terug zou brengen naar zijn eigen universum.

'Dat gebouw daar.'

Hizzard wees door het donker naar een klein, laag hokje ongeveer vierhonderd meter verderop, ingeklemd tussen twee andere gebouwen.

Lock had het aangezien voor een ketelhuis of de reservegenerator.

'Kun je erin komen?'

Hizzard voelde aan zijn riem. 'Jazeker, ik heb de sleutel hier.'

'Fantastisch.'

'Wat?'

'Nou, als jij de sleutel hebt, neem ik aan dat de "stuk of twaalf" andere bewakers hem ook hebben.'

'Geen idee.'

'Kom op dan, Einstein, dan gaan we een kijkje nemen.'

Toen ze er waren, bleek de hoofddeur wagenwijd open te staan – gehard staal, waardeloos gemaakt door een veelheid van sleutels. Amateuristisch was nog veel te zacht uitgedrukt. Lock liet Hizzard voorgaan en volgde hem.

Een paar dozen met patronen van diverse kalibers lagen over de vloer verspreid, maar afgaande op de lege schappen en geweerrekken was het arsenaal grotendeels leeggehaald. Het verbogen deksel van een groot grijs metalen krat stak onder een hoek van vijfenveertig graden omhoog. Hizzard rukte het open en keek erin. 'O shit.'

'Wat zat daarin? Raketwerpers?' vroeg Lock.

'Nee, daar bewaarde Brand de plastic explosieven in.'

# 69

Lock en Hizzard liepen behoedzaam het arsenaal uit. De stilte werd verscheurd door pistoolschoten. Voor ze de hoek om gingen, week Lock uit om te zien of er uitbrekers in de buurt waren. Hizzard dekte hem met de Glock in zijn uitgestrekte rechterhand. 'Niets,' fluisterde Lock, één seconde voordat een van de uitbrekers opdook. Lock hief zijn gerekwireerde M-16, maar het was te laat. De man had hem al gezien. De tijd leek stil te staan. Hizzard draaide zich met een ruk om, maar had geen schijn van kans. Met een glimlach die een mond vol gebroken tanden onthulde, wilde de man de trekker overhalen, maar op hetzelfde moment kreeg hij een kogel in zijn voorhoofd. Hij viel voorover en zijn salvo sloeg in de grond in plaats van Lock te raken. Meteen daarna kwam Ty links van hen uit zijn dekking vandaan. 'Nog elf te gaan,' zei hij, naar de gevangene lopend. Lock keek kwaad naar zijn assistent. 'Jij stond daar zeker al de hele tijd?'

Ty grinnikte. 'Jazeker.'

'Soms ben je echt een eersteklas zakkenwasser, Tyrone, weet je dat?'

'Wat kan ik zeggen, man? Ik ben bij de beste in de leer geweest.' Hij wendde zich tot Hizzard, die zijn Glock nog steeds op de dode gevangene gericht had. 'Hoe gaat het, Hizzard?'

Lock gaf antwoord. 'Fles whisky, tube aambeienzalf en van hem heb je geen last meer.'

Ty draaide de gevangene om met zijn schoen. 'Ja hoor, morsdood.' Hij liet de man op zijn gezicht vallen en gaf Hizzard een speelse stomp tegen zijn schouder. 'Dikke pret, wat?'

In de verte hoorden ze sirenes en nog meer pistoolsalvo's – een vuurgevecht bij de buitenmuur van het complex. Ze liepen verder naar hun doel, de controlekamer, waarvan de ingang vijfhonderd meter verder lag. Om bij de deur te komen moesten ze een stuk open terrein oversteken. Lock zag geen uitbrekers, evenmin als bewakers trouwens. De uitbrekers waren waarschijnlijk in een vuurgevecht verwikkeld bij de muur, terwijl Brands bewakers zich ergens schuilhielden en zich afvroegen hoe alles zo snel uit de hand gelopen kon zijn.

Lock maakte zich op om onder vuurdekking van Ty en Hizzard naar de ingang te sprinten. Hij wist dat dit net zoiets was als van de hoge duikplank springen – vooral niet over nadenken. Zoals zo vaak in het leven was het gewoon een kwestie van de ene voet voor de andere zetten – zo snel mogelijk in dit geval.

Rennen! Zich uitsluitend bewust van zijn eigen ademhaling en het roffelen van zijn voeten sprintte hij met de M-16 in beide handen geklemd naar de ingang. Hij wachtte op vuurdekking van Hizzard en Ty, maar hoorde niets. Bij de deur bleef hij staan, haalde drie keer diep adem, knielde op de grond en bracht de M-16 in de aanslag, mikkend op een punt halverwege het dichtstbijzijnde gebouw. Hij gaf de andere twee een teken dat ze ook moesten komen.

Ty de sprint zien maken was erger dan het zelf doen. Hij verwachtte elk moment het sissen van lichtspoorkogels of de knal van een geweer te horen, maar er kwam niets.

Ty en Hizzard sloegen hun vuisten tegen elkaar. Het doodsgevaar had hen op slag gezworen kameraden gemaakt.

Binnen was alles stil. Een slordig spoor van bloedvlekken markeerde de weg naar de controlekamer. Lock en Ty volgden het, terwijl Hizzard achterbleef om de ingang te bewaken. De controlekamer had drie wanden van kogelvrij glas. Mareta reageerde amper toen ze hen aan zag komen. Lock zag Richard ook. Hij had de slapende Josh in zijn armen.

Hij had ongehinderd een schot op Mareta kunnen lossen. Het glas zou de eerste kogel waarschijnlijk tegenhouden, maar de tweede of derde misschien niet. Toch leek ze zich nergens ongerust over te maken. Ty liet zijn wapen zakken, en toen Mareta zich omdraaide, zag Lock waarom. Ze droeg een geïmproviseerde explosievenriem – dunne plakken C4 met iets erin wat op spijkers leek, die op ongeveer drie centimeter afstand van elkaar om haar bovenlichaam gewikkeld waren en met textieltape op hun plaats werden gehouden. Ter hoogte van haar taille zat een ontsteker. Dit was niet de eerste zelfmoordriem die Lock gezien had, maar hij onderscheidde zich in één afschrikwekkend opzicht van de doorsnee exemplaren. Explosieven waren moeilijk te krijgen, vooral iets als C4, zodat er doorgaans zo zuinig mogelijk mee omgesprongen werd. De schade werd aangericht door het materiaal waarmee de explosieven bedekt waren – kogellagerkogels, spijkers, schroeven, bouten. Wat deze riem anders maakte, was de hoeveelheid explosieve stof. Zeker vier of vijf pond. Mareta zou niet zomaar exploderen, maar in een dunne nevel uiteen spatten – waarschijnlijk samen met alle andere personen in het vertrek.

# 70

Frisk stond vijftig meter van de muur rondom het complex en zag aan de andere kant donkere schimmen tussen de gebouwen door rennen. Hij keek naar het politiepersoneel, dat in kleine groepjes bij elkaar stond. FBI. BATVE. ME. Iedereen was er en iedereen had een ander idee over hoe dit aangepakt moest worden. De Gezamenlijke Taakgroep Terrorisme, waar hij deel van uitmaakte, was bedoeld om een duidelijke gezagsstructuur te creëren, maar oude gewoonten waren moeilijk af te leren. Hij zag een eenzame figuur opduiken in het licht van de schijnwerpers die de ME bij de hoofdingang had opgesteld. De man hield zijn handen in een gebaar van overgave boven zijn hoofd. Frisk spande zijn ogen in om beter te zien. Even later was hij dicht genoeg bij om hem te herkennen. 'Wel godverdomme.' Hij had het kunnen weten.

Een paar ME'ers in bio-overalls renden met geheven oproerschilden op Ty af, hun pistolen om de schilden heen op hem gericht. 'Op de grond!' schreeuwde een van hen.

Ty wuifde hen weg. 'Luister. Ik ben nergens mee in aanraking geweest. Maar ik moet met iemand spreken, nu meteen.'

'Ga liggen of we schieten!' zei de ME'er, waarschuwend met zijn pistool gebarend.

Ty ging op zijn buik liggen, werd aan handen en voeten geboeid en buiten het complex geloodst. Mannen en vrouwen die het al een leven lang opnamen tegen het ergste wat de menselijke soort te bieden had, deinsden verschrikt achteruit.

Frisk volgde Ty toen deze naar een witte Winnebago geleid werd. Drie stappen en hij was binnen. De kampeerwagen was uitgerust als mobiel laboratorium. Hij werd opgevangen door twee andere mensen in een bio-overall.

'Ik zei toch dat ik niks heb.'

'Dat moeten we zeker weten.'

Ty bood hen zijn arm aan. 'Hoe lang gaat dit duren?'
'Halfuurtje.'
Een van de bio-overalls nam een bloedmonster. 'Hier kunnen
we aan zien of je een van de tien voornaamste virale bloedziektes
hebt.'
'En zo ja?'
'Dan ga je in quarantaine en word je behandeld.'
'Zijn die dingen te behandelen dan?'
'De meeste wel. Afgezien van de ebolavariant. Daar hebben we
nog geen vaccin voor.'
Tien minuten later kwam Frisk de kampeerwagen binnen, even-
eens in een bio-overall.
Ty begroette hem met een knikje. 'Aardig kloffie voor een bleek-
scheet,' zei hij, 'maar als ik jou was zou ik die broek toch een paar
centimeter in laten nemen.'
'Ik had kunnen weten dat jij en Lock hier tot over je oren in za-
ten. Wat gebeurt daar verdomme?'
'Korte versie of lange versie?'
'Korte.'
Ty bracht hem op de hoogte. Frisk werd met de minuut bleker.
Hij had alleen maar gehoord dat er een groot vuurgevecht uitge-
broken was in een niveau vier bioresearchcentrum.
'Waarom hebben ze jou naar buiten gestuurd?' vroeg hij Ty.
'Boodschappenjongen.'
'En wat is de boodschap? Wat willen ze?'
'Een door de president ondertekende garantie dat ze de status
krijgen van krijgsgevangenen onder de Conventie van Genève,
plus de belofte dat ze niet gedeporteerd zullen worden. O ja, en een
gesigneerde foto van Will Smith.'
'Dat is alles, ja?' vroeg Frisk.
'Over nummer drie valt te onderhandelen. Als het niet anders
kan denk ik wel dat ze genoegen zullen nemen met Eddie Murphy.'
'Leuk om te horen dat je dit allemaal zo amusant vindt, maar ik
zit ongeveer zes klassen onder het niveau waarop ik door de president ondertekende garanties kan bieden.'
'Dan zou ik maar snel beginnen met klimmen.'

'Maar zelfs als ze hun zin krijgen, draaien ze nog de hele rest van hun leven de gevangenis in.'

'Dat weten ze.'

'Goed, ik zal het doorgeven,' zei Frisk, uit de kampeerwagen stappend. 'Maar dat is alles, ja? Meer willen ze niet?'

'Dat is alles.'

Ty keek Frisk na toen hij naar buiten ging. Hij zuchtte. Mareta had nog een eis gesteld, maar Lock had hem verboden die te noemen, hoewel Ty dat niet nodig had gehad. Zodra hij hier weg mocht, ging hij die persoonlijk inwilligen. Hij zag er zelfs naar uit.

# 71

Ty vond Carrie tussen de rijen reportagewagens die helemaal naar de rand van een ventweg gedirigeerd waren. Het goede nieuws was dat hij niets mankeerde. Het slechte nieuws was dat hij haar moest zien te overtuigen hem te helpen met iets wat hen allebei op levenslang zou kunnen komen te staan.

Ze rende meteen naar hem toe toen ze hem zag. 'Waar is Ryan.? Wat gebeurt daar?'

'Je verliest je scherpte, meid. Heb je de volgorde van die vragen niet verkeerd? Als vertegenwoordigster van de pers en zo.'

'Zeg nou maar gewoon.'

'Hij is binnen. Ik kan niet echt zeggen dat hij het goed maakt, maar het kon slechter, gezien de omstandigheden.'

'Welke omstandigheden?'

Ty trok haar naar de achterkant van de wagen. 'Hij heeft je hulp nodig.'

Carrie haalde diep adem om tot rust te komen. 'Oké, wat voor hulp?'

Ty had al besloten haar stapsgewijs in te lichten. 'Heb je een auto hier?'

'Nee.'

Hij haalde een paar sleutels tevoorschijn. 'Goddomme, dan moeten we met die van Lock.'

'Ty, wat gebeurt er?'

'Waar is die stomme hond die hij bij je gelaten heeft?'

'In de wagen. Ze slaapt.'

'Zij moet mee.'

'Waarnaartoe? Waar gaan we heen?' Ze keek naar de wagen. 'Ik heb dienst. Ik kan niet zomaar verdwijnen.'

'Ryan heeft dit nodig.'

'Je hebt me nog steeds niet verteld wat hij wil. En tot die tijd ga ik nergens heen.'

Ty legde zijn hand op de reserveband op de achterdeur van de televisiewagen. 'Bij nader inzien kunnen we deze ook gebruiken. Twee vliegen in één klap. Jij krijgt je verhaal terwijl ik mijn man ophaal.'

'Ben je doof? Ik ga pas ergens heen als iemand me vertelt waarom.'

'Dan zullen er een heleboel lijken vallen.'

'Prima, maar je zult me op zijn minst moeten vertellen waar we heengaan.'

Ty wenkte Carries cameraman. 'In het zadel.' Daarna wendde hij zich weer tot Carrie. 'We gaan wat bedrijfsaansprakelijkheid afdwingen.'

# 72

Mareta keek naar de donkere gestalten die van tijd tot tijd op de muur van monitoren voorbij flitsten met ongeveer evenveel interesse als een gepensioneerde politieman met nachtdienst in een winkelcentrum in een buitenwijk. Ze slikte een paar pijnstillers, controleerde de tijd in de linkerbenedenhoek van het dichtstbijzijnde scherm, draaide haar stoel om en schoot de dichtstbijzijnde bewaker in zijn gezicht.

Josh bewoog onrustig toen Richard hem aan Lock gaf en zich naar de stervende man haastte. Een straal bloed spoot in zijn gezicht – geen eerlijke beloning voor een daad van mededogen. Lock legde zijn hand achter Josh' hoofd en drukte het jongetje stevig tegen zijn borst. Ondanks het schijnbaar eindeloze vermogen van kinderen hun ervaringen te verwerken bleven er dingen die ze beter niet konden zien.

Terwijl hij naar Richard keek die de stervende bewaker verzorgde, voelde Lock dat Josh zijn armen en benen strekte. Hij rekte zich zo goed en zo kwaad als het ging uit en keek Richard veelbetekenend aan.

'Laat de jongen gaan, Mareta. Er is al genoeg misbruik van hem gemaakt.'

'Ik zal hem niks doen.' Een korte stilte. 'Zolang mijn eisen ingewilligd worden.'

'Dit land onderhandelt niet met terroristen.'

'Herstel. Onderhandelt niet openlijk. Dat is niet hetzelfde.'

'Luister, je hebt mij, je hebt hem,' zei Lock, naar Richard wijzend.

Ze draaide zich om op de stoel, zo abrupt dat Lock zijn hart in zijn keel voelde kloppen. 'Ik heb deze situatie niet veroorzaakt,' zei ze.

Ze hoorden voetstappen buiten de controlekamer. Een van de

uitbrekers, een jonge Pakistaan die door de rest Chalid genoemd werd, dreef drie Meditechbewakers voor zich uit met zijn pistool in hun rug. Hun uniformen waren gescheurd en de ogen van een van de mannen waren bijna dichtgeslagen. Mareta drukte op de zoemer om de deur te openen en ze werden naar binnen geduwd en gedwongen op de vloer te gaan zitten.

'Oké, ik zal je tegemoet komen,' zei Mareta. 'Zodra je vriend zijn lading bezorgt, mag de jongen weg. Maar tot die tijd schiet ik elk uur een van deze mannen dood.'

Lock wist dat protesteren zinloos was. 'Ik zei toch al dat dit minstens twee uur zou duren. Dat is alleen de rijtijd al, laat staan de rest.'

Mareta dacht even na. 'Dan gaan er dus maar twee van deze mannen dood.'

# 73

Twee Duitse herders liepen heen en weer achter de omheining rondom Nicholas Van Stratens villa aan Shinnecock Bay. Ze ontblootten grommend hun tanden. Ty stak zijn hand in een bruine papieren zak, haalde er een handvol hamburgers uit die ze onderweg van een verbaasde bediende in een snackbar gekocht hadden, deed een stapje terug en gooide ze over de omheining. De honden besnuffelden ze achterdochtig. Toen tilde een van de twee, waarschijnlijk het alfamannetje, zijn achterpoot op en plaste erop, een seconde gevolgd door de tweede. Dus de dieren waren erop getraind alleen maar te eten wat ze van hun baas kregen, waarschijnlijk door middel van een tamelijk grove vorm van aversietherapie die eruit bestond dat ze zodra ze in de buurt kwamen van voedsel dat niet van hem afkomstig was met een stok bewerkt werden.

'Goed, dan wordt het plan B,' zei Ty, weer naar de auto lopend. Hij trok het achterportier open en Angel sprong naar buiten, gevolgd door Carrie.

'Hé, waar breng je haar naartoe?'

'Oudste trucje ter wereld. Maak je maar niet ongerust,' zei hij, Angel op haar kop kloppend, 'ze is dol op stoute jongens.'

Carrie sloeg haar armen voor haar borst. 'Hoe weet je dat?'

'Ze liep Ryan toch achterna?'

Carrie keek om zich heen. 'Ik zou hier niet eens moeten zijn.'

'De prijs voor de primeur van de eeuw.'

Hij maakte Angels riem los en ze kuierde naar de omheining.

'Kom op,' fluisterde Ty. Daarna wendde hij zich weer tot Carrie. 'Wat is de kortste manier naar het hart van een man afgezien van via zijn maag?'

'Walgelijk.'

'Hé, het was het idee van je vriendje, niet van mij.'

De Duitse herders drukten hun vochtige zwarte neus opgewonden tegen het gaas. De ontblote tanden en het blaffen hadden plaatsgemaakt voor trillende staarten en gekef van begeerte. Tot Ty's grote opluchting beantwoordde Angel hun toenaderingen, kennelijk vereerd met de aandacht van niet één maar twee potige herders. Een van de honden begon als een wilde te graven. Aardkluiten vlogen door de lucht. De tweede volgde zijn voorbeeld, en even later waren de twee honden in een wedstrijd gewikkeld over wie het eerst bij Angel zou zijn.

Binnen tien minuten hadden ze een gat onder de omheining gegraven dat groot genoeg was om doorheen te kruipen. Ze keurden Ty of Carrie geen blik waardig en begonnen meteen aan Angel te snuffelen.

Ty knipte een gat in het gaas met een draadtang en draaide zich om naar Carrie. 'Je weet toch wat je te doen staat, hè?'

Carrie liep terug naar de reportagewagen, die niet ver van de toegangspoort geparkeerd stond. 'Het is niet direct hogere wiskunde,' zei ze.

Ty keek over zijn schouder toen hij de twee honden hoorde grommen, bang dat ze hun belangstelling voor Angel verloren hadden. Tot zijn opluchting zag hij dat ze dreigend tegenover elkaar stonden, kennelijk elkaar het recht op de eerste beurt betwistend. Angel keek kwispelend toe. Ty liet Carrie van de liveshow genieten, terwijl hij in het struikgewas verdween.

Onderweg naar de villa telde hij in zijn hoofd de veiligheidssystemen af. De honden waren het meest in het oog lopende onderdeel en waarschijnlijk het effectiefst, vooral tegen normale inbrekers. Aan de buitenmuren van het huis hingen bewegingssensoren. Infrarood licht en cctv-camera's stelden de bewaker in de controlekamer, een omgebouwde ruimte naast de bijkeuken, in staat de hele omgeving van het huis in de gaten te houden, en wie desondanks aan zijn aandacht ontsnapte zou alarmstrips op alle deuren en ramen vinden en nieuwe bewegingssensoren in alle vertrekken – uitgezonderd de vier slaapkamers en de overloop. Niemand wilde dat Van Straten 's nachts onder begeleiding van een loeiend alarm van honderd vijftig decibel zijn plasje deed.

Op vijftig meter afstand van het huis bleef Ty staan. In twee van de voorkamers brandde licht. Een snelle berekening leerde hem hoeveel tijd hij zou hebben als hij binnen was. De bewegingssensoren vermijdend liep hij naar de garage. Die stond naast het huis, maar was er niet aan vastgebouwd en had geen camera's of bewegingssensoren. Hij forceerde de zijdeur en ging naar binnen. De garage rook naar motorolie en wasmiddel. Er stonden drie auto's in een ruimte die er makkelijk twee keer zoveel kon bergen. De eerste was een Mercedes 500 SLK, een luxewagen, die Ty meteen van zijn lijstje schrapte. De tweede was Staffords auto. Ze werden steeds beter, maar ook die zou hij niet gebruiken.

Naast Staffords auto stond de gepantserde Hummer, zwart in plaats van de vuurrode die hij eerder gezien had. Duidelijk pas overgespoten. Dit moest de auto zijn waarmee ze geprobeerd hadden Carrie dood te rijden. Daar had ze hem onderweg alles over verteld.

Hij haalde zijn mobiele telefoon uit zijn zak, en sms-te drie letters naar Carries nummer: B-E-L. Daarna kroop hij onder de Hummer en ging aan het werk.

★

'Die stomme trut van NBC,' zei Stafford, terwijl hij zijn vader, die al ver in zijn derde whisky met ijs was, de hoorn aanreikte.

'Wat moet ze?'

'Iets over problemen in het researchcentrum.'

Van Straten griste de hoorn uit zijn hand. 'Met Nicholas Van Straten.'

'Meneer Van Straten, waar bent u?'

'Waarom?'

'Heeft de FBI u gebeld?'

'Nee, waarom zouden ze?'

'Omdat u, ongeacht waar u bent, onmiddellijk moet vertrekken. Uw leven en dat van uw zoon loopt ernstig gevaar.'

'Ms Delaney, ik kan u verzekeren dat ons waar we op dit moment zijn niets kan overkomen.'

'Meneer Van Straten, hebt u tv in de kamer?'

'Ja.'

'Zet hem dan op NBC.'

Nicholas knipte met zijn vingers naar de afstandsbediening op het bed. Stafford pakte hem en gooide hem naar zijn vader, die hem opving en het kanaal opzocht. Het scherm was in twee delen verdeeld. Op de rechterhelft zag je een groot aantal politiewagens, van een afstand gefilmd maar duidelijk geparkeerd bij het Meditech researchcentrum. Links stond het beeld van een camera die op het hek van hun huis gericht was.

'Meneer Van Straten?'

'Ja.'

'En Ryan Lock is naar u op weg. Een uur geleden kreeg ik een telefoontje van hem waarin hij zei dat hij met u ging praten. Hij klonk behoorlijk kwaad-'

Carrie kreeg geen kans haar zin af te maken, want Van Straten had de hoorn neergelegd. Tevreden met zichzelf dat ze geen enkele leugen verteld had wendde ze zich tot haar cameraman. 'Oké, terug naar de marinewerf.'

'Wil hij geen interview geven?' vroeg haar cameraman.

'Hij is niet eens thuis,' loog ze.

De man haalde zijn schouders op en begon haastig zijn apparatuur in te pakken. Op dat moment kwam Angel aan draven, kwispelend met haar staart en van top tot teen onder de modder.

'Slet,' zei Carrie, terwijl ze de achterklep van de wagen voor haar opentrok.

Ty verstijfde toen de zijdeur van de garage openging. Een paar zware schoenen liep naar de Hummer en bleef staan bij het bestuurdersportier, zo dicht bij Ty's hoofd dat hij ze aan had kunnen raken.

Hij wachtte tot de schoenen naar de andere kant liepen om het voertuig te inspecteren. Of tot het gezicht van de chauffeur op ooghoogte kwam, zodat hij een pistool onder zijn neus kon houden. Of tot de spiegel op een stok verscheen, zodat hij hem kon grijpen om de man onder de auto te trekken en hem met de lap die hij onder zijn hemd droeg te bedwelmen.

Maar niets daarvan gebeurde. Alles was in hoog tempo versloft sinds hij en Lock van hun functie ontheven waren. Of anders had de chauffeur vreselijke haast. Of misschien allebei.

De Hummer piepte toen de chauffeur met een druk op de knop het alarm afzette en alle vier de portieren van het slot haalde. Ty zag een schoen op de treeplank verschijnen, gevolgd door een tweede. Het portier aan de bestuurderskant viel met een klap dicht.

Ty drukte zich met zijn handen achteruit en kwam iets rechts van de achterklep onder de Hummer vandaan. Hij trok zijn Glock, maakte hem klaar voor gebruik, zakte door zijn knieën en sloop de paar stappen naar het rechterachterportier. Voor zijn volgende stap was maar één ding vereist: snelheid.

Hij stak zijn hand omhoog, trok het portier open en wierp zich naar binnen. De Hummer was zo groot dat hij zijn arm uit kon steken zonder bang te hoeven zijn dat de chauffeur die kon pakken.

Hij richtte het pistool op het hoofd van de man. 'Als je zelfs maar verkeerd ademhaalt, ben je er geweest, zakkenwasser.'

# 74

Croft bracht langzaam zijn hand naar zijn schouder, pakte zijn wapen, een Sig 226, en gaf hem met de kolf naar voren aan Ty. Ty hield hem voor eigen gebruik en stak de Glock als reservewapen in zijn holster. 'Laat de sleutel in het contact zitten en stap uit.' Toen Croft dat gedaan had, wierp Ty hem een lap toe. 'Stop die in dat grote gat midden in je gezicht en draai je om.'

Croft ving de lap op en propte hem in zijn mond. Daarna draaide hij zich om. Ty zocht in Crofts zakken naar de sleutels van de Mercedes en maakte de kofferbak open. Hij duwde Croft erheen. Croft klom erin, nog steeds onder bedreiging van het pistool.

'Zodra ik op weg ben, zal ik het plaatselijke politiebureau bellen om je eruit te laten halen.'

Ty gooide de kofferbak dicht en ging achter het stuur van de Hummer zitten. Hij haalde de Glock weer uit de holster en legde hem in het compartiment tussen de voorbank. De Sig legde hij op zijn schoot. Hij drukte op de knop voor de garagedeur boven zijn hoofd, reed naar buiten en liet de deur weer zakken. Hij reed het monster van een auto naar de voorkant van het huis. De deur ging open en een bewaker verscheen. Dat was logisch. Hij had een team van drie man verwacht: een om te rijden, een als lijfwacht en een om achter te blijven en het huis te bewaken voor het geval ze inderhaast terug moesten.

Achter de bewaker verscheen Nicholas Van Straten, gevolgd door Stafford. Ty wist dat hij in het donker onzichtbaar was achter het getinte glas.

Volgens voorschrift trok de bewaker het portier open en deed een stapje achteruit. Van Straten en Stafford waren te druk in gesprek om naar Ty te kijken. Bovendien was het binnenlicht meteen na aankoop afgezet – vaste procedure tegen aanvallen van sluipschutters. Die hadden niets liever dan dat hun doelwit door een goede felle lichtstraal beschenen werd.

De twee Van Stratens gingen zitten. Stafford praatte zo rap dat het leek alsof hij speed gebruikt had. Ty zag in het spiegeltje dat Van Straten zijn best deed om zijn zoon niet te horen. Nog steeds had geen van beide mannen in zijn richting gekeken. Voor hun soort mensen hoorde personeel gewoon bij de achtergrond.

De bewaker gooide het portier dicht en liep om de wagen heen naar de passagierskant. Ty drukte op de knop op het dashboard links waarmee alle portieren op slot sprongen, gaf gas en liet de bewaker achter waar de Hummer gestaan had. De poorten stonden open en hij reed met grote snelheid de weg op.

'Waarheen, heren?' vroeg hij, zich omdraaiend en genietend van hun geschokte gezichten. 'Of misschien kan ik een rustig plekje zoeken, jullie uit laten stappen, op je knieën in de berm zetten en een kogel door het achterhoofd jagen.'

Stafford zei: 'Luister, Tyrone, als dit te maken heeft met het beëindigen van je contract-'

'O, natuurlijk. Zo reageer ik altijd als ik ontslagen word.'

'Draai dit voertuig meteen om!' zei Stafford schril en weinig overtuigend.

Met één oog op de weg nam Ty zijn rechterhand van het stuur en richtte de 226 op hem. 'Hou je bek.'

'Inderdaad,' zei Nicholas Van Straten. 'Hou je bek, Stafford.'

Ty zag dat Staffords hand naar de portierknop ging, ongeveer even nonchalant als die van een veertienjarige jongen die in een donkere bioscoop zijn vriendinnetje probeert te betasten. 'Hij zit op slot. Maar als je het risico wilt nemen, wacht dan in ieder geval tot ik op de snelweg ben.'

'Waar breng je ons naartoe?' vroeg Nicholas.

'Daar hoef je je hoofd niet over te breken. Dat zie je vanzelf als we er zijn.'

# 75

Josh bewoog in zijn vaders armen toen Mareta de bewaker opdroeg met zijn gezicht naar de muur op de grond te knielen. In haar rechterhand hield ze de Glock, in haar linker de twee stukjes metaal die met de ontsteker verbonden waren – zodra ze elkaar raakten, zou iedereen dood zijn. Lock wilde het jongetje uit het vertrek hebben, en dit was zijn kans.

'Heeft hij nog niet genoeg bloed gezien?' vroeg hij haar.

'Neem hem maar mee naar buiten dan.'

'Laat mij maar,' zei Richard.

'Schiet op dan,' zei Mareta, alsof het verlangen een kind de aanblik van een koelbloedige moord te besparen een onmiskenbaar teken van zwakte was.

Lock keek hen na toen Chalid hen naar buiten escorteerde. 'Dank je.'

De bewaker bij de muur kon zich niet langer beheersen. 'Alsjeblieft, hou haar tegen, ik heb een vrouw en kinderen.'

Mareta gaf hem een klap met de Glock, zodat hij een grote jaap in zijn achterhoofd kreeg. 'Waarom heb je dit baantje dan aangenomen?'

'Vijf minuten. Geef hem nog vijf minuten, Mareta,' zei Lock.

'En na die vijf minuten vraag je opnieuw om vijf minuten. Ik ken die spelletjes.'

Lock hoopte dat Frisk en de rest van de GTT hier rekening mee zouden houden. De meeste terroristen overleefden hun eerste beleg niet, terwijl Mareta ze bijwoonde met de frequentie waarmee pasgetrouwde vrouwen op Long Island naar kraamfeestjes gingen. Ze moest de tactiek van het onderhandelen over gijzelaars onderhand beter onder de knie hebben dan zij.

'Hoe gaat het met je been?' vroeg Lock in een poging haar af te leiden.

'Fantastisch.'

Ze keek naar de schermen. Nog meer voertuigen buiten het onderzoekscentrum. De meeste in groepjes links en rechts van de hekken.

'Geen spoor van je vriend,' zei ze.

'Hij komt gegarandeerd.'

Mareta liet het pistool zakken. 'Oké, je hebt je vijf minuten. Maar dan is de volgende over een halfuur aan de beurt.'

'Elk uur, had je gezegd.'

Mareta zuchtte. 'We onderhandelen. Ik geef jou iets, jij geeft mij iets. Zo werkt het toch, niet?'

# 76

Dertig kilometer voor de marinewerf floepte het reservelichtje op de benzinemeter van de Hummer aan. Ty kreunde. Een Hummer was nooit zuinig, maar deze, met bijna een ton aan B-7 bepantsering aan boord, had zowat zijn eigen olieveld nodig.

'Probleem?' vroeg Stafford vanaf de achterbank.

'Niks om je zorgen over te maken,' antwoordde Ty met een grimas.

Vijf kilometer verderop vond hij een benzinestation. Zijn plan was simpel: zijn vrachtje de doodsangst op het lijf jagen, vijftig dollar aan benzine tanken, een briefje van vijftig door de gleuf steken en verderrijden.

Ty reed het benzinestation in en draaide zich om. 'Ik blijf minder dan twee minuten weg en hou jullie de hele tijd in het oog. Als jullie ook maar iets doen wat me niet bevalt, vallen er eerder doden dan bij een bezoek van David Duke aan een barbecue van Nation of Islam.'

Hij zette de motor af, trok de sleutels uit het contactslot, stapte uit en deed het portier op slot. Daarna pakte hij het mondstuk en stak het in de benzinetank. Zijn ogen gingen heen en weer tussen de tikkende dollars en centen op de meter en de portieren van de Hummer. Hij keek naar de plaats waar Stafford en Van Straten moesten zitten. Hij zag geen barst door de donkere ruiten, maar dat liet hij niet merken.

Als hij zijn eigen auto vulde leken de getallen met de snelheid van een gokapparaat voorbij te flitsen, maar bij deze pomp leken ze amper te bewegen. Toen hij voor vijftig dollar getankt had, stak hij het mondstuk terug op zijn plaats, deed de klep van de benzinetank dicht en ging betalen, om de paar meter omkijkend. Hij duwde het geld door de gleuf in het tralieluik en draafde terug.

Toen hij in wilde stappen, schoot het hem te binnen. Verdomd.

De Glock. Die had hij tussen de voorbank laten liggen.

Hij keek over zijn schouder. De pompbediende, een kereltje van Zuid-Amerikaanse afkomst van vroeg in de twintig zat op een kruk en keek naar de troep die ze op dit uur van de dag op de tv uitzonden.

Ty trok zijn Sig, rukte het portier open, ging erachter staan en zette zich schrap voor de eerste snelle beweging.

Niets.

Vanaf de plaats waar hij stond zag hij alleen maar Nicholas Van Stratens schouder, maar paps was niet de man voor wie hij hem kneep.

'Uit de auto. Een voor een. Jij eerst, Stafford.'

'Blijf in de auto, stap uit de auto. Wat zal het zijn?'

'Hou je gemak, Stafford,' hoorde Ty Van Straten mompelen.

'Zou je dan in ieder geval zo goed willen zijn om het portier open te maken?' vroeg Stafford gepikeerd.

Ty gooide zijn portier dicht, liep naar achteren en opende het achterportier, de gepantserde deur zorgvuldig tussen hem en Stafford houdend. Stafford stapte met zijn handen omhoog uit. Ty keek over zijn schouder en zag de pompbediende naar hen kijken – zich ongetwijfeld afvragend welke geestelijk gehandicapte misdadiger zijn slachtoffers naar een benzinestation bracht om ze te beroven. Er zat niets anders op dan gewoon door te gaan. Hij fouilleerde Stafford. Niets.

'Oké, nou jij.'

Nicholas Van Straten stapte uit en Ty gaf hem dezelfde behandeling. Ook niets.

'Blijf hier staan,' beval hij.

Hij klom achter het stuur en maakte het compartiment open. Het pistool was verdwenen. Toen hij weer uitstapte, zag hij Stafford als een bezetene naar de pompbediende zwaaien en doen alsof hij iemand opbelde.

'Oké, waar is het?' vroeg hij Stafford.

'Ik weet niet waar je het over hebt.'

Stafford deed precies wat Ty in hetzelfde geval gedaan zou hebben. Tijd winnen. De pompbediende hing al aan de telefoon en praatte zo snel als hij kon, terwijl hij met één oog de ontwikkelingen buiten in de gaten hield.

Stafford moest geweten hebben dat Ty hen ergens voor nodig had, anders zou hij hen zeker thuis doodgeschoten hebben. Of ergens bij Shinnecock Bay een stille weg opgezocht hebben om het daar te doen.

'Ik heb jullie niet allebei nodig,' zei Ty. 'Dus wie zal het zijn?'

'Ik denk dat de stemmen zouden staken als je het daarop aan liet komen,' zei Nicholas Van Straten droog.

'Hmm,' zei Ty nadenkend. 'Dan geeft mijn stem waarschijnlijk de doorslag.'

Hij richtte het pistool op Nicholas Van Stratens hoofd.

'Ga je gang,' zei Stafford.

'In de zitting van de achterbank,' zei Nicholas.

'Dat noem ik nog eens eensgezindheid,' zei Ty, terwijl hij zijn hand naar binnen stak en het pistool pakte.

Hij dwong ze de Hummer weer in, precies op het moment dat een politiewagen het benzinestation in reed. Eén politieman. Waarschijnlijk waren er meer op weg.

Uit de rappe gebaren van de pompbediende, die zich ingespannen had telefonisch een roofoverval te beschrijven die geen roofoverval was, maakte Ty op dat de politie besloten had alleen maar een routinebezoekje te brengen. Maar als hij niets deed, stond de uitslag niettemin vast.

Hij wachtte tot de politieman uitstapte, schakelde de Hummer in zijn achteruit en gaf plankgas. De achterkant van de gigantische suv drukte het motorblok van de Chrysler als een harmonica in elkaar.

Voor het eerst glimlachend liet Ty het benzinestation achter, met in zijn kielzog een pisnijdige politieman die als een haas naar zijn radio graaide.

# 77

De Hummer reed voorzichtig tussen een Nomad Command Post en een gepantserde vorkheftruck van de bommenbrigade van de New Yorkse politie door. Van Straten en Stafford keken verbijsterd naar de ruim honderd grotendeels zwaarbewapende mannen en vrouwen die voorzichtig heen en weer liepen tussen de voertuigen en de muur.

'Alsjeblieft, jongens,' zei Ty. 'Iedereen die aan wal gaat uitstappen.'

Hij minderde vaart. Twee gewone politiemannen links van hem bekeken de Hummer van onder tot boven. Een van hen praatte in zijn radio, terwijl de tweede uit zijn mondhoek iets tegen zijn partner zei. Toen ze naar de Hummer toe liepen, liet Ty het raampje zakken om te horen wat ze zeiden.

'Hé. Stop!'

Ja, dat dacht hij al.

Hij sloot het raampje weer, schakelde de kruipversnelling in en reed recht op de poort af. De truc was hem op ramsnelheid te raken – met ongeveer dertig kilometer per uur en precies in het midden. De meeste mensen die iets wilden rammen, bijvoorbeeld een wegversperring, maakten de fout er met een zo hoog mogelijke snelheid recht op af te scheuren. In de wereld van de persoonsbeveiliging werd dit 'knallen' genoemd. Wat iets heel anders was dan wat hij in gedachten had.

Ty keek niet om toen hij bij de poort kwam. Dat was niet nodig, want hij was er vrij zeker van dat niemand hem achterna zou komen. De muur die de mensen tegenhield was intussen eerder psychologisch dan fysiek.

De poort schudde bij de eerste botsing. Toen kwam het schuren van metaal op metaal. Stafford scheen in ieder geval al in de gaten te hebben wat er gebeurde. Dat ze menselijk losgeld waren.

Zijn vader zat naast hem, kaarsrecht en kennelijk kracht puttend uit een lang verloren patricische standvastigheid.

Toen de Hummer door de poort heen brak, bleven de politiemannen die mee gerend waren en als boze groupies de limo van hun idool achtervolgden en op de raampjes bonkten, achter. De Hummer reed op volle snelheid naar het gebouw met de controlekamer. Een paar kogels schampten fluitend van het dak, de eerste metalen regendruppels van een op handen zijnde onweersbui.

Ty bleef voor de ingang van het hoofdgebouw staan, stapte uit en trok het achterportier van de Hummer open om dekking te hebben. 'Oké, dames, eind van de rit. Ik zou maar snel naar binnen gaan, voordat een al te enthousiaste BATVE-padvinder jullie bottenkont als schietschijf gebruikt.'

Van Straten en Stafford stapten haastig uit en renden naar binnen, waar ze alledrie door Mareta's erewacht ontvangen werden. Een van hen stak een hand uit naar Ty's pistool, maar Ty duwde hem van zich af. Stafford en Van Straten werden meegevoerd door de lange gang naar de controlekamer. De deur klikte open en Ty duwde hen naar binnen.

Mareta bekeek de Van Stratens met de beroepsmatige onverschilligheid van een beul bij de galg die iemand een hand geeft om een idee van zijn gewicht te krijgen.

'Oké, je hebt wat je wilde, dus ik neem de jongen en de dokter mee,' zei Lock.

Ty bleef bij de deur staan met zijn hand op de kolf van zijn pistool. De Glock drukte onaangenaam in zijn rug.

'Ik heb nog niet alles wat ik wilde,' zei Mareta na een ongemakkelijke stilte.

'Luister, als het om geld gaat...' sputterde Nicholas Van Straten.

Mareta negeerde hem. 'De jongen kan gaan, maar de dokter heb ik nodig.'

Josh rende naar zijn vader en sloeg zijn armen om zijn middel.

'Waarom is hij eigenlijk hier?' vroeg Nicholas.

'Vraag dat je zoon maar,' zei Lock, naar Stafford gebarend. Daarna bukte hij zich en keek Josh aan. 'Als ik jou nou eerst eens wegbracht en dan terugging om voor je vader te zorgen? Zou je je dan beter voelen?'

Josh' hoofd schudde heftig van nee.

Richard probeerde het ook. 'Alsjeblieft, Josh. Mij zal niets gebeuren... echt.'

Lock trok Josh' kleine vingertjes een voor een los.

'Oké?' vroeg hij ten slotte.

Josh rende terug naar zijn vader om hem te omhelzen.

'Klaar?' vroeg Lock met één hand op de schouder van het jongetje.

Josh slikte moeilijk. Knikte. Zijn hand gleed in die van Lock en samen liepen ze de controlekamer uit.

Nicholas Van Straten wendde zich woedend tot Stafford. 'Dit is schandalig!'

'Ik deed wat ik moest doen. Moeder zou het begrepen hebben.'

'Je moeder was een harteloze trut.'

'Beter dan een watje.'

Mareta keek minachtend toe terwijl ze kibbelden. 'Binnenkort krijgen jullie allebei de kans om je mannelijkheid te bewijzen,' zei ze.

Stafford en zijn vader werden meteen stil en keken elkaar ongerust aan.

'Je dacht toch niet dat ik jullie helemaal hierheen heb laten brengen om jullie dood te schieten?'

## 78

Locks silhouet in de schijnwerper van een politiehelikopter zwaaide met een witte lap. Met zijn andere hand leidde hij Josh naar de hekken, waarvan de helft aan één scharnier hing. Hij zag dat minstens twee scherpschutters hun telescoopvizier op hen gericht hadden. Gezien de recente gewoonte van terroristen zowel zichzelf als burgers als levende bommen te gebruiken, was dat nauwelijks verbazend.

'Josh, zou je je jas even uit willen trekken?'

'Maar het is koud.'

'Heel even maar.'

'Waarvoor?'

Hij zag aan de ogen van het jongetje dat hij het niet zou doen zonder te weten waarom. 'Omdat er een bom onder kan zitten.'

'Doe niet zo gek. Kleine jongetjes hebben geen bommen.'

'Meestal niet, nee.'

'Maar soms wel?' vroeg Josh.

Lock had in Bagdad een keer meegemaakt dat een twaalfjarig meisje met het syndroom van Down naar een commando bij een controlepost op Route Irish toe liep, de soldaat een hand gaf en zichzelf vervolgens opblies.

'Niet echt,' zei hij, 'maar ik zou toch liever hebben dat je het deed.'

Josh worstelde zich uit zijn jas. Lock tilde de trui van de jongen even op, zodat zijn maag zichtbaar werd.

'Oké, trek maar weer aan.'

De scherpschutters bewogen hun geweren een fractie. Lock nam aan dat ze nu allebei op hem gericht waren. Een op zijn hoofd. Een op zijn bovenlichaam.

Lock maakte zijn jas open, trok zijn overhemd omhoog en wervelde met uitgestrekte armen om zijn as. De geweren van de scherpschutters bewogen niet.

Twintig meter voor de poort liet hij Josh' hand los. 'Loop jij maar door.'

De jongen deed een stap vooruit, draaide zich om en keek Lock aan.

'Ik ga terug, Josh. Ik moet op je vader passen, weet je nog wel?'

Josh slaagde er bijna in te glimlachen alvorens zich om te draaien en naar een GTT-agent in bio-overall te rennen die de wacht hield bij wat er van de poort over was. De agent liep de jongen aarzelend tegemoet en sloeg zijn armen om hem heen, hem in één moeite door fouillerend.

'Lock!'

Lock keek over zijn schouder en zag Frisk. De man wenkte hem. Lock gebaarde met zijn duim naar het complex.

Frisk verliet zijn positie en rende het niemandsland in. Lock stelde zich snel op tussen hem en de gebouwen. Als een van de uitbrekers een schot op Frisk loste, zou de hel losbreken.

'Wat gebeurt daar?' vroeg hij, buiten adem van het korte sprintje.

'Ze hebben geweigerd Hulme vrij te laten.'

'En Van Straten en Stafford?'

'O, dus die heb je gezien?'

'Ze werden ongeveer een halfuur nadat je maatje ze opgehaald had als vermist opgegeven.'

Goed zo, dacht Lock. Croft moest besloten hebben Ty een fatsoenlijke voorsprong te geven.

'Ik heb de gedetineerden gegeven wat ze wilden.'

'En dat was?'

'De mensen die verantwoordelijk zijn voor deze ellende.'

'De Van Stratens, bedoel je?'

Lock knikte.

'En wat krijgen wij?' vroeg Frisk.

'Iedereen levend naar buiten.'

'En jij gelooft die geschifte trut?'

'Luister, Frisk, we hebben op het moment niet echt veel keus.'

'En nu je toch hier bent, waarom is je vriendin hier?'

Lock keek naar het circus bij de ingang en bestudeerde de pers en het politie- en ambulancepersoneel dat rondzwermde als motten om een lamp. 'Wat vertel je de media, tussen haakjes?'

'Niet-specifieke noodsituatie.'

'Dat zullen ze zeker twee seconden lang geloven.'

'Des te meer reden om dit zo snel mogelijk op te lossen,' zei Frisk. 'Op welke manier dan ook.'

'Mijn zegen heb je.'

Vlak voordat Lock zich weer naar het gebouw omdraaide, zag hij Josh die, gewikkeld in het soort aluminiumdeken dat vaak uitgereikt wordt aan het eind van een marathon, door twee mensen in een bio-overall in een ziekenwagen werd geholpen. Die is in ieder geval veilig, dacht hij bij zichzelf. Dat was althans iets.

'Wacht eens. Je gaat toch niet terug?' vroeg Frisk met een van afschuw vertrokken gezicht. Lock liep verder, verwachtend dat Frisk achter hem aan zou komen. Dat iemand zou proberen hem tegen te houden. Maar dat gebeurde niet.

# 79

Nicholas en Stafford Van Straten stonden samen met de rest van de gevangengenomen bewakers met ontbloot bovenlichaam en aan handen en voeten geboeid in de rij. Mareta hinkte voor hen langs met een zwarte viltstift in haar rechterhand. Bij Nicholas bleef ze staan en schreef een 1 op zijn borst. Stafford kreeg een 2. Alsof ze vee waren.

Toen ze bij de derde man, een van de bewakers, kwam, bemoeide Lock zich ermee. 'Dit is lulkoek. Zij zijn ingehuurde krachten. En wat jij doet is geen haar beter dan wat zij met jou wilden doen.'

'Behalve dat wij geen terroristen zijn,' zei Stafford.

Ze negeerde hen allebei en schreef een 3 op de borst van de man. Toen iedereen een nummer had gekregen, deed Mareta een stapje terug om het resultaat te bewonderen. 'Goed, nu kunnen we beginnen.'

Twee uitbrekers pakten Nicholas Van Straten vast en leidden hem het vertrek uit.

Iedereen verzamelde zich voor de glazen wand, Mareta, Lock, Ty en de andere terroristen en bewakers. Stafford stond in het midden en keek toe met evenveel belangstelling op zijn gezicht als hij voor Lock aan de dag gelegd had. 'Eindelijk iemand die een nuttige bestemming voor de ouwe gevonden heeft,' zei hij.

Lock keek hem aan terwijl Richard, nu gekleed in een bio-overall, aan de andere kant van de wand verscheen en naar Nicholas liep. 'Maak je maar niet ongerust, Stafford,' zei hij, 'jij komt zo aan de beurt.'

'Zie ik eruit alsof ik me ongerust maak?'

Lock moest toegeven dat Stafford stukken kalmer was dan hij verwacht had. Zeker kalmer dan op die avond dat Lock hem mee naar het dak nam.

'Ik heb alle gegevens gezien, weet je nog wel,' ging Stafford verder. 'Het vaccin werkt gegarandeerd.'

'Dat noem ik nog eens vertrouwen,' zei Ty, terwijl Richard, aan de andere kant van de glazen wand, de container openmaakte en een spuit vulde met vloeistof uit een van de flesjes. Zijn handen beefden.

'Ik wil dat iedereen weet dat ik dit geheel tegen mijn wil doe,' zei hij terwijl hij de vloeistof in Nicholas Van Stratens bloedbaan spoot.

Even later werd Van Straten weer buiten gebracht en Stafford naar binnen geleid. Nicholas negeerde zijn zoon straal. Zijn gezicht was bleek, zijn lippen waren wit omrand.

'God nog aan toe, het is maar een vaccin,' zei Stafford. 'De proefpersonen zijn er ook mee ingespoten en zij hebben nergens last van gehad.' Toen twee van Mareta's mannen hem op de brancard wilden duwen, bewoog hij zijn hoofd alsof hij zijn nek los maakte na een extra inspannende tenniswedstrijd. 'Dank je, ik blijf liever staan.'

De twee mannen dwongen hem op de brancard te gaan liggen en bonden hem vast. Lock en Ty keken elkaar bevreemd aan.

'Hé, het had erger kunnen zijn,' zei Ty. 'In ieder geval ligt hij niet op zijn buik. Dan zou ie pas echt om zijn moeder gaan schreeuwen.'

'Geen voorstelling waar ik een kaartje voor zou kopen,' zei Lock.

Richard liep achter Stafford langs naar een grote koelkast, trok de deur open en pakte een roestvrij stalen flesje met een rubberen kurk uit een grote witte koeltas op de tweede plank. Zijn handen trilden niet meer toen hij een nieuwe spuit uit zijn steriele verpakking haalde.

'Kom op, Hulme, maak een beetje voort,' zei Stafford tergend.

'Zoals je wilt,' zei Richard vanachter de helm van de bio-overall, terwijl hij de spuit vulde. Stafford tilde zijn hoofd op zo ver als hij kon en keek uitdagend naar de glazen wand. 'Ik bedoel maar, iedereen is ingeënt en niemand heeft er nadelige gevolgen van gehad.'

'Dat klopt,' zei Richard, de vloeistof in Staffords ader spuitend.

'Dus waarom zou ik me sappel maken? Nergens voor nodig, toch?'

Richard wachtte even alvorens te antwoorden. 'Helemaal nergens voor nodig, behalve dat ik je zojuist levend ebolavirus ingespoten heb.'

# 80

Staffords maag trok samen van angst. Hij wist dat het ebolavirus je lichaam aan beide kanten leeg liet lopen. En dan, als je geen braaksel of feces meer overhad en je dacht dat het ergste achter de rug was, begon het bloeden. Oren, neus, mond, anus. Als je organen het begaven of de hypovolemische shock zich aandiende, kwam dat als een opluchting. Maar het proces begon niet meteen. Integendeel. Het virus nestelde zich eerst op zijn gemak in je lichaam, drong je cellen binnen, wachtte zijn kans af en gaf je ruimschoots de tijd om na denken over wat je te wachten stond. Terwijl Stafford naar Richards ondersteboven gekeerde gezicht keek, onvermurwbaar achter de helm van de bio-overall, zou hij hebben durven zweren dat hij de ebola al door zijn lichaam voelde koersen, zich klaarmakend voor de aanval.

'Geef me het vaccin, Richard,' smeekte hij.

'Waarom zou ik?'

'Je bent arts. Je hebt een eed afgelegd!'

'Dat klopt. Dat heb ik gedaan. Maar in ruil daarvoor heb ik iets van jou nodig.'

'Alles. Maakt niet uit wat. Zeg het maar. Luister, als dit werkt, wordt Meditech misschien het eerste biotechnologische biljoenenbedrijf. Ik zal je aandelenopties verdubbelen. Verdriedubbelen. Noem maar een getal.'

'Ik wil geen geld. Ik wil dat je publiekelijk bekendmaakt hoe je deze mensen...' hij gebaarde naar Mareta en haar metgezellen achter de glazen wand '... het land in gesmokkeld hebt om als proefdieren te gebruiken en het leven van miljoenen Amerikanen in de waagschaal hebt gesteld, alleen maar om uit de schaduw van je vader te treden.'

'Natuurlijk, natuurlijk. Geen enkel probleem. Zo gauw ik dat vaccin krijg.'

'Nee. Eerst biechten, dan de absolutie.'

'Maar het virus is al in mijn lichaam! Hoe langer het duurt voor ik het vaccin krijg, hoe minder kans op herstel! Dat weet je!'

'Dan kunnen we beter voortmaken, vind je ook niet?'

Mareta, achter de glazen wand, werd onrustig, en aangezien ze genoeg explosieven bij zich droeg om iedereen naar het hiernamaals te sturen, leek onrustig Lock geen goed idee.

'Waar hebben ze het over?' vroeg ze.

'Ik zal gaan informeren.'

Toen hij halverwege de weg naar de deur was, ging die open en kwam Richard binnen. Hij zette de helm van zijn bio-overall af. Zijn gezicht was rood en hij veegde een lok haar weg die door het zweet aan zijn voorhoofd plakte. 'Ik heb hem een ultimatum gegeven. Hij gaat alles live op de tv opbiechten.'

'Wat voor ultimatum?' vroeg Lock.

'Ik heb hem zojuist het ebolavirus ingespoten. Als hij zijn belofte houdt, krijgt hij het vaccin.'

'En hoe dacht je een virusdrager op de buis te krijgen?'

'Je vriendin is verslaggeefster.'

'Uitgesloten. Veel te riskant. Carrie komt hier niet binnen.'

'Maar op die manier zullen de mensen de waarheid horen.'

'De waarheid? De waarheid is dat iemand die terroristen importeert om als proefkonijnen te gebruiken met de bedoeling een stokje voor hun eventuele biologische aanvallen te steken, in elke staat een ereparade zou krijgen.'

'Behalve misschien in Vermont,' droeg Ty bij. 'Dat zijn communisten.'

Mareta klapte in haar handen. 'Genoeg. Ik wilde dit niet doen om mijn leven te redden, maar deze nieuwe aanpak...' ze wendde zich tot Richard '... bevalt me. Breng het volgende subject naar binnen en geef hem het virus ook. Dan kunnen we vervolgens kijken of dat vaccin echt werkt.'

# 81

Mareta zat op een stoel met haar gewonde been op het controlepaneel. Allebei de Van Stratens en alle overgebleven voormalige bewakers hadden het ebolavirus ingespoten gekregen en waren teruggebracht naar hun cel. Mareta had bepaald dat ze een uur zouden moeten wachten voor ze het vaccin kregen. Nicholas Van Straten, die zowel het vaccin als het virus gekregen had, zou als een soort controle dienen tussen die groep en de voormalige gedetineerden en Lock. Alleen Richard, Ty en Mareta hadden niets ingespoten gekregen.

'Ik had een pak kaarten mee moeten nemen,' zei Ty tegen niemand in het bijzonder toen de bewakingsmonitoren plotseling uitvielen.

Chalid, die naast het controlepaneel zat, tikte op een van de schermen, eerst met zijn vinger, toen met de loop van zijn M-16.

'Hé, Fonzarelli, dat werkt niet. Ze hebben de stroom afgesloten,' zei Lock.

Mareta haalde haar schouders op, volstrekt onaangedaan. Een seconde later gingen de lichten uit en werd het stikdonker. Een Maglite sprong aan en verlichtte alle gezichten behalve dat van Mareta.

Mareta en Chalid wisselden een paar snelle woorden, waarop het licht weer uitging en de deur dichtsloeg.

'Wie is er nog?' vroeg Lock, twee stappen naar rechts nemend.

'Yo!' riep Ty.

'Ik,' zei Richard.

'Oké, Ty en Richard. Verder nog iemand?'

Niets. Hij luisterde opnieuw. Het donker omhulde hen met paranoia.

'Zijn ze vertrokken?' Dat was Richard.

Het antwoord kwam in de vorm van een nieuwe lichtstraal van

288

het controlepaneel. Chalid scheen Lock recht in het gezicht.

'Luister, we kunnen hier niet blijven? Versta je dat?'

Chalid gaf geen antwoord. Waarschijnlijk sprak hij geen Engels, hoewel Lock, denkend aan Mareta, geen risico wilde nemen.

'Als je ons verstaat, Chalid, zeg dan iets, verwende stomme kamelenneuker,' zei Ty.

Nee. De jongen had zelfs niet een paar sleutelbegrippen uit de rapmuziek opgepikt.

'Ik geloof niet dat hij Engels spreekt, Ryan.'

'Hartelijk dank voor de uitleg, Tyrone.'

'Niks te danken. Ben je nog steeds gewapend?'

'Ja.'

'Ik ook. Onze vriend is in de minderheid.'

'Precies wat ik dacht. Richard?'

'Ja?'

'Heb je als kind ooit moord in het donker gespeeld?'

'Soms met mijn neefjes en nichtjes. Ze wonnen altijd.'

Fantastisch, dacht Lock.

'Oké, ik wil dat je over een paar seconden van plaats verandert en wat geluid maakt. En dat je je klein maakt.'

'Onmogelijk.'

'Waarom?'

'Ik ben doodsbang.'

'Helpt het als ik zeg dat ik net zo in de rats zit als jij?'

'Niet echt.'

Buiten klonk het geratel van pistoolvuur, gevolgd door een explosie. Een granaat, dacht Lock. Of wat overgebleven C4. Maar wat het ook was, het was zeer zeker niet het geluid waarmee de president zijn handtekening onder een garantie zette.

Richards stem: 'Lock?'

'Ja?'

'Ik ben klaar.'

'Oké, doe maar dan.'

Richards stoel schoof knarsend over de vloer. De lichtstraal ging naar rechts, weg van Locks gezicht. Waar Richard had moeten zijn was alleen maar glas.

Lock nam zijn kans waar en wierp zich in de richting van de lichtstraal van Chalids Maglite. Het was een even existentieel moment als van een steile klif stappen. Hij kreeg de kolf van de M-16 in zijn maag, maar door zijn vaart gooide hij Chalid van zijn stoel. Een wolk van sterretjes danste voor zijn gezicht toen de kolf hem opnieuw raakte, ditmaal in zijn gezicht. Hij probeerde niet achterover te vallen en zo dicht mogelijk bij de man te blijven. Hij haalde uit met zijn rechterarm en stompte Chalid in het gezicht. Zijn vuist schampte van een uitstekend bot en vond iets wat, gezien het plotselinge fluiten van 's mans ademhaling, zijn luchtpijp geweest moest zijn. Hij bleef stompen tot het fluiten helemaal ophield.

Hij liet zich van Chalids slappe lichaam afrollen, pakte de Maglite en zocht de M-16, die een paar meter weggeschoven was. Hij scheen om zich heen en zag Ty met getrokken pistool voor zich staan en Richard opgerold in een hoek liggen. Richard keek tussen zijn vingers door op het moment dat de schokgolf van een explosie buiten door het vertrek rolde. Mareta? Dat betwijfelde hij. Ze had zich al uit zoveel van dit soort situaties gered dat ze niet deemoedig naar God zou gaan zolang er een kans op ontsnapping bestond.

Lock liep naar de andere kant van het vertrek, hielp Richard overeind en gaf hem een klap op de schouder. 'Goed gedaan. En laten we nu als de bliksem wegwezen.'

'Wacht.' Richard liep naar hem toe. 'Geef op,' zei hij, de zaklantaarn uit Locks hand pakkend. Hij bescheen Chalid, die onbeweeglijk op de grond lag. 'Is hij dood?'

'Dat hoop ik van harte,' zei Lock. 'En nu wegwezen.'

# 82

Te vroeg. De woorden klommen zijn geest binnen en weigerden weg te gaan. Niet omdat hij alleen dood zou gaan. Of vreselijk pijn zou lijden. Nee, het ergste van deze onverwachte situatie, de ultieme infamie, was dat hij als een voetnoot zou sterven. Een harde explosie deed de muren aan weerszijden schudden – een teken dat alles misschien nog niet verloren was. Het licht ging uit. Stof kriebelde in zijn keel en hij hoestte. Nog meer stof drong zijn neus binnen. Hij liet zich op de grond zakken en kroop in de richting van waar hij de deur vermoedde. De betonnen vloer schudde onder een nieuwe explosie. Zijn hand schoof weg en hij viel met zijn gezicht op de grond. Het duurde even voor hij zich weer op kon richten. Daarna kroop hij verder, met zijn vingers de omgeving aftastend. Koud metaal. De deur. Hij zocht naar de rand. De deur hing scheef. Hij kon er zijn hand langs steken. Meer dan zijn hand. Zijn arm. Beide armen. Hij wrong zich door de opening de gang in. Het stof begon te zakken. De deur aan het eind stond open en er viel licht naar binnen.

Voorzichtig krabbelde hij overeind. De deur van de cel naast de zijne was eveneens beschadigd, uit zijn stijlen gerukt. Hij gaf er een duw tegen de deur viel naar binnen. Hij tuimelde er bijna achteraan. Hij zag de vage schim van een man op het bed. Stafford Van Straten ging naar binnen en keek neer op zijn vader. Twee diepe sneden maakten een bloederig kruis in het gezicht van de oude man.

'Stafford?'

Zijn vader stak een hand uit, maar Stafford deed alsof hij hem niet zag. 'Het vaccin. We moeten het vaccin vinden,' fluisterde hij.

'En dan?'

Nicholas probeerde zijn hoofd op te tillen, maar de inspanning was hem te veel. 'Anders ga je dood.'

'In de gevangenis, bedoel je?'

Hij keek toe terwijl zijn vader probeerde het bloed dat in zijn rechteroog sijpelde weg te vegen. 'Hier weg zien te komen.'

'Als een lafaard?' grauwde Stafford. 'Om voor eens en altijd te bewijzen wat een mislukkeling ik ben?'

'Waar heb je het over?'

'Je zult het nooit begrijpen, wel? Dit gaat niet om geld. Het ging nooit om geld.' Stafford viel op zijn knieën, zodat hij zijn vader aan kon kijken. Buiten hoorde hij nog steeds pistoolschoten door het complex galmen. 'Het gaat om de geschiedenis en de plaats van onze familie erin. Míjn plaats.'

# 83

Caffrey had juist een plastic vork in zijn burrito gestoken toen hij de vrouw op zich af zag strompelen met een kruk onder haar arm en een koelfles in haar andere hand. 'Shit.'

Hij stapte uit de politiewagen, trok zijn wapen, een ouderwetse roestvrij stalen Smith and Wesson 64 revolver, en richtte hem midden op haar borst. 'Blijf staan.'

Ze liep gewoon door.

Bij de instructies had hij iets over een vrouw gehoord. Hij wist dat het een buitenlandse was. Iemand had gezegd dat ze geen Engels sprak. Of juist wel? Verdomd. Hij had beter op moeten letten in plaats van een van zijn agenten te sms'en dat hij langs de burritotent moest rijden.

'Blijven staan, dame.'

Hij keek om zich heen, zoekend naar versterking, maar iedereen leek als door stront aangetrokken vliegen door de poort en naar de gebouwen te rennen.

En ze bleef komen. Volmaakt kalm. Niets op haar gezicht verried zelfs dat ze zijn vuurwapen zag. Een vrouw. Net van de boot. Die hem misschien niet verstond.

Toen bleef ze staan. Misschien drie meter van hem vandaan. Misschien minder. Zonder het oogcontact te verbreken. Zonder naar zijn revolver te kijken. Alsof die niet bestond.

'Oké, heel goed. En nou blijven staan en u niet verroeren.'

Maar ze verroerde zich wel, want ze zette de koelfles op de grond en haar andere hand ging naar haar keel.

'Verroer u niet, zei ik.'

Ze droeg het gevoerde ski-jack van een man, tenminste dat idee had Caffrey. Ze rukte aan de ritssluiting.

Hij zou moeten wachten tot hij een wapen zag. Voor het openritsen van een jack kon je iemand niet doodschieten.

293

'Oké, da's ver genoeg.'

Ze bleef trekken tot de rits los was.

'Ik heb geen tijd voor spelletjes, dame.'

'Wij ook niet.' Een man kwam uit het donker. Blank. Jonge vent. Bedekt met een dun laagje grijze stof, zodat hij wel iets weg had van die menselijke standbeelden die in het centrum stonden om toeristen geld uit de zak te kloppen. 'Ga je gang,' zei de man. 'Laat zien.'

Met een langzaam, weloverwogen gebaar trok de vrouw het jack open. Caffrey verloor alle kracht in zijn hand. De Smith and Wesson tuimelde op de grond.

Vierentwintig jaar van springers, ontvoerders, messentrekkers, junks, verkrachters, recidivisten, kindermoordenaars en crackverslaafden. Vierentwintig jaar getuige zijn van wat vaak het dieptepunt van iemands leven was. Steeds opnieuw. Een eindeloze spiraal van menselijk falen dat soms afzonk naar pure boosaardigheid. Caffrey was er zeker van dat hij alles gezien, geroken, gehoord, aangeraakt en, jazeker, gevoeld had. Maar dit ging veel en veel verder.

Ze trok het jack open met de zwierigheid van een goochelaar en Caffrey verwachtte half en half dat ze een buiging zou maken. Maar het enige wat er gebeurde was dat de man achter haar naar Caffreys dienstrevolver rende en hem opraapte.

Caffrey stond nog steeds als aan de grond genageld en deed geen enkele poging om hem tegen te houden.

'Heb je een mobiele telefoon?'

'Wat?' zei Caffrey.

De man richtte de revolver op hem. Het drong amper tot Caffrey door. 'Of je een mobiele telefoon hebt?' herhaalde de man.

'In de auto.'

'Ga halen dan,' droeg hij hem op. 'Ik heb het nummer nodig.'

# 84

Uit alle gebouwen in het complex steeg rook op. Twee ervan brandden nog steeds, en het schuim dat de brandweerploegen in gasmaskers en bio-overalls erin pompten leek niet opgewassen tegen de vlammen. De grond tussen de gebouwen was bezaaid met lijken. De uitbrekers hadden zich fel verdedigd en zeker zes GTT-agenten en ander politiepersoneel met zich meegenomen.

In de wagen van het Bureau voor Ziektebestrijding en -Preventie begon het geduld waarmee Lock op zijn testresultaten wachtte uitgeput te raken. 'Hoe lang gaat dit nog duren? Ik ben op dit moment waarschijnlijk een van de veiligste mensen in heel Amerika.'

Zijn smeekbeden hielpen geen zier. Er waren regels en die zouden gevolgd worden. Hij hoorde het radioverkeer buiten eerder toe- dan afnemen. Geen goed teken na een bestorming. En op het moment dat een van de technici van het BvZP haar laatste analyses uitvoerde, hoorde hij Ty iemand vlak voor de deur woedend uitfoeteren.

'Ben je haar kwijt? Godverlaten idioten!'

Dat deed de deur dicht. Lock sprong overeind, gaf de gozer met de stierennek bij de deur een duw tegen zijn borst en ging naar buiten. De man volgde hem en trok zijn wapen. 'Ga onmiddellijk weer naar binnen, meneer.'

'Ik heb parkeerwachtsters gekend die er gevaarlijker uitzagen dan jij, makker, dus ik zou dat pistool maar opbergen zolang je handen nog werken.'

De confrontatie werd beëindigd door de BvZP-technica. 'Laat maar, Brad. Hij heeft niks.'

Lock liep naar Ty. 'Heeft het Spook 't hem weer gelapt?'

'Lijkt er wel op, ja.'

Lock keek over zijn schouder naar de smeulende ruïnes, terwijl een bulldozer van de bommenbrigade van de New Yorkse politie voorbijrolde. 'Jezus, waarschijnlijk is ze al halverwege Zuid-Amerika met wat er nog van het familiefortuin over is. Hoe zit het met de rest?'

'Richard is in veiligheid en weer bij zijn zoon. Hé, we hebben gedaan wat we kwamen doen. We hoeven alleen nog maar 'n paar losse eindjes weg te werken.'

'Die geschifte trut met twee kilo C4 om haar middel lijkt me meer dan een los eindje.'

'Ze is toch Tsjetsjeens. Ik dacht dat die problemen met de Russen hadden, niet met ons.'

'Dat was ook zo, tot nu toe,' zei Frisk, die met grote passen van achteren op hen afkwam. 'En zij is niet het enige wat vermist wordt.'

'Wat dan nog meer?'

'De hele voorraad ebolavirus is verdwenen.'

# 85

Hoog boven de skyline van Manhattan maakten de nacht en de dichte, winterse wolken de vier F-15's van de luchtmacht onzichtbaar toen ze met een wijde boog om het eiland heen vlogen. Beneden hen was het luchtruim leeg op de zeven helikopters van de New Yorkse politie na, die bedrijvig boven het centrum vlogen. Alle commerciële luchtvaartmaatschappijen hadden een vliegverbod gekregen. Kennedy was gesloten, evenals La Guardia en Newark. De helikopterpiloten zagen een rode lijn van flikkerende remlichten over de hele lengte van de Brooklyn Bridge, de Manhatten Bridge en de Williamsburg Bridge kruipen. Naast de piloten zaten scherpschutters die klaar waren om vanuit de lucht vergelding te nemen en die terwijl ze op hun oproep wachtten hun wapens controleerden.

Dezelfde rode puntjes waren zichtbaar ver weg op de Queensboro Bridge en bij de ingang van de Queens Tunnel naar het centrum. Aan de andere kant van het eiland leek de file voor de Lincoln Tunnel zich helemaal uit te strekken tot een verre afrit in New Jersey waar zelfs Springsteen nooit van gehoord had. Vanuit de lucht gezien leek de stad een plotselinge piek in populariteit te genieten, precies op het moment dat haar vermogen nog meer mensen op te nemen zijn uiterste limiet bereikt had. Het kon kennelijk toch op.

Ondergronds was de situatie anders. Vierhonderd passagiers zaten in de coupés van een stilstaande A-trein. Gespannen. Zwijgend. Verderop werden mensen van de perrons verwijderd en de straat op gestuurd. IJzeren hekken vielen ratelend omlaag. De aderen van de stad werden een voor een geblokkeerd.

Hetzelfde gold voor de Holland Tunnel en voor elke tunnel die de stad in leidde. Automotoren werden afgezet. Boze automobilisten voegden onaangedaan toekijkende politieagenten alles behalve complimenten toe.

'Ik moet mijn dochter ophalen van een feestje. Een uur geleden belde ze me. Ze huilde.'

'Maar mijn appartement staat onder water. De conciërge heeft me gebeld. Ik ben helemaal uit Maine gekomen.'

'Wat maakt het uit als u één auto door laat rijden, agent?'

Elke smeekbede, aansporing of steekpenning stuitte op hetzelfde antwoord. Volstrekt uitgesloten. De stad zit potdicht. Niemand komt erin en niemand gaat eruit. Manhattan is vergrendeld.

# 86

'Wie denk je dat er met de eer gaat strijken?' vroeg Ty toen de helikopter naar links dook en over de East River richting Manhattan scheerde. 'Waar heb je het verdomme over? Welke eer?' vroeg Lock, die zich amper verstaanbaar kon maken boven het lawaai van de rotors.

'De dag des oordeels, idioot. De joden denken dat ze de verloren stam van Israël zijn, waar of niet? En de protestanten zien zichzelf als het uitverkoren volk. De katholieken idem dito. En de mormonen denken dat zij 't zijn. Moslims. Verrek, dat zou echt de doodschop zijn na alle ellende die ze de laatste tijd veroorzaakt hebben. Hindoes? Lijkt me niet. Jehova's getuigen? Hmm. Die hebben de laatste tijd veel aan de weg getimmerd. Dat mag je niet uitvlakken. De boeddhisten denken dat ze terugkomen als vlinders of zoiets lulligs. Maar het is duidelijk dat ze niet allemaal gelijk kunnen hebben. Wil je weten op wie ik mijn geld zet?'

'Nation of Islam?'

'Welnee, die kun je vergeten. Die zijn het verlies van Farrakhan nooit te boven gekomen. Ik hou het bij de Ieren.'

'Van Ierse afkomst zijn is geen godsdienst.'

'Dat moet je hun vertellen. Nee, iets wat zo belangrijk is als de dag des oordeels moet een kwestie van stom geluk zijn. En niemand is stommer of heeft meer geluk dan de Ieren.'

Ty leunde achterover, er duidelijk mee ingenomen dat hij in één adem alle belangrijke godsdiensten van de wereld en het thuisland van zeker een tiende van de bevolking van Amerika op hun plaats gezet had.

Frisk draaide zich om op zijn stoel. 'Is hij altijd zo?' schreeuwde hij naar Lock.

'Helaas wel. Maar het went.'

'Vind je ook niet dat een beetje meer respect wel op zijn plaats is?'

Ty leek gekwetst. 'Als jij een beter moment weet om over dit soort vragen na te denken, moet je me dat zeker laten weten. En eh, voor je 9/11 erbij sleept om me een schuldgevoel aan te praten... ik heb een broer verloren in Toren 2.'

Ty's broer was brandweerman geweest, een van de mensen die naar boven gingen terwijl alle anderen naar beneden renden. Hij en Ty hadden elkaar erg na gestaan. Als reactie had Ty, onder het motto dat actie nuttiger was dan treuren, dienst genomen bij de commando's. Nu zaten ze achter in een helikopter en vlogen een stad binnen waar ieder mens met gezond verstand uit gevlogen zou zijn. Lock hoopte dat de geschiedenis zich niet zou herhalen.

'Maar om weer ter zake te komen,' zei Frisk, terwijl de helikopter afdaalde naar de landingsplaats.

'Prima,' zei Lock, terwijl de piloot hen beduidde nog een paar seconden te blijven zitten.

'Als je gelijk hebt en ze ondanks alles door ons kordon heen gekomen is, gaat ze naar de plaats waar ze de meeste slachtoffers kan maken.'

'En in haar optiek is dat hier,' zei Lock, terwijl ze hun veiligheidsriemen losmaakten en uitstapten. Twee scherpschutters van de GTT namen hun plaatsen in.

Lock liep naar de rand van het dak, op de voet gevolgd door Ty, automatisch in hun rol als teamleider en tweede man vervallend.

'Hoeveel mensen hebben we daar beneden?' vroeg Lock, toen hij voor een negentig centimeter hoog muurtje tussen het dak en de lucht tot stilstand kwam.

'Rond de achthonderdduizend, zou ik zeggen.'

'Nee, niet in de stad, op het plein,' zei Lock ongeduldig.

'Kijk zelf maar als je me niet gelooft.'

Lock keek over de rand. Hij schrok zo dat het hem even duizelde en hij dreigde te vallen. Ty pakte hem bij zijn jasje en trok hem terug. Lock bleef kijken. Frisk had niet overdreven. Op Times Square stond een mensenmassa die zich uitstrekte zo ver als het oog reikte.

'Wat doen al die mensen daar verdomme?'

Het was 's nachts altijd druk op Times Square, altijd geweest, zelfs na het verdrijven van het meer verlopen deel van zijn bewoners, maar dit was krankzinnig. Niet alleen de trottoirs, maar elk stukje van het plein zelf stond vol mensen.

Frisk keek hem vragend aan. 'Weet je dat niet dan?'

'Anders zou ik het niet vragen.'

'Weet je niet welke dag het vandaag is?'

Dat wist Lock inderdaad niet. Maar toen zag hij de gigantische kristallen bal die op het punt stond om van het One Times Square-gebouw neergelaten te worden, en de televisiestellages met de piepkleine sterpresentatoren die zich zelfs van deze hoogte van de massa onderscheidden... en toen wist hij het wel. Toen wist hij precies welke dag het was. Of liever, welke avond.

'Oudejaarsavond.'

# 87

'Hoeveel mensen zei je ook weer?'

De drie mannen stonden op het stenen muurtje. Ty had zijn hand achter Locks rug voor het geval zijn vriend een black-out zou krijgen.

'In deze onmiddellijke nabijheid achthonderdduizend, schatten we,' zei Frisk.

'Evacuatie?' vroeg Ty.

'Geen optie.'

'Waarom niet?'

'Als jij bijna een miljoen mensen wilt vertellen dat een van de beruchtste terroristen ter wereld met een hoop explosieven om haar borst hier vrij rondloopt, ga je gang. Waarschijnlijk zouden we er in het gedrang alleen al een paar duizend kwijtraken.'

Lock wist dat Frisk gelijk had. Dit was de vleesgeworden natte droom van iedere jihadist. Perfect voor een zelfmoordaanval. Duizenden en duizenden op elkaar gepakte mensen in een kleine ruimte. Bovendien was de mogelijkheid om paniek te zaaien oneindig groot, en zoals Frisk al zei, zou paniek best meer slachtoffers kunnen maken dan de bom. Hoewel paniek, als Mareta hier inderdaad ergens was en de bom tot ontploffing bracht, een uitstekend secundair middel zou zijn.

'De mensen zijn eraan gewend op oudejaarsavond zoveel politie op de been te zien,' zei Frisk.

'En het afsluiten van de bruggen en tunnels?'

'We hebben zo weinig mogelijk details gegeven en tot dusver hebben de media meegeholpen het embargo in acht te nemen.'

Plotseling dacht Lock aan Carrie en aan wat Brand gezegd had over de aanrijding door de SUV en hoe opgelucht hij was toen Ty hem vertelde dat ze springlevend was.

'Denk je dat Mareta hier is?' vroeg Frisk.

Lock sprong van het muurtje en boog zich er overheen om nog één keer naar de mensenmassa beneden te kijken. 'Absoluut,' zei hij, zich omdraaiend en met grote stappen naar het trappenhuis lopend.

# 88

Badend in het zweet klom Stafford uit de politiewagen, liep naar de achterkant en maakte de kofferbak open. Hij deed een stapje achteruit en beduidde Mareta met Caffreys revolver in zijn hand naar buiten te komen.

Ze klom er stram uit. Haar jack schoof omhoog en onthulde een mobiele telefoon die als een radio aan de achterkant van haar riem bevestigd was. Er kwamen draden uit die over haar rug onder haar jack verdwenen.

'Afspraak met het noodlot, schattebout.'

'Ik ben klaar,' zei ze.

'Waarom klink je dan zo weinig overtuigd? Zo te horen ben je niet echt klaar om je plaats in de geschiedenisboeken in te nemen. Ik dacht dat jullie daar juist zo op gebrand waren.'

Toen Stafford na het afschudden van zijn gewapende escorte Mareta tussen de rokende ruïnes van het complex tegen het lijf liep, had hij het geheim van haar succes meteen geraden. Ze bezat het vermogen het martelaarschap in andere mensen op te roepen zonder zelf van de gelegenheid gebruik te maken. Het Spook. Ja nou. De moeder van alle lafaards zou meer op zijn plaats geweest zijn. Schokkend maar weinig ontzagwekkend. Maar deze keer zou hij er persoonlijk op toezien dat het Spook met een klap aan haar eind kwam. Tijdens zijn studie in Dartmouth had hij het college over 'Het construeren van op het lichaam gedragen explosieven' op de een of andere manier gemist, dus hij was blij dat Mareta het moeilijkste werk al gedaan had. Het enige wat hij nog hoefde te doen was het glaceersel aanbrengen en de kaarsjes aansteken.

'Denk je dat je kinderen daar op je wachten als je aankomt, Mareta?'

'Hou op over mijn kinderen,' zei ze, op hem afkomend.

Hij liet de revolver zakken, deed een stapje achteruit en trok zijn Blackberry uit zijn zak. Op het scherm stond een nummer. Hij hield zijn duim boven de belknop. 'Kom, kom, het heeft geen zin om voorbarig te zijn, wel?'

Hij duwde haar vooruit. Achter hen lag Caffrey slap en met openhangende mond op de achterbank van de politiewagen. Bloed sijpelde uit zijn ogen.

## 89

Lock had de leden van de pers nog nooit zo stil gezien. Zelfs in oorlogssituaties kon je op de media vertrouwen om de ergste momenten te verlichten met het soort galgenhumor dat in zelfs de meest cynische commando een innerlijk gevoel voor politieke correctheid wakker riep. Maar dit was anders. Ze zaten allemaal bij elkaar in een provisorisch omroepstation waar de beelden van alle camera's bijeenkwamen. De mensen thuis zagen opnamen van de menigte tijdens de oudejaarsfestiviteiten van vorig jaar, compleet met kleurrijk commentaar. Niemand had gebeld met een klacht. Amerika moest te dronken zijn, of anders konden de zenders beter snel een nieuwe invalshoek bedenken.

Lock zat naast Carrie en bestudeerde de schermen, haar van tijd tot tijd vragend een cameraman te instrueren een close-up van een bepaald deel van de menigte te maken. Afgezien daarvan concentreerde hij zich zwijgend op proberen te zíén in plaats van alleen maar te kijken. Mensen in Locks branche die hun vak verstonden, wisten dat de meeste mensen slapend met open ogen door de wereld gaan. Ze wisten ook dat dat een luxe was die zij zich niet konden veroorloven.

Carrie legde een hand op de zijne. Hij trok hem terug met één woord: 'Later.' En toen, om de klap te verzachten: 'Oké?'

Ze zuchtte. 'Oké.'

Verderop paste Ty een robuustere benadering toe bij de leidinggevende producer. 'Nee, niet die, uilskuiken. Díé!'

Zelfs na zo'n korte tijd met Ty had de producer, een man die er duidelijk meer aan gewend was zelf te blaffen dan toegeblaft te worden, tranen in zijn ogen en een vervaarlijk trillende onderlip.

'En nou zoomen. Zoomen, baby, zoomen.'

Even later bleek het voorwerp van zijn belangstelling een flinke sik boven een prominente adamsappel te zijn.

'Barst,' kreunde hij.

Achter hen ijsbeerde Frisk over de vloer. 'Al iets gezien?'

Lock schudde zijn hoofd. 'Als je een naald in een hooiberg zoekt, blijft de hooiberg in ieder geval op één plaats.'

Een stem verderop: 'Godverlaten idioten.'

Hoofden werden omgedraaid en ogen gingen naar een monitor aan het eind van het station, die rechtstreeks met de feestelijkheden in Times Square verbonden was. Op de voorgrond stond de debiele verslaggever met wie Carrie het tijdens de persconferentie van Stokes en Van Straten aan de stok had gehad, met op borsthoogte een rollende banier van slecht nieuws: Ernstige inbreuk op veiligheid in centrum voor bioterrorisme... Ebolavirus ontvreemd... Times Square vermoedelijk doelwit.

De deur ging open en Gail Reindl kwam binnen, voorafgegaan door een wolk parfum met meer vernietigingskracht dan enig biowapen. Mobiele telefoons kwamen tot leven. 'Oké, Carrie, alles is bekend. Zorg dat je op die camera komt.'

Terwijl de tv-mensen naar buiten gingen, bleef Lock gespannen naar de monitoren kijken, terwijl het nieuws zich langzaam door de enorme menigte verspreidde. Sommige mensen waren al in beweging gekomen en probeerden met hun telefoon tegen hun oor gedrukt het plein te verlaten, duwend en dringend als het nodig was. Het collectieve resultaat van zoveel individuen die tegelijkertijd probeerden weg te komen was dat zich grote stromingen in de menigte vormden. Het was net een wolk plankton die zich in alle richtingen verspreidde om aan een onzichtbare aanvaller te ontsnappen.

Frisk stond achter hem. 'God nog aan toe.'

Op dat moment zag Lock iets. Een close-up van een klein hoekje in de menigte. Een paar geïsoleerde figuren. Vijfentwintig misschien. Hij kwam overeind en zette zijn rechterwijsvinger op het scherm. 'Daar. Linkerbovenhoek. Ik wil haar beter zien.'

Een van de overgebleven technici fluisterde in zijn microfoon, waarop het beeld veranderde. Enkele seconden later verscheen een vrouw midden in beeld. Ze droeg een dik, gevoerd ski-jack en had een paardenstaart.

'Dichterbij. Het gezicht. Het gezicht.'
De vrouw draaide zich half om en Mareta Yuzik staarde hen vanaf het scherm aan.

# 90

'Zuidoostelijke hoek van 41$^{st}$ Street en Broadway,' schreeuwde Frisk terwijl ze over Broadway renden, iedereen wegduwend die niet snel genoeg opzijging. Twee straten.

'Onze mensen zijn er.'

'Goed,' schreeuwde Lock, nu al buiten adem. 'Weten ze wat ze moeten doen?'

De maatregelen tegen wat in hun branche een LGGER, een op het lichaam gedragen geïmproviseerde explosieve inrichting, genoemd werd, waren hetzelfde als bij andere explosieven en bommen. Bevestigen. Ontruimen. Afsluiten. Beteugelen. Alleen was er bij een bom die aan een mens gebonden was één gigantische onvoorspelbare factor in het spel: de mens.

Naarmate ze dichter bij de plek kwamen, groeide de stroom mensen die de andere kant uit renden. Uit de flarden van de gesprekken die ze opvingen viel op te maken dat de meesten niet eens wisten waarom ze wegrenden, behalve dat iedereen het deed. Het kudde-instinct deed zich gelden.

Een man duwde zijn tienjarige dochtertje voor zich uit. Ty zag haar struikelen en onder de rennende voeten verdwijnen. Niemand keek zelfs maar omlaag om te zien waarop of op wie ze stonden. Haar vader werd verder gesleurd. Ty baande zich met de vastberadenheid van een commando met uitgestoken ellebogen een weg naar haar toe en trok haar overeind. Ze was gewond en gekneusd en huilde van pijn en schrik. Hij schreeuwde naar haar vader dat hij hem moest volgen en trok haar een winkelportiek in, waar ze herenigd werden. Daarna rende hij verder.

Lock had Ty uit het oog verloren, evenals Frisk. Maar hij was er bijna. Daar hoefde hij geen straatnaambordjes voor te lezen of zijn radio voor aan te zetten. Hij wist het omdat de drukte afnam. En plotseling stond hij, alsof hij door een papieren wand gebroken was, midden in een lege straat.

De vrouw stond met haar rug naar hem toe, omringd door een blauwe cirkel van politieagenten met getrokken wapens. Sommigen hadden oproerschilden, de meesten niet.

'Mareta?'

De vrouw draaide zich om. Ze was het inderdaad. Ze staarde Lock aan met een gezicht dat niets verried. Zelfs niet of ze hem herkende.

Een van de mannen achter de schilden schreeuwde: 'Oké, handen omhoog waar we ze kunnen zien!'

Mareta gaf gehoor aan het bevel en spreidde haar armen alsof ze een kruisbeeld was.

'Oké, nu wil ik dat u met uw rechterhand uw jack openmaakt.'

Langzaam, op haar gemak en zonder plotselinge bewegingen ging haar hand naar de ritssluiting en trok hem omlaag.

'Wat is dat verdomme?'

Ty en Frisk hadden Lock ingehaald en stonden naast hem. Ze zagen de zelfmoordriem, maar aan de voorkant, tussen de spijkers, zaten zes roestvrij stalen flesjes. Ze deden het misschien niet echt, maar het vóélde alsof iedereen een grote stap achteruitzette.

'Denk jij wat ik denk?' vroeg Ty.

'Misschien bluft ze,' zei Frisk, zich vastklampend aan strohalmen.

'Het is geen bluf,' zei Lock. 'Hoeveel mensen dacht Richard ook weer dat zo'n hoeveelheid biomateriaal kon doden?'

'De hele stad.'

De agent van de brommenbrigade ging verder met zijn instructies, zijn nervositeit alleen maar verradend doordat zijn stem soms even oversloeg. 'Rits uw jas verder open. Met één hand. Geen onverwachte bewegingen.'

De rits bleef haken. Mareta gaf er een ruk aan, trok hem los en ging verder tot haar jack openhing.

'Oké, nu het jack uittrekken,' zei de agent, even achter zijn schild vandaan komend om voor te doen wat hij van haar wilde. Ze deed hem precies na. Het jack viel op de grond.

'Waarom werkt ze mee?' vroeg Frisk.

'Geen idee,' was het enige wat Lock kon zeggen.

Toen vielen zijn ogen op haar middel.

'Da's niet zo best,' zei hij.

'Wat?' vroeg Frisk.

Aan haar riem was met textieltape een mobiele telefoon bevestigd, van waaruit draden langs haar lichaam naar de explosieven leidden.

'De telefoon. De laatste keer dat ik haar zag, had ze contactdraadjes in haar hand. Nu heeft ze een mobiele telefoon.'

'Wat inhoudt-'

Lock bracht Ty met een opgeheven hand tot zwijgen. 'Frisk, wie ontbrak er nog meer toen je de koppen telde in het researchcentrum?'

'Een van de andere gedetineerden ontbrak, maar die is intussen gevonden.'

'Verder nog iemand? Denk na.'

'Alleen Stafford Van Straten.'

# 91

Stafford trok de Blackberry uit zijn zak, ging met zijn duim over het scherm naar zijn adresboek, opende het en ging naar de naam Mareta. Eronder stond een tweede woord: Nicholas. Hij overwoog zijn vader nog een laatste keer te bellen. Maar wat had hij nog meer tegen hem te zeggen dan vaarwel? Dus de donkere band op het scherm bleef waar hij was, een klik op de knop verwijderd van de geschiedenis.

Eén telefoontje aan de mobiel aan Mareta's riem en iedereen binnen een straal van een halve straat zou er geweest zijn. Wie niet door de schokgolf of de spijkers gedood werd, zou van geluk mogen spreken. De flesjes aan haar riem zouden het ebolavirus overal verspreiden en de open wonden zouden erop toezien dat het dodelijke virus snel in de bloedbaan van de overlevenden opgenomen werd. Wie weet hoeveel slachtoffers er uiteindelijk zouden vallen. Honderdduizend? Een miljoen? Hij glimlachte. Genoeg om nooit meer vergeten te worden.

Stafford zette zich schrap. Zijn duim hing nog maar een paar millimeter boven de belknop van de Blackberry toen het scherm oplichtte omdat hij gebeld werd.

'Yo, Staff. Met Tyrone.'

'Ik kan gewoon ophangen als ik wil, Tyrone.'

'Dat weet ik, Staff. Maar we hebben maar één goed schot nodig om je uit de weg te ruimen.'

'Veel succes. Als je wist waar ik was, zou je dat al gedaan hebben.'

'Goed gezien. Maar nog iets, Staff. Lock en ik hebben nooit de kans gekregen om ons ontslagpakket met het bedrijf te bespreken.'

'Maak je geen zorgen. Dat regel ik wel,' zei Stafford. Hij hing op.

Lock was in beweging gekomen en loodste Mareta met een hand

op haar schouder naar de ingang van de ondergrondse, halverwege de straat. Boven aan de trap had zich een grote groep mensen verzameld. Sommigen gingen opzij, anderen keken alleen maar verbaasd toen ze Lock, die Mareta voor zich uit duwde, op zich af zagen komen. De meeste mensen dachten dat Mareta gewond was en dat Lock probeerde haar in veiligheid te brengen, maar één vrouw zag wat Mareta om haar bovenlichaam droeg en zette het op een gillen. 'O, god! Het is een bom! Ze heeft een bom!'

Lock negeerde iedereen. Zijn blikveld werd smal en wazig, maar hij was veel te moe om een ademhalingsoefening te doen. Eén stoot, één val en de riem kon exploderen. Dan was de telefoon niet eens nodig.

'Uit de weg!'

Stafford liep met grote stappen over het trottoir richting ondergrondse. Iedereen rende de andere kant uit, maar zonder enig nadenken. Alles ging zo snel dat de paniek volledig was.

Hij zag Lock zich een weg door het oploopje bij de ingang banen. Ongeveer honderd mensen. Zijn timing was perfect.

Stafford had de Blackberry in zijn hand. En daarmee in feite de hele stad.

'Lazer op!'

Stafford keek een seconde te laat op om te voorkomen dat hij een schouderstoot kreeg van een Italiaan met een stierennek, gekleed in een jack van de Giants met bijpassende honkbalpet.

Toen hij zijn evenwicht hersteld had, drukte hij op de belknop. Het duurde even voordat het schermpje aangaf dat Mareta gebeld werd.

Lock hief zijn Sig, duwde Mareta achter zich, rukte het hek voor de tourniquets open en duwde Mareta door de veiligheidsbarrière. Het zien van zijn pistool maakte snel een eind aan de protesten van de enige werkneemster bij het hek.

Een paar trappen af. Naar het perron. Elke stap droeg hem dieper de aarde in. Dieper en, hoopte hij, veiliger.

*De persoon die u belt is buiten bereik.*
Stafford onderdrukte de neiging de Blackberry op het trottoir te smijten, maar in plaats daarvan rende hij naar de ingang van de on-dergrondse.

Op het perron bleef Lock staan om op adem te komen, zich plotseling bewust van de ironie van de situatie. Hij was nu de lijfwacht van een zelfmoordbom. Dat was iets voor zijn CV. Als hij het overleefde. Een tunnel aan beide kanten van het perron. Dieper in de ingewanden. Veiliger. Geen belbereik in de tunnels. Hij haalde diep adem en duwde Mareta naar een van de tunnels, weg van de trap.

Stafford had de oplossing gevonden. Plan B. Hij hoefde de mobiel niet te bellen. Zij hadden maar één goed schot nodig? Nou, hij ook. Eén kogel op een willekeurige plaats in Mareta's borst zou genoeg zijn.

Hij stond boven aan de trap. Een vrouw van middelbare leeftijd in het uniform van het vervoersbedrijf stond beneden. Hij keek ongelovig toe hoe ze probeerde een groepje mensen dat de ondergrondse in wilde tegen te houden – voor een New Yorker stond een open hek gelijk aan vrije toegang. 'Achteruit, mensen. De ondergrondse is gesloten.'

Een dikke man in een pak vroeg: 'Waarom staat het hek dan open?'

Stafford wrong zich door de drukte. De vrouw hield hem tegen met een arm voor zijn borst. 'De ondergrondse is gesloten.'

Stafford trok Caffreys revolver, schoot haar pardoes in het gezicht en sprong over het draaihekje. Een luid gegil steeg op, gevolgd door een dolle ren naar de uitgang. Toen Stafford omkeek, zag hij Ty met getrokken pistool met drie treden tegelijk de trap af rennen, zo te zien klaar om zijn eigen ontslagpakket uit te delen. Stafford rende verder.

Het eind van het perron voor Lock en Mareta. De stank van urine en een dode rat tussen de rails.

'Wat gebeurt er als ik blijf leven?' vroeg Mareta.

'Dan sterf je in de gevangenis.' Het ontbrak Lock aan de energie om te liegen.

Mareta sloeg zijn hand weg, ging ervandoor en sprong op de rails. De contactrail was maar een paar centimeter van haar voeten verwijderd. Locks hart stond bijna stil toen ze zich bukte, haar gewonde been er min of meer overheen tilde en verder strompelde. Lock sprong achter haar aan, maar gleed uit in een olieachtige plas bruin water. Mareta hees zich al op het andere perron, grommend van inspanning. Liggend tussen de twee rails hoorde Lock voetstappen op de trap aan het andere eind van het perron. Toen zag hij Stafford Van Straten.

Verborgen voor Ty, maar zichtbaar voor Lock dook Stafford achter een van de smerige, wit betegelde pilaren. Stafford zag Mareta op het andere perron, hief de roestvrij stalen revolver en mikte langs de metalen korrel. De beste schutter in het reserveofficierenkorps. Vier jaar achter elkaar.

Lock hief zijn Sig en stak zijn rechterhand uit. Hij hoefde niet eens te mikken. Alleen maar de trekker over te halen.

De kogel trof Stafford in zijn gezicht, boorde zich door zijn rechterwang, sloeg door zijn kiezen, waar hij glazuur en wortels versplinterde, en vloog dwars door zijn jukbeen weer naar buiten.

Voordat Stafford de grond raakte, voordat de revolver op het perron kletterde, gaf Lock hem het goede nieuws nog twee keer. Tik. Een in de keel – een beetje een geluksschot. Concentreren. Tik. Een derde kogel in het borstbeen.

Op het moment dat Ty's schoenen het perron raakten, smakte Stafford Van Stratens lijk op het beton.

Mareta was weggerend, terug naar de trap. Lock wilde achter haar aan gaan, en gebaarde Ty dat hij de andere kant uit moest gaan om haar daar op te vangen. Terwijl Lock probeerde zich op het perron te hijsen, strekte zich plotseling honderd meter beton tussen hen uit. Mareta hinkte, maar wist op de een of andere manier snelheid te maken. Zwarte vlekken dansten voor zijn ogen. Zijn lichaam gaf er de brui aan. Het had te lang gefunctioneerd op alarmfase.

Ty schreeuwde zijn naam van een miljoen kilometer afstand. Verwarring. Zijn geest dwong zijn lichaam te reageren. Dwong zichzelf hem uit te leggen wat er gebeurde. Het vaccin. De bom. Een toverboekje van mogelijkheden.

Toen maakte Mareta een plotselinge zwenking. Weg van de trap. Weg van het licht. Naar de tunnel aan het andere eind van het perron. Lock kwam met een schok tot zichzelf en wist weer wat hij deed toen hij Mareta in de donkere muil zag verdwijnen.

Vastbesloten te voorkomen dat het Spook opnieuw een verdwijntruc uithaalde, rende Lock over de rails.

# 92

Een hand greep zijn schouder. Hij draaide zich als door een adder gebeten om.

'Rustig maar,' zei Ty. 'Ik ben het.'

'Heb je haar gezien?'

'Ik zie geen sodemieter hier. Maar ik heb goed nieuws.'

'O ja?'

'Ze hebben de stroom naar de derde rail afgesloten en de GTT komt binnen vanaf 34ᵗʰ Street. Ze kan nergens heen.'

'Ben je vergeten met wie we te maken hebben? Heb je een zaklantaarn?'

'Ja. Wacht even.'

Ty haalde een mini-Maglite van zijn riem en draaide aan de achterkant. Hij scheen de tunnel in, maar de straal reikte niet verder dan tien meter.

'Dat zal genoeg moeten zijn,' zei Lock, zonder de geringste overtuiging.

Ty liet de zaklantaarn zakken en scheen op de grond, wat hun precies genoeg licht gaf om hun weg te zoeken over de rails en het vele afval.

Lock keek over zijn schouder toen hij stemmen achter zich hoorde weergalmen. Versterkingen. Vier agenten van de spoorwegpolitie. Geen bio-overalls. Hun moed stond buiten kijf, hun oordeelsvermogen iets minder.

Het licht van een van hun zaklantaarns scheen recht in Locks ogen. Hij stak een hand omhoog. De agent die voorop liep, beduidde zijn collega de lantaarn te laten zakken. 'Jezus, doe dat verdomde ding omlaag.'

Ty draafde terug om te overleggen. 'Jullie kunnen beter biokleding dragen als je hier blijft.'

'Dan moet de jouwe onzichtbaar zijn,' zei de agent met de zaklantaarn.

'Onze situatie is enigszins anders."'

'Hoezo dan?'

'Wij zijn al blootgesteld geweest,' zei Ty.

Twee agenten deden een stapje achteruit. De agent met de zaklantaarn bleef nadrukkelijk staan. 'We hebben vanavond een collega verloren,' zei hij met ietwat overslaande stem.

'Des te meer reden om dit goed aan te pakken,' antwoordde Ty.

Een collega trok de agent met de zaklantaarn mee.

'Kom op, we gaan.'

De agent schudde de hand van zich af, hief langzaam de zaklantaarn en scheen langs Lock. 'Als iedereen hier biokleding zou moeten dragen, kunnen jij en je makker dat beter tegen al die mensen daar gaan vertellen.'

Ty draaide zich om en volgde de lichtstraal, helemaal tot de stilstaande metro.

# 93

Zes wagons, elk met een capaciteit van tweehonderdzesenveertig passagiers. Plus de bestuurder. Zelfs als ze maar voor tweederde bezet waren, een lage schatting op oudejaarsavond, betekende dat duizend personen. Allemaal onder de grond, in het donker, terwijl de in de schaduwen verborgen Mareta het woord spooktrein een geheel nieuwe betekenis gaf.

Lock liep langzaam langs de voorste wagon. Die zat stampvol. Gezichten werden platgedrukt tegen de ramen, sommige doodsbang, andere verwachtingsvol, de meeste stoïcijns. Die laatste waren waarschijnlijk van geboren New Yorkers, dacht Lock. Lock had de vier agenten gevraagd te blijven staan en een kordon te vormen voor het geval Mareta probeerde te ontsnappen, maar toen hij bij de achterste wagon kwam, waren ze alweer dichterbij geschuifeld.

'We moeten die mensen hier weg zien te krijgen,' zei een van hen.

'Je meent het, Sherlock,' mompelde Lock, terwijl hij Ty, aan de andere kant van de achterste wagon, naar zich toe wenkte.

'Ze zit diep in de tunnel, als ze hier tenminste nog is,' zei Ty. Lock keek naar de agenten. 'Staan er nog meer metro's op dit stuk?'

'Alleen deze.'

Hij deed zijn ogen dicht en dacht aan wat Mareta in de cel gezegd had toen hij haar vroeg hoe ze altijd wist te ontkomen, zelfs in de onmogelijkste omstandigheden. Ze kon niet door muren verdwijnen, dat wist hij, maar op de een of andere manier deed ze dat toch.

Als ze laag zoeken, blijf ik hoog.

Hij wist zeker dat ze dat niet letterlijk bedoeld had. Ze had een simpele ontdekking gedaan: dat de kunst van het ontsnappen erin bestond te weten waar je vijand het eerst zou gaan zoeken.

'Is er iets?'

Ty's stem bracht Lock terug tot de werkelijkheid. De agenten onderzochten de trein. Hij liet hen hun gang gaan en nam Ty apart, fluisterend zodat niemand hem kon horen. Even later braken ze hun beraadslagingen af en liep Lock terug naar de agenten. 'Mag ik uw zaklantaarn even lenen?' De Maglite nazi overhandigde hem de lantaarn alsof het zijn eerstgeborene was. Lock wendde zich tot de patrouilleleider en verhief zijn stem om er zeker van te zijn dat iedereen hem kon horen. 'Jullie hebben gelijk. Laten we de stroom weer aanzetten en dit ding naar het perron rijden. Maar zeg tegen de bestuurder dat hij langzaam aan doet. Ze moet daar ergens zitten. Dat kan niet anders.'

Toen de eerste agent naar voren draafde om met de bestuurder te praten, bleef Lock bij Ty. 'Zo gauw hij in het station is moet je de stroom weer af laten sluiten.'

'Komt in de bus.'

Lock beduidde Ty met de voorste wagon mee te lopen, terwijl hij naast de andere rails op zijn hurken zakte. Zo kon hij de onderkant van de wagens zien als ze voorbijreden.

Enkele minuten later spetterde er zeshonderd volt gelijkstroom door de derde rail en sprongen de lichten in de metro aan. Zodra de laatste wagon voorbij was, stond Lock op, ging er achteraan en liep naast de derde wagon mee naar het perron. Na tweehonderd meter knipte hij de zaklantaarn uit. Nog eens honderd meter verder verdween hij in een nis voor dienstgebruik die uit de tunnelwand stak en verborg zich. Daarna wachtte hij. Uren verveling, seconden van doodsangst. Dat was zijn werk. Maar slechte lijfwachten concentreerden zich op wat ze tijdens de seconden van doodsangst moesten doen, terwijl een goede lijfwacht besefte dat het echte werk gedurende de uren van verveling verricht moest worden. Lock had zich geoefend in geconcentreerd blijven. In kijken en zien. In niet zomaar luisteren, maar hóren. Verderop hoorde hij de passagiers uitstappen en de bevelen van een zwerm GTT-agenten die de mensen van het vervoersbedrijf te hulp gekomen waren.

'Blijf waar u bent.'

'Steek uw handen omhoog.'

'Oké, nu kunt u doorlopen.'

Dat was wat hij hoorde, maar het was niet waar hij naar luisterde.

Tien minuten gingen voorbij. Zijn ogen begonnen aan het donker te wennen toen de rodopsinemoleculen in de staafjes van zijn netvlies zich geleidelijk aanpasten, zodat hij de ruimte om zich heen kon zien.

Toen hoorde hij Ty's stem, luid genoeg om Lock te bereiken. 'Hé, Frisk, staat de stroom weer uit?'

Een geërgerde Frisk. 'Dat zei ik net.'

'Sorry, 'k had je niet verstaan.'

Locks rechterhand omklemde de kolf van zijn Sig. Dit was het moment waarop ze in actie zou komen, dat wist hij zeker. Zodra alle wagons doorzocht waren en de politie besefte dat ze niet in de metro zat, zouden ze en masse de tunnel binnengaan. Meer mensen. Tientallen. Wie weet honderden. Voorzichtig bewoog Lock zijn linkerhand langs zijn lichaam en liet de Maglite op de loop van zijn Sig rusten. Hij onderdrukte de gedachte aan wat er op het spel stond. Aan de mogelijke slachtoffers. Wie weet honderdduizenden. Die gedachte uit zijn hoofd zetten bleek stukken makkelijker dan hij verwacht had. Eén man die uit een brandende wolkenkrabber zijn dood tegemoet springt, wekt afschuw. Een miljoen mensen die de hongerdood sterven lijkt precies wat het is... een getal.

Het enige getal dat op dit moment telde, was twee. Hij en zij.

Hij concentreerde zich op zijn ademhaling, filterde de geluiden van het perron uit. Hield op met luisteren. Probeerde te horen.

Toen kwam het. Een schrapend geluid. Een rat misschien. Opnieuw, luider ditmaal, duidelijker, meer alsof iemand een vuilniszak door een stapel natte bladeren sleepte. Mareta. Hij deed zijn ogen dicht en concentreerde zich op de richting. Het klonk dichtbij. Hij hoorde haar ademhaling. Ze kon al die tijd niet meer dan vijftien meter van hem vandaan zijn geweest.

In één soepele beweging draaide hij zich om. Weer hoorde hij het geluid. Zo te horen liep ze verder de tunnel in, weg van het perron. Zich tot het uiterste concentrerend knipte hij de zaklantaarn aan. Hij zag een natte, zwartgrijze muur. Hij liet de lichtstraal zakken naar wat hij schatte dat hoofdhoogte was en zwaaide hem naar links.

Mareta keek hem knipperend aan.

'Het is voorbij, Mareta,' zei Lock.

Haar pupillen slonken tot zwarte puntjes. Ze slaagde erin te glimlachen. Zwak en weinig overtuigend. 'Het is nooit voorbij.'

'Deze keer wel,' zei hij, naar haar toe lopend. Toen hij dichterbij kwam, verspreidde de lichtbundel zich over haar hele gezicht.

'Ben je vergeten wat ik zei?'

'Ik weet het nog precies.'

'En dat de dood een ontsnapping was?'

Het ritselen van stof. Hij hoefde de lichtstraal niet te laten zakken om te weten dat haar hand naar de metalen contactpunten ging die de explosieven rondom haar bovenlichaam tot ontploffing zouden brengen. Ze had haar tijd in de tunnel gebruikt om de ontsteker die op de mobiele telefoon aangesloten was geweest, los te maken en weer met de contacten in haar hand te verbinden.

'Deze keer valt er niet te ontsnappen, Mareta.'

Hij liet de lichtstraal naar haar maag zakken. Ze hield haar linkerhand strak naast haar lichaam, met de contactdraad tussen haar duim en wijsvinger geklemd. Haar rechterhand was tot een vuist gebald en kroop omlaag om de andere contactdraad te pakken, die aan haar middel bungelde.

'Stop,' zei Lock, de Sig op haar richtend.

Ze gehoorzaamde.

'Oké, die hand daar...' hij richtte de straal op haar rechterhand '... breng hem weer omhoog.'

De hand ging weer omhoog, weg van de draad, nog steeds zo stevig tot een vuist gebald dat de knokkels wit waren. Toen haar rechterhand op gelijke hoogte kwam met haar schouder, ging hij plotseling naar achteren en omhoog. Staal blonk in de lichtstraal toen ze het mes dat in haar hand verborgen was geweest naar Lock wierp.

Het spiegelen van het tollende lemmet bleek genoeg om hem uit zijn concentratie te brengen. Zijn kogel sloeg ver boven haar hoofd in het plafond van de tunnel toen het mes zijn doelwit vond en zich in zijn borst boorde, een paar centimeter onder zijn linkerschouder. Lock viel struikelend voorover, zodat het mes zich nog dieper in hem begroef toen hij op de rails smakte. De Maglite rolde uit zijn handen.

Hij voelde zijn greep op de Sig verslappen. Een intense pijn die bij elke hartslag heviger werd, vlamde door zijn borst.

Na het pistoolschot ging er aan beide kanten van de tunnel geschreeuw op. De eerste stem die hij hoorde, was die van Ty.

'Ryan?'

Hij hoorde de angst in Ty's stem toen de echo van de vraag onbeantwoord wegstierf.

'Ryan!'

De cavalerie kwam eraan. Dat voelde Lock. Maar ze waren veel te ver weg om hem te redden.

Hij hoorde Mareta naar hem toe lopen, keek op en zag haar rechtervoet op zijn gezicht afkomen. Zijn hoofd klapte achterover.

'Waarom ontsnappen we niet samen?' zei ze, terwijl haar rechterhand naar de andere contactdraad tastte.

'Ryan!'

Opnieuw Ty's stem, een van vele. Lock vroeg zich af waarom hij verder weg klonk terwijl Ty toch dichterbij moest komen. Hij verstevigde zijn greep op de kolf van de Sig, terwijl Mareta's hand zakte en plotseling weer omhoogkwam met de andere contactdraad. Nog maar een paar centimeter. Het circuit was bijna gesloten.

Diep inademend bracht hij zijn pols zo ver omhoog als het gewricht toeliet. Zijn vinger haalde de trekker over. De terugslag sloeg zo hard door zijn arm dat hij tranen in zijn ogen kreeg van de pijn die zich door zijn borst verspreidde.

De kogel trof Mareta recht in haar gezicht en verpletterde haar neus, zodat het kraakbeen zich over haar wangen verspreidde. Ze wankelde op de bal van haar voeten, armen uitgestrekt in een poging haar evenwicht te bewaren. Toen viel ze op haar rug en bleef roerloos liggen. Geen zwaaiende armen of trappelende benen. Geen doodsstuipen. Armen uitgestrekt en benen bij elkaar, een houding die merkwaardig veel op die van de gekruisigde Christus leek.

Ty arriveerde als eerste. Hij nam geen risico, maar schoot een kogel door haar voorhoofd en vervolgens een door haar keel, onder een hoek die haar hoofd van haar ruggengraat scheidde maar zonder risico dat de explosieven tot ontploffing kwamen. Met grimmige voldoening wendde hij zich tot Lock.

Lock krabbelde langzaam overeind. Ty deed zijn best om hem weer omlaag te drukken.

'Help me overeind, idioot,' gromde Lock.

'Je bent gewond.'

'Nou en, jij bent lelijk.'

Ty trok Lock overeind, terwijl GTT-agenten alle kanten uit stoven.

'Maak verdomme ruimte! Laat de bommenjongens door!' schreeuwde Frisk.

Ty keek met een emotieloos gezicht naar Mareta's lijk. 'Goed werk.' Toen zag hij het bloed uit Locks gezicht wegtrekken. 'Man, jij hebt hulp nodig. Met lelijk valt te leven, maar jij zult het zwaarder hebben met dat mes in je bast.'

Lock hield zich vast aan zijn vriend. 'Nog één ding te doen.'

'Ze zijn allebei dood,' zei Ty getergd. 'We zijn klaar.'

Lock keek de tunnel in, naar het licht. 'Nog één laatste ding.'

'Je komt op oudejaarsavond immers niet helemaal hiernaartoe om dit te missen, toch?' vroeg Lock aan Ty toen ze met hun tweeën in het midden van de driehoek stonden die Times Square vormt. Twee ambulanceverplegers bleven dicht in de buurt. Hun herhaalde pogingen Lock zelfs maar de minimale medische verzorging te geven hadden alleen maar een grauw opgeleverd, alsmede een verzoek om morfine om hem voorlopig op de been te houden. 'En niet die slappe troep die ik eerder gekregen heb.'

De bal daalde geruisloos neer van een paal boven op het One Times Square-gebouw. Afgezien van politiemensen en ambulance- en brandweerpersoneel was het plein verlaten. Iedereen hield op met wat hij deed om naar de bal te kijken. Toen de enorme kristallen bol het eind van zijn reis bereikte ten teken dat het oude jaar voorbij en het nieuwe begonnen was, viel Lock tegen Ty's schouder aan, amper in staat om overeind te blijven.

'Gelukkig nieuwjaar, broeder.'

# Epiloog

Aan de rand van de groep rouwdragers die waren gekomen om Janice Stokes te begraven zag Lock Carrie staan. Geen microfoon, geen camera. Ze was alleen gekomen om haar respect te betuigen aan een vrouw die geleefd had en gestorven was. Niet ver van haar vandaan stonden Frisk en een handvol andere agenten van de GTT. Toen Janice' kist naast haar ouders in de grond gelaten werd, pakte Lock Carries hand. Ze draaide zich half om en glimlachte. 'Dus ze hebben je eindelijk laten gaan.'

'Vanmorgen helemaal genezen verklaard,' stelde Lock haar gerust.

In werkelijkheid had hij het grootste deel van de tijd doorgebracht met ondervraagd en geïnstrueerd worden door een hele reeks overheidsdiensten. Hij kreeg al snel in de gaten waarom alles zo lang duurde: ze wilden dat hij zijn mond hield over bepaalde dingen. Niet dat ze zich daar zorgen over hadden hoeven te maken. Lock ging ervan uit dat bioterroristen meer belang hadden bij het zaaien van zo veel mogelijk angst dan bij het maken van slachtoffers, en hij wist dat angst iets was waar het de mensheid niet aan schortte. Tegenwoordig in ieder geval.

Carrie drukte zich tegen hem aan. 'Kan het kwaad als ik...?'

'Honderd procent veilig.'

Ze nestelde haar hoofd tussen zijn nek en schouder, ademde zijn geur in en kuste hem zacht op de lippen. Zijn hart bonkte in zijn borst. Haar hand viel in de zijne. Hij gaf er een kneepje in en drukte zich dichter tegen haar aan. 'Ik weet niet zeker of mensen wel geacht worden te staan zoenen op begrafenissen. Misschien wordt dat als onkies beschouwd.'

Ze wendden zich weer naar het graf, nog steeds hand in hand. Aan de andere kant van het graf zag Lock Don Stokes staan, geflankeerd door twee potige cipiers.

Don groette Lock met een knikje, aangezien zijn handboeien zwaaien onmogelijk maakten. Don had zijn aandeel in het opgraven van Eleanor Van Straten bekend en keek tegen twee jaar gevangenis aan. Cody Parker had vijf jaar gekregen, zodat zijn status als martelaar gewaarborgd was.

Nicholas Van Straten had het niet overleefd, maar de FBI voelde de hele raad van bestuur van Meditech aan de tand, en al zijn leden konden rekenen op zeker twintig jaar gevangenisstraf, aangezien de Amerikaanse bevolking de clandestiene praktijken van de grote bedrijven intussen herkende voor wat ze werkelijk waren: pure piraterij.

De hele wereld had diep verontwaardigd gereageerd op het gebruik van de gevangenen. De Arabische landen waren het ergst tekeergegaan, terwijl Rusland zich merkwaardig koest had gehouden. China had zich evenmin in de discussie gemengd, want daar redeneerde men met typische neocommunistische efficiëntie dat hiermee eindelijk een manier gevonden was om productief gebruik van dissidenten te maken. Het Congres en de president grepen de gebeurtenissen aan als bewijs dat de regering meer zeggenschap over het bedrijfsleven diende te krijgen, en niemand in Wall Street durfde hen tegen te spreken uit angst dat men anders zijn licht op andere gebieden zou laten schijnen.

'Ik moet een paar mensen begroeten. Kun je hier even wachten?' excuseerde Lock zich.

'Dat doe ik toch al de hele tijd,' zei Carrie, een verdwaalde lok blond haar uit haar gezicht vegend.

Lock liep naar Frisk en stak hem een hand toe. Frisk keek ernaar alsof hij niet zeker wist of hij Lock moest bedanken of wurgen, dus ze hielden het kort.

Don Stokes was alweer op weg naar een bestelwagen van het ministerie van Justitie toen Lock hem inhaalde. Lock keek naar het graf. 'Gecondoleerd met je zuster.'

'Ze bleef trouw aan haar principes.'

Lock had hier geen enkel antwoord op dat niet tot een woordenwisseling zou leiden. Hij had zijn buik vol van mensen. En hun principes.

'Kun je je een beetje staande houden in de gevangenis?' vroeg hij.

'Het is niet zo erg als jij het voorstelde.'

'O nee?'

'Het is erger.'

Lock stond onder aan de heuvel en keek Don na toen die weer in de bestelwagen geladen werd. Carrie kwam naast hem staan.

'Wat nu?' vroeg ze.

Hij draaide zich om. 'Zeg het maar.'

Haar appartement voelde nog steeds als thuis. Toen Carrie naar de keuken ging en de deur achter zich dichttrok, bekeek hij de foto's in de huiskamer. Paul was niet teruggekomen. Dat was ongeveer de enige angst die aan hem knaagde toen hij in quarantaine zat.

Carrie riep uit de keuken: 'Hier is nog iemand die je gemist heeft.'

'Heb jij me gemist dan?' vroeg Lock, niet in staat een glimlach te onderdrukken.

'Een heel klein beetje misschien.'

Hij liep naar de keuken. Angel begroette hem bij de deur, woest kwispelend. Lock krabde haar achter een oor. Ze stampte met een achterpoot op de grond om haar waardering te uiten.

'Wat voer je haar? Ze is zwaarder geworden,' zei hij, terwijl hij een stapje achteruit deed om haar beter te kunnen bekijken.

Carrie lachte. 'Ze is zwanger.'

Lock keek naar de hond. 'Dus eigenlijk ben je toch niet zo'n engel.'

'Ik heb met Richard Hulme gesproken en hem gevraagd of Josh misschien de eerste keus uit het nest wil hebben.'

'Wat zei hij?'

'Dolgraag. Ze gaan naar Washington verhuizen en hij gaat weer bij Volksgezondheid werken.'

'Dat wordt niks. Richard heeft een veel te ontwikkeld zedelijk gevoel om voor de regering te werken.'

'Volgens mij zal het goed voor hem zijn. En voor Josh ook. Dat appartement van ze bevat veel te veel slechte herinneringen.'

'Hier zijn ze anders aardig goed,' zei Lock, om zich heen kijkend.

'Waar denk je aan, cowboy?'

'Ach, niks. Laat maar.'

Ze overhandigde hem een dampende mok koffie.

'Dank je.'

'Ik heb ook eens nagedacht,' zei Carrie.

Zijn hart klopte in zijn keel. 'O ja?'

'Ik dacht dat je misschien graag een poosje hier zou blijven. Om voor de borelingen te zorgen als ze komen.'

'Wil je dat ik zo'n zootje mormels persoonsbewaking geef?'

'Nou, wat zeg je?'

Lock sloeg zijn armen om haar middel en zei fronsend: 'Och, het houdt me in ieder geval van de straat.'